KB078646

풍신유사

신일롱 新무협 판타지 소설
FANTASTIC ORIENTAL HEROES

풍신유사 2

신일룡 新무협 판타지 소설

초판 1쇄 찍은 날 § 2008년 12월 22일
초판 1쇄 펴낸 날 § 2008년 12월 27일

지은이 § 신일룡
펴낸이 § 서경석

편집장 § 문혜영
편집책임 § 문정흠
편집 § 서지현

펴낸곳 § 도서출판 청어람
등록번호 § 제1081-1-89호
등록일자 § 1999. 5. 31
어람번호 § 제2-1647호

주소 § 경기도 부천시 원미구 심곡2동 163-2 서경B/D 3F (우) 420-822
전화 § 032-656-4452팩스 § 032-656-4453
http://www.chungeoram.com
E-mail § eoram99@chollian.net

ⓒ 신일룡, 2008

ISBN 978-89-251-1624-2 04810
ISBN 978-89-251-1622-8 (세트)

光

FANTASTIC ORIENTAL HEROES

신일룡 新무협 판타지 소설

2

출세(出世)

風

바람에 미쳐
바람이 된 자.

풍신유사

청람
도서출판

目次

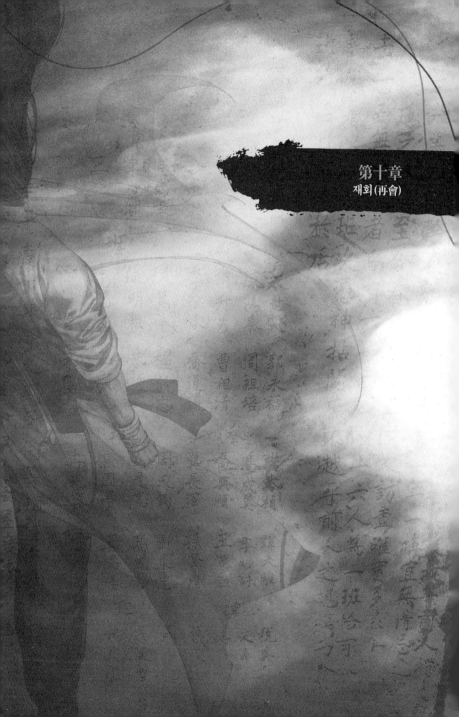

第十章
재회(再會)

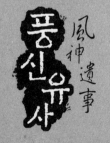

風神遺事

풍신유사

당하연은 해가 중천에 걸린 사시가 넘어서야 자리에서 일어났다. 밤새도록 앞뜰에서 무공을 연습한 탓이다.

그녀는 시비들이 차려놓은 음식엔 전혀 손을 대지 않고 언제나와 같이 가벼운 경장 차림으로 방을 나섰다.

유모가 죽은 뒤 더욱 바깥출입이 잦아진 그녀였다. 하루 중 대부분의 시간을 밖에서 보내는 그녀에게 집은 단지 잠을 자는 곳에 불과했다.

그에 반하여 좋아진 점도 있었다.

하루가 멀다 하고 사고를 쳐 온 성도를 떠들썩하게 만들었던 그녀인데, 근래엔 웬일인지 사고를 치는 일이 거의 없었다.

하지만 그렇다고 그녀의 명성(?)이 사그라진 것은 아니었다.

일 년 전부터 그녀는 또 다른 기행(奇行)으로 사람들의 관심을 끌고 있었다.

'비무를 통해 낭군을 구한다!'

이것이 당하연이 매일같이 성도 한복판에서 비무를 벌이는 이유였다. 자신과 싸워 이기는 사내에게 시집을 가겠다는 것이다.

그녀가 이러는 이유를 아는 사람은 그녀 외엔 아무도 없었다. 하지만 이 비무 자체에 관심을 갖는 사람은 매우 많았다.

특히 혈기왕성한 젊은 사내들이 가만있질 않았다. 아무리 당하연의 악명이 높다고 해도 그녀의 미모와 배경은 누구나 군침을 흘릴 만한 것이었다.

그리고 무엇보다 사나운 여인을 힘으로 꺾어 취할 수 있다는 점이 이들에게 묘한 매력으로 다가왔던 것이다.

그러나 아직까지 당하연을 꺾은 사내는 단 한 명도 나오질 않았다.

그 이유는 당가의 절기를 익힌 그녀의 실력이 출중해서이기도 했지만, 더 큰 이유는 비무의 규칙이 조금 까다롭기 때문이었다.

당하연이 내세운 규칙은 두 가지였다.

첫째, 도전자는 이십대의 잘생긴 사내여야 한다.

둘째, 구대문파와 삼대세가, 기타 무공을 기반으로 한 방파의 문도여선 안 된다.

얼핏 보면 간단하지만, 조건을 하나하나 따지면 보통 까다로운 것이 아니었다.

우선 '잘생긴 사내' 라는 부분이 그랬다.

사실 대부분의 도전자가 그녀와 싸워보지도 못하고 여기서 자격을 박탈당했다.

또한 '잘생긴' 이라는 기준이 극히 주관적이어서, 사람들에게 미남이라 칭송을 받는 사내도 그녀 앞에선 퇴짜를 맞는 경우가 있는가 하면, 추남이라 불리는 사람이 오히려 싸울 기회를 얻는 경우도 허다했다.

그리고 이렇게 첫 번째 조건을 충족시켜 그녀와 비무를 벌일 수 있다고 해도 그녀를 이길 수 있는 자가 나오는 것은 현실적으로 거의 불가능했다.

그것은 바로 두 번째 조건 때문이었다.

당하연은 강호삼대세가 중 하나인 당가의 무공을 익혔다.

게다가 그 실력 또한 또래의 후기지수들에 비해 뛰어나다고까지 알려진 상태였다.

그렇다면 결국 젊은 무인들 중 그녀를 제압할 수 있는 사람은 상식적으로 구대문파나 기타 세가의 자제들밖에는 없었다.

그런데 그들 문파의 자제와 기타 문파의 문도들까지 상대에서 미리 제외시켜 버렸으니 사실상 그녀를 제압할 만한 사내가 나타나기는 어려울 수밖에 없었다.

그녀가 내세운 조건대로라면 홀로 기거하는 기인의 후예이거나, 전설상의 무공을 구해 혼자 익힌 자가 나타나야만 한다는 말이다.

하지만 그런 일이 쉽게 일어날 리 없었다. 그랬다면 괜히 기인이고 전설일 리가 없기 때문이다.

그러나 그럼에도 도전자는 줄지 않고 끊임없이 이어졌다.

오히려 소문은 성도와 사천 지역을 넘어 강남 일대까지 흘러들어 가 그곳에서부터 도전하기 위해 찾아오는 자들이 왕왕 있을 정도였다.

사실 그들로서는 도전을 해서 손해 볼 것이 없었다. 이기면 좋은 것이고 지면 그만이었다. 물론 몸이 조금 상하는 일이 있기는 하지만 말이다.

때문에 당하연도 미리 와서 줄을 서고 있을 도전자들을 상대하기 위해 오늘도 저잣거리를 향해 발걸음을 옮겼다.

방을 빠져나간 그녀가 정문에 이르렀을 때다.

몇 사람이 당가 안으로 들어오는 모습이 보였다.

그들 중 가장 앞선 자를 확인한 당하연의 안색이 살짝 굳었다. 웬만한 미녀도 울고 갈 용모를 지닌 사내, 진무영이었다.

진무영은 삼 년 전부터 거경상단이란 이름으로 당가를 자주 들락거렸다. 아버지 당정효는 올 때마다 그를 환대했고, 두 사람은 각별한 사이가 되었다.

그러던 거경상단이 얼마 안 있어 강호를 집어삼켰다. 마치 약속이나 한 듯이 강호의 허다한 문파들이 속속 그들의 휘하로 들어갔다.

어천성이라 이름을 바꾼 그들은 강호 모든 방파의 수장들을 태산에 모아놓고 맹약을 맺으니, 이것을 태산지약(泰山之約)이라 했다.

태산지약에 따라 거기에 이름을 올린 모든 방파는 어천성의 지배하에 놓이게 됐다. 바야흐로 한 문파의 절대군림(絶對君臨) 시대가 도래한 것이다.

강호의 기둥과도 같았던 구대문파와 삼대세가 역시 이러한 거센 흐름에 휩쓸리지 않을 수 없었다. 자존심을 내세워 버티던 몇몇 문파도 결국 어천성의 힘에 굴복했다.

아직까지 그들에게 굴복하지 않은 곳은 단 두 곳뿐, 바로 소림과 무당이었다. 하지만 사람들은 그 두 곳 또한 얼마 버티지 못할 것이라 확신했다. 그만큼 어천성의 위세는 대단했다.

그들은 큰 무력의 충돌 없이 대부분의 문파에게서 항복을 받아냈다.

그래서 그들이 가진 진정한 힘이 어느 정도인지 아는 사람이 드물었다.

바로 그것이 사람들로 하여금 그들을 더욱 두려운 존재로 인식시키고 있었던 것이다.

강호의 정세에 별로 관심이 없는 당하연이지만, 주변에서 들리는 말들을 통해 이러한 사실은 익히 알고 있었다.

그러나 강호가 뒤집어지든 엎어지든 그녀에겐 중요하지 않았다.

다만, 자신의 가문에 들락거리는 진무영에게만큼은 신경을 쓰지 않을 수 없었다. 자주 눈에 밟히기도 할뿐더러, 그만 보면 별로 기분이 좋지 않았기 때문이다.

"반갑소, 당 소저. 외출을 하려던 참인가 보오?"

당하연을 발견한 진무영이 걸음을 멈춰 세우며 인사를 건넸다. 그의 얼굴엔 예의 그 여유로운 미소가 걸려 있었다. 그것을 보고 당하연은 속으로 외쳤다.

'재수없어!'

잠시 멈춘 그녀는 진무영에게 살짝 시선을 주며 차갑게 말했다.

"나는 그쪽이 별로 반갑지 않으니 다음부터는 나를 봐도 모른 척해줬으면 고맙겠군요."

"하하, 그건 좀 곤란하오. 당가주의 영애(令愛)를 어찌 그렇게 대할 수 있겠소?"

"내가 아버지의 딸인 게 걸린다면 그냥 본 가의 시비로 생각하도록 해요. 시비 따위에게 먼저 인사를 건네지는 않겠죠? 그럼."

냉기가 풀풀 풍기는 음성.

하지만 당하연으로서는 이것이 최대한 예의를 차리는 것이었다. 아버지의 손님만 아니라면 아예 상대조차 해주지 않았을 터이다.

더 이상 진무영과는 말을 섞기 싫었던 당하연은 그대로 다시 걸음을 재촉했다.

"훗, 정말 볼수록 재미난 아이로군."

정문을 빠져나가는 그녀를 바라보는 진무영의 표정은 야릇하기 그지없었다.

당가를 나선 당하연은 곧바로 저잣거리로 향했다.

그녀가 비무를 벌이는 장소는 저잣거리의 한복판이었다. 두 길이 교차하는 곳이라 자연스레 사람들이 붐비는 곳이기도 했다.

비무 장소엔 언제나 그랬듯 오늘도 벌써부터 사내들이 길게 줄을 지어 서 있었다.

"당 소저가 왔다!"

"한한화다!"

누군가의 외침이 있음과 동시에 차례를 기다리는 그들의 시선이 일제히 한곳으로 향했다.

모두의 시선을 한 몸에 받으며 비무 장소에 도착한 당하연은 말없이 한쪽에 마련된 의자에 팔짱을 끼고 앉았다.

"시작해, 관 노."

그녀가 턱짓을 하자 어디선가 작은 체구의 중년인 하나가 긴 염소수염을 휘날리며 사람들 앞으로 나섰다. 그는 놀랍게도 전에 관우와 함께 약장사를 하던 관불귀였다.

"자! 오늘도 우리 천하일색, 절세가인, 만고절색 당하연 소저와의 비무를 위해 찾아주신 여러분께 심심한 감사 말씀 올리면서, 이제 소저께서 오셨으니 비무를 시작하도록 하겠습니다! 과연 꽃 중의 꽃을 꺾을 희대의 남아는 누가 될 것인가! 그럼 먼저 가장 앞에 계신 도전자부터 제가 호명하면 차례대로 나오도록 하십시오!"

관불귀의 말이 끝나자 장내가 더욱 크게 술렁이기 시작했다.

비무 장소를 빽빽하게 둘러싼 구경꾼들은 도전자들의 면면을 살피느라 눈알을 쉬지 않고 굴려대고 있었다.

"관 노, 오늘은 모두 몇 명이나 도전했어?"

당하연의 물음에 관불귀는 도전자들의 인적 사항을 간단히 정리해 놓은 종이를 넓게 펼쳐 들었다.

"에… 다해서 백삼십이 명입니다, 소저."

"그것밖에 안 돼? 너무 적잖아?"

"예? 그게… 어제보다 두 명 적은 것뿐인데……."

"그러니까 하는 말 아니야! 날이 갈수록 도전자가 더 늘어나야 하는데 줄어들고 있잖아! 내가 관 노한테 주는 돈이 얼만데! 일 똑바로 안 할 거야?"

"죄송합니다, 소저. 앞으로 더 애를 쓰죠."

"당연히 그래야지. 일단 됐고, 어서 시작이나 해."

"예에."

당하연의 호된 질책에 풀이 죽은 관불귀는 내심 한탄했다.

'어쩌자고 덥석 이 일을 하겠다고 했는지… 쩝.'

관우가 떠나고 난 뒤 관불귀는 사천 지역을 떠나지 않고 성도 주변을 돌며 약을 팔았다.

그러던 일 년 전 어느 날,

저잣거리에서 약을 팔고 있던 그에게 갑자기 당하연이 찾아왔다. 그녀는 대뜸 은자 열 냥을 내밀며 일을 도와달라고 말했고, 돈에 눈이 먼 그는 대뜸 그것을 수락했다.

은자 열 냥은 거금이었다.

짐꾼 하나가 하루 받는 삯이 고작 동전 삼십 문이었고, 그가 하루 종일 약을 팔아봐야 얻는 돈은 많아야 백 문 정도였다.

은자 한 냥의 가치가 동전 천 문과 같다고 하면 얼마나 큰돈인지 알고도 남음이 있었다.

하지만 그녀가 부탁한 일이 이런 얼토당토않은 일일 줄은 생각지도 못한 관불귀였다.

게다가 지금처럼 새파랗게 어린 당하연의 성깔도 수시로 받아줘야 하니, 일을 그만두고 싶은 마음이 든 적이 한두 번이 아니었다.

그러나 그럼에도 관불귀는 그만두지 않았으니, 그것은 돈 때문이었다.

이미 받은 은자 열 냥에 일만 마무리되면 다시 열 냥을 더 주겠다고 했다. 그것을 생각하면 지금의 어려움쯤은 아무것도 아니었다.

하지만 이제 정작 중요한 것은 그게 아니었다.

'그래 봐야 이 짓도 오늘로 끝이다, 끝!'

관불귀는 이미 어제부로 이 일을 그만두기로 마음먹었다.

그만두는 마당에도 끝까지 당하연에게 잘 보일 필요가 있었다. 그래야 수고비라도 조금 받아낼 수 있을 것이기 때문이다.

그렇게 스스로 마음을 다잡은 관불귀는 첫 도전자를 큰 소리로 호명했다.

"오늘의 첫 번째 도전자! 나이 스물다섯! 중강현 출신의 장자량!"

"……."

장내가 일순간 조용해졌다.

그 흔한 박수 소리 하나 들리지 않았다.

모두가 숨을 죽인 채 당하연과 그 앞으로 걸어나간 도전자의 얼굴을 번갈아 쳐다볼 뿐이었다.

그때 당하연의 입에서 짧은 한마디가 흘러나왔다.

"탈락. 다음."

"아아!"

탄식과 탄성!

여러 감정이 뒤섞인 음성이 곳곳에서 터져 나왔다.

"저럴 줄 알았어!"

"어쩐지 좀 얍삽하게 생긴 것 같더라니! 쯧쯧!"

모두가 조용했던 것은 바로 이 때문이었다.

용모에서 당하연의 합격을 받아야 비로소 진짜 도전자라고 할 수 있었다. 그전에는 도전자나 구경꾼들이나 마음을 놓을 수 없었다.

이미 그와 같은 것을 모두가 잘 알고 있었기에 도전자의 이름이 호명되면 저절로 숨을 죽이게 되는 것이었다.

"다음으로는……."

"탈락. 다음."

"그다음 도전자는……."

"탈락. 다음."

그렇게 장내엔 한동안 단 두 마디만이 오갔다.

십여 명이 용모 심사에서 줄줄이 탈락하여 집으로 돌아가고 난 뒤, 마침내 스무 번째 도전자가 호명되었다.

"이번 도전자는 감숙 무도현에서 온 나이 스물여섯의 조치성(曹峙盛)!"

관불귀의 외침이 끝나자 으레 그렇듯 한 사내가 걸어나왔다.

그런데 그 모습이 전의 도전자들과 달랐다. 빠르지도 느리지도 않은 걸음.

사내는 여유로웠다. 일부러 차리는 여유가 아니다. 저절로 나오는 자연스러움이었다.

그리고 가볍다. 몸놀림이 가볍다는 말이다. 무인들끼리는 걷는 모습만 보고도 그것을 파악할 수 있다.

당하연이 이것을 알아채지 못할 리 없었다. 사내를 향한 그녀의 두 눈에 약간의 호기심이 떠올랐다.

그녀는 자신 앞에 멈추어 선 사내의 전신을 유심히 살피더니 곧 사내의 눈을 직시했다.

'……?'

뜻밖에도 사내는 미소 짓고 있었다. 하지만 그 미소 역시 의도적인 것이 아니었다.

의자에 앉은 이후 당하연의 신형이 처음으로 움직임을 보였다. 그녀는 천천히 자리에서 일어서며 짧게 말했다.

"합격."

"와아!"

"드디어!"

내내 숨죽이고 있던 군중들은 봇물 터지듯 한꺼번에 입을 열어 탄성을 쏟아냈다.

군중들의 웅성거림이 조금 잦아들기를 기다린 사내는 당하연을 향해 가볍게 예를 갖추며 말했다.

"기회를 줘서 고맙소."

짧지만 힘이 담겨 있는 음성이었다. 그 한마디만 들어도 사내가 제법 호방한 성격이라는 것을 짐작할 수 있을 정도였다.

"무기는?"

"보시다시피 맨주먹이오."

"시작해."

당하연은 곧바로 자세를 취했다. 하지만 사내는 즉각 자세를 잡지 않고 주위를 둘러봤다.

"사람들을 조금 뒤로 물리는 것이 좋지 않겠소? 난 단순해서 싸움에 몰두하다 보면 다른 것에 신경을 쓰지 못해서 말이오."

"……."

과도한 여유였다. 하지만 그의 말에 동의하지 않을 수 없는 당하연이었다. 확실히 이번 비무는 지금까지 치러온 비무와는 다르리란 예감이 들었던 것이다.

"관 노, 사람들을 삼 장씩 뒤로 물려."

"오 장으로 하시오."

당하연의 두 눈이 가늘어졌다.

"건방져!"

그러면서도 그녀는 관불귀에게 다시 지시를 내렸다.

"오 장씩 뒤로 물려."

"고맙소. 덕분에 마음 놓고 싸울 수 있을 것 같소."

사내는 그제야 자세를 잡았다.

보통의 키에 평범한 백색 무복을 걸쳤다.

벌어진 어깨는 웬만한 사내보다 한 뼘이나 더 넓어 보였고, 전체적으로 탄탄한 체구를 자랑했다.

사내 조치성은 당하연이 먼저 공격하길 기다리는지 미동도 하지 않았다.

당하연 또한 자세를 잡은 그대로 한동안 움직일 줄을 몰랐다.

둘의 거리는 불과 삼 장.

장내뿐만 아니라 일대의 저잣거리 전체가 숨을 죽인 채 두 사람을 지켜봤다.

그 어느 때보다 심상치 않은 분위기를 느낀 탓이었다.

바로 그때, 드디어 당하연이 움직였다.

그녀는 부운보를 펼쳐 삽시간에 조치성과의 거리를 좁혔다.

조치성의 우측으로 방향을 튼 그녀는 우수를 들어 올렸다. 비서장을 펼치기 위함이었다.

옆구리로 날아드는 당하연의 일장을 보며 조치성은 담담하게 대응했다.

오른발을 틀어 옆으로 슬쩍 비껴선 그는 그대로 당하연의 공격을 흘려보내며 그녀의 완맥을 잡아채려 하였다.

그것을 본 당하연의 안색이 싸늘하게 변했다. 조치성이 내심 무슨 생각을 하고 있는지 파악했기 때문이다.

무인끼리의 싸움에서 상대에게 완맥이 붙잡히는 것은 완벽한 패배를 의미했다. 그야말로 둘의 수준 차가 극명하다는 뜻이기도 하다.

조치성이 지금 그녀의 완맥을 잡아채려는 것은 완전히 그녀의 콧대를 꺾어놓겠다는 뜻에 다름이 아니었다.

'감히!'

당하연의 우수가 교묘하게 꺾이더니 조치성의 가슴팍을 노렸다. 이어서 좌수 또한 약간의 시간 차를 두고 명치를 향했다.

그녀의 손바닥이 조치성의 앞섶에 닿았다 싶은 순간,

스윽…….

미끄러지듯 조치성의 신형이 뒤로 이동했다.

그 탓에 당하연의 공격은 모두 무위로 돌아갔고, 오히려 조치성에게 다시금 반격을 허용하게 되었다.

당하연은 당황했다. 비서장이 제대로 통하지 않고 있었다.

조치성은 마치 그녀의 움직임을 미리 다 꿰뚫고 있다는 식으로 손쉽게 대응해 왔다.

물론 군중들의 안전을 생각해 약간의 진기만을 가지고 비서장을 펼치고 있었지만, 단순한 진기 문제가 아니었다.

기본적으로 조치성이 가진 실력이 만만치 않았다.

'오늘에야 진짜 제대로 된 비무를 해보겠는걸.'

지난 일 년 동안 상대했던 도전자 중 그녀를 조금이라도 당황케 했던 자는 단 한 명도 없었다. 기껏해야 삼류, 간혹 이류의 무인들뿐이었다.

그런데 드디어 오늘 조치성을 통해 비무다운 비무를 할 수 있게 된 것이다.

당하연은 재빨리 부운보를 밟았다. 그녀의 신형이 공세를 벗어나자 조치성이 빠르게 거리를 좁혀왔다.

그의 양손이 현란하게 움직이기 시작했다. 그가 노리는 곳은 오직 한곳, 당하연의 완맥이었다.

"치잇!"

이젠 아예 노골적으로 속내를 나타내는 그를 보며 당하연은 입술을 깨물었다. 이런 무시를 가만히 당하고만 있을 그녀가 아니었다.

"합!"

그녀의 입에서 짧은 기합성이 터져 나왔다. 그와 동시에 그녀의 신형이 회전하며 오른발이 앞으로 쭉 뻗어 나왔다.

"음?"

조치성은 그녀의 완맥을 잡아가다 말고 흠칫했다. 돌변한 그녀의 움직임에 당황한 기색이 역력했다.

그는 급한 대로 턱을 뒤로 당기며 우수를 내밀어 당하연의 공격을 막았다.

터억!

둔탁한 소리가 울렸다. 비무가 시작되고 처음으로 들린 타격음이었다.

조치성은 당하연의 공격을 막은 손에 적지 않은 통증을 느끼며 슬쩍 한 걸음 뒤로 물러섰다.

아무리 여인이라지만 손으로 각법을 막아내는 것은 수월한 일이 아니었다. 하물며 그것이 당가의 절기 중 하나인 난화비각(亂花飛脚)임에야!

난화비각은 강맹함은 조금 떨어지지만, 변화와 현란함 면에서는 강호 일절로 불리는 각법이었다.

하지만 익히기가 쉽지 않아 당가 내에서도 완벽하게 익힌 자가 손에 꼽힐 정도였다.

당하연 역시 배우기는 했으나 그 성취가 낮아 실전에선 자주 사용하지 않고 있었다.

그러나 그럼에도 가끔씩 사용하는 난화비각은 상대에게 위협을 주기에 충분할 정도로 위력적이었다.

"하! 하앗!"

당하연의 입에서 연이어 경쾌한 기합이 터져 나왔다.

난화비각의 특성 중 하나가 바로 이 기합이었다. 기합과 동시에 발이 날아들 것이라 생각하면 오산이었다.

기합은 현란한 발놀림과 함께 상대의 집중을 흐트러뜨려 놓는 역할을 한다.

이로 인하여 상대는 언제 어디서 발이 날아들지 정확히 예측하기 어려워지는 것이다.

공세를 잡은 당하연은 조치성을 거세게 몰아붙였다. 숨을
돌릴 만한 잠시의 틈도 허락하지 않기 위해서였다.

휙! 휙! 수웅!

정신없이 몰아치는 그녀의 공격에 조치성은 조금씩 뒤로 밀
리고 있었다.

얼핏 보면 난화비각의 현란함에 어쩔 줄을 몰라 하는 것 같
았다. 하지만 그의 표정을 자세히 보면 그렇게 생각하기도 어
려웠다. 난감해하는 사람의 표정이라고 하기엔 너무도 평온했
기 때문이다.

그리고 실제로도 공격은 당하연이 계속해서 퍼붓고 있었지
만, 그중 조치성의 몸에 격중되는 것은 단 하나도 없었다.

조치성은 모든 공격을 간발의 차이로 모두 막거나 피해내고
있었던 것이다.

이런 사실을 공격 당사자인 당하연이 모를 리 없었다.

당하연은 계속해서 공격을 감행하면서 조금씩 이상한 생각
이 들었다.

조치성이 지금 자신을 봐주고 있는 것이 아닐까 하는…….

하지만 그녀는 즉각 그런 생각을 떨쳐 냈다.

'말도 안 돼! 그럴 리가 없잖아?'

일개 무명의 무인이 자신을 상대로 봐주고 있다니! 있을 수
없는 일이다.

'아니야. 그래도 혹시……?'

처음 비무를 시작할 때 기대했던 것이 바로 그와 같은 것이 었다. 무명의 인물이 나타나 주길 바라는, 혹시나 기인이사가 나타나지는 않을까 하는 마음이 왜 없었겠는가?

오늘에야 정말 그런 자가 나타난 것인지도 모를 일이었다.

그녀의 생각이 그쪽으로 기울었을 때다.

퍽!

'음?'

발등을 통해 묵직한 감각이 전해져 왔다.

지금까지 요리조리 잘도 피해내던 조치성은 그녀에게 격중당한 옆구리를 부여잡은 채 몸을 숙이고 있었다.

어리둥절해진 당하연은 그대로 공격을 멈추고 조치성을 응시했다.

그때 고개를 든 조치성이 짧게 한마디를 내뱉었다.

"졌소."

"……!"

하지만 몸을 일으키는 그의 표정은 진정으로 패배를 인정하는 자의 그것이 아니었다.

군중들은 뭣도 모른 채 환호하고 있지만, 당하연은 조치성의 얼굴이 여전히 처음의 여유로움으로 넘치고 있다는 것을 알 수 있었다.

"잠깐!"

당하연은 신형을 돌려 비무 장소를 떠나려고 하는 조치성을 불러 세웠다.

"왜 그러시오?"

"뭐야, 그 얼굴은? 그게 비무에서 진 사람이 짓는 표정이야?"

조치성은 어깨를 으쓱거렸다.

"소저가 무슨 말을 하는지 모르겠소. 나는 단지 패배를 자인하고 떠나려는 것뿐인데 말이오."

"그러니까 하는 말이야. 계속 싸울 수 있었는데 왜 그만둔 거지?"

이번에는 조치성의 얼굴에 살짝 미소가 어렸다.

"소저의 말은 꼭 계속 싸웠으면 내가 소저를 이겼을 수도 있었다는 뜻으로 들리오."

"뭐라고?"

"아, 물론 그럴 리는 없겠지만 말이오."

"지금 날 희롱하는 거야?"

당하연의 안색이 싸늘하게 변했다.

그러자 군중들도 예전 그녀의 모습을 떠올렸는지 침을 꼴깍 삼키며 긴장하는 모습을 보였다.

하지만 그들이 우려하고 기대하던 일은 일어나지 않았다. 조치성의 웃음소리가 그러한 분위기를 흩뜨려 놓았기 때문이다.

"하하, 듣던 대로 화통한 성격이오. 희롱이라니, 당치 않소. 그저 소저가 날 불러 세운 것이 납득이 가질 않아 해본 말이오. 자, 그럼 나는 이만 다른 일이 있어서. 또 보기로 합시다."

그는 미련없이 몸을 돌려 장내를 빠져나갔다. 당하연이 미처 다시 불러 세울 틈이 없었다.

게다가 생각없는 관불귀는 벌써부터 다음 도전자를 호명하고 있었다.

조치성을 이대로 그냥 보내기가 여러모로 찜찜한 당하연이었지만, 어쩔 수 없이 다시 의자로 돌아가 앉을 수밖에 없었다.

분명 특이한 자였으나 그뿐이었다.

그가 자신이 내심 나타나 주길 기다린 바로 그자일 수도 있었다.

하지만 막상 그런 자가 나타났음에도 마음이 담담했다. 별로 큰 관심이 동하지 않았던 것이다.

'이젠 이 짓도 그만해야 하나?'

당하연은 조금 맥이 빠지는 기분을 느꼈다. 기대가 어긋나면 상심이 되기 마련이다.

그녀가 의자에 앉아 여러 상념에 빠져 있을 무렵, 다음 도전자에 대한 관불귀의 소개가 끝이 났다.

도전자는 이미 당하연의 앞에 걸어나와 있었다. 하지만 당하연은 그때까지 고개를 살짝 숙인 채 도전자에게 신경을 쓰지 않고 있었다.

"저어… 소저?"

관불귀가 슬쩍 다가가 기척을 주자 그제야 당하연은 고개를 들었다.

"응? 알았어. 다음 도전자 내보내."

"벌써 나와 있습니다만······."

"뭐?"

당하연의 시선이 재빨리 앞쪽의 도전자를 찾았다. 과연 관불귀의 말대로 도전자는 이미 나와 있었다.

서글서글한 눈매에 각진 턱, 보통 사람보다 조금 큰 키에 군살 하나 없는 마른 체격이었다.

흑의 장삼 사이로 드러난 굵은 힘줄과 풀어 헤쳐진 긴 흑발이 보는 이로 하여금 절로 강인함을 느끼게 했다.

사내를 본 당하연은 갑자기 자리에서 벌떡 일어섰다.

크게 떠진 그녀의 두 눈엔 형용키 어려운 감정이 떠올라 있었다. 살짝 벌어진 그녀의 입술 사이로 조심스럽게 한마디가 흘러나왔다.

"오라··· 버니?"

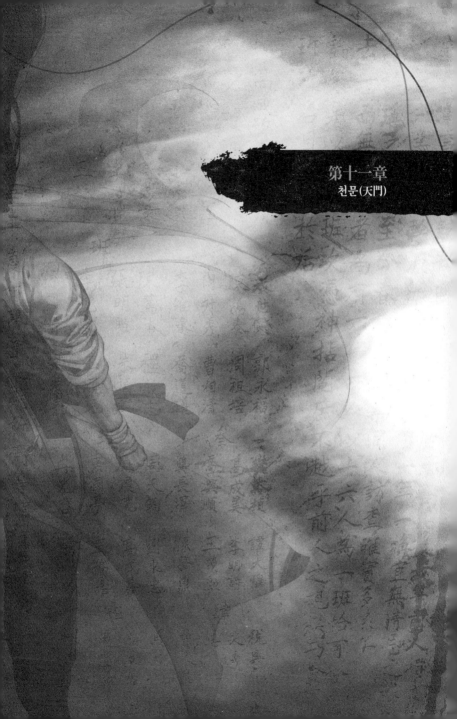

第十一章
천문(天門)

風神遺事

풍신유사

관우와 당하연은 예전에 함께 올랐던 산 중턱에 이르렀다.

삼 년이란 세월은 거목 느티나무를 변화시키기엔 너무도 부족하다. 하지만 두 청춘을 변화시키기엔 충분한 세월이었다.

"많이 달라졌네. 완전 딴사람인 줄 알았어."

당하연은 곁에 앉은 관우의 옆모습을 바라보며 말했다.

사실 정작 하고 싶은 말은 따로 있었다.

삼 년 전 그날 그렇게 사라져 걱정을 많이 했다고.

다시 보게 되어 반갑다고.

그동안 자신은 여차저차해서 잘 지냈다고.

오라버니 생각을 종종 했고, 더욱 멋있어졌다고…….

하지만 왠지 그런 말들이 쉽게 입 밖으로 나오질 않았다. 그래서 나온 말이 결국 그것이었다.

관우는 담담한 음성으로 대꾸했다.

"연 매도 많이 달라진 것 같군."

"어떻게 달라졌는데?"

"더욱 예뻐진 듯해."

관우는 느낀 그대로 대답했다. 하지만 그 대답이 의외였는지 당하연은 잠시 머뭇거리더니 곧 눈을 가늘게 뜨며 말했다.

"오라버니, 정말 많이 변했구나? 그런 말이 그렇게 술술 나와?"

"그런 말이라니?"

"방금 오라버니가 한 말은 여인네 희롱하기를 일삼는 사내들이나 즐겨하는 말이라고. 예전의 '바보 아저씨'가 내뱉을 수 있는 말이 아니거든?"

"훗, 그런가? 음… 변했을 수도 있겠군."

지하 광장에서의 생활을 떠올리며 쓴웃음을 머금는 관우였다.

"뭐야, 그런 웃음은? 도대체 삼 년 동안 어디서 무얼 하고 지냈던 거야?"

"글쎄… 사실 별로 한 것은 없어. 한곳에서만 줄곧 지냈으니까."

"환 노는? 환 노랑 같이 있었던 거 아니야?"

환무길의 이름이 언급되자 관우의 안색이 약간 어두워졌다가 다시 본색을 회복했다.

"함께 계셨지. 사부님께서 나를 데리고 가신 거니까."

"뭐? 사부님?"

"응, 사부님."

"환 노가 오라버니 사부라고?"

"그래. 내 사부님이시다."

당하연은 놀라서 묻고, 관우는 태연하게 대답한다.

"그러니까… 환 노가 오라버닐 제자로 삼아서 데리고 간 거라, 이 말이지?"

"그런 셈이지."

"호오, 놀라운걸. 그런데 그땐 왜 말하지 않은 거야?"

"사부님께서 아무에게도 말하지 말라고 하셨으니까."

"그럼 지금 말해주는 이유는 뭔데?"

"굳이 감출 필요가 없어졌거든."

"전부 다?"

"아니. 딱 여기까지만."

"쳇!"

관우는 삐친 표정이 된 당하연을 향해 미소를 그렸다.

"그나저나 연 매는 왜 그런 비무를 시작한 거지? 처음에 관 대인에게 듣고 많이 놀랐어."

"놀랄 거 없어. 말 그대로 신랑감 고르려고 시작한 거니까. 나를 시집 못 보내서 안달인 사람들이 집에 귀찮을 정도로 많거든."

거기까지만 듣고도 대강의 사정이 이해되는 관우였다.

당하연의 성정상 다른 사람이 짝지어준 사내를 달가워할 리 없었다. 그래서 스스로 고르려고 했던 것일 게다.

"그런데 아직까지 신랑감을 찾지 못한 모양이로군."

"죄다 시원찮은 사내들뿐이었어. 그나마 오늘 좀 쓸 만한 사내가 도전하나 했는데……."

당하연은 말을 하다 말고 슬쩍 뒤를 돌아봤다.

멀찌감치 떨어진 곳에 한 사내가 바위에 기댄 채 팔짱을 끼고 서 있었다. 놀랍게도 그는 불과 한 시진 전에 당하연과 비무를 벌였던 조치성이었다.

조치성은 당하연이 자신을 째려보자 활짝 웃으며 손을 들어 화답했다.

이를 본 당하연의 미간에 깊은 주름이 파였다.

"흥! 능청스럽기가 하늘을 찌르는군!"

"사내다운 면이 넘치는 친구야. 좋게 봐줘, 연 매."

"웃겨! 사내답다는 작자가 싸우다 말고 도망을 쳐?"

"그건 치성이 재미 삼아 비무에 참가한 것이라 적당한 선에서 물러난……."

"그게 더 기분 나빠! 재미 삼아라니? 나를 우습게봤다는 뜻이잖아! 오라버니 친구만 아니었으면 요절을 내도 벌써 냈을 거라고!"

당하연이 정말로 화가 난 듯하자 관우도 더 이상 조치성의 역성을 드는 것을 그만두었다.

"음… 연 매의 기분이 이 정도로 상할 줄은 몰랐군. 내가 끝까지 말렸어야 하는 건데 미안하게 됐어, 연 매."

이에 조금은 누그러졌는지 당하연은 약간 가라앉은 음성으로 물었다.

"도대체 저 사람 누구야?"

"친구."

"그거 말고. 정체가 뭐냔 말이야. 설마 그것도 비밀이야?"

"미안해, 연 매. 때가 되면 알려줄 수 있을 거야."

"……."

당하연은 그 즉시 입을 닫고 더 이상 말을 하지 않았다. 그러더니 잠시 후 그녀는 자리를 털고 일어섰다. 관우가 말했다.

"가려고?"

"같이 있어봐야 오라버니와는 더 이상 나눌 말이 없을 것 같으니까 이만 돌아가는 게 낫겠어."

관우는 황급히 일어섰다.

"잠깐만, 연 매. 사실 연 매에게 부탁이 하나 있어."

"부탁?"

의외였던 듯 당하연의 시선이 다시금 관우에게 고정되었다. 관우가 자신에게 부탁이란 말을 꺼낼 줄은 전혀 예상하지 못했던 탓이다.

게다가 둘은 의남매지간이라고는 하나 삼 년 만에 만난 사이가 아닌가?

"부탁이라니? 너무 뻔뻔한 거 아니야, 오라버니? 나한테는 뭐든 비밀이면서."

그 점에 대해서는 딱히 할 말이 없는 듯 관우는 어색한 미소를 머금었다.

"연 매의 말이 맞아. 뻔뻔하단 소리를 들어도 할 말이 없지. 하지만 꼭 내 부탁을 들어달라는 건 아니야. 오라버니와 누이의 관계를 떠나서 단순한 부탁으로 받아들여 줬으면 좋겠어."

관우가 이렇게까지 나오자 단칼에 자르고 그냥 가버리기도 뭐해졌다. 당하연은 일단 들어보기로 했다.

"뭔데, 부탁이라는 게?"

"나를 선택해 줄 순 없을까?"

"선택해 달라니?"

"연 매의 신랑감으로."

"……?"

당하연은 순간 눈이 굳고 숨이 멎었다.

어리둥절한 표정이 된 그녀의 입에서는 곧 짧은 한마디가 흘러나왔다.

"…뭐?"

관우는 관불귀가 묵고 있던 객잔에 방을 얻었다.

밤이 늦도록 관우의 방에서 이야기를 나누던 관불귀는 피곤하다며 자신의 방으로 갔고, 관우와 조치성 두 사람만이 남았다.

"그녀가 매우 당황하는 것 같더군."

"당연하지. 연 매의 입장에선 매우 갑작스럽기도 할 거고,

또 내가 그런 부탁을 할 줄은 전혀 예상치 못했을 테니까."

관우는 당하연에게 확실한 답을 얻지 못한 채 그녀와 헤어졌다. 조금 생각을 해보겠다는 말만 남기고 그녀가 돌아가 버렸기 때문이다.

"당 소저가 부탁을 들어줄 것 같은가?"

조치성의 물음에 관우는 고개를 가볍게 저어 보였다.

"모르겠네. 사실 어려운 부탁인지라 처음부터 큰 기대는 하지 않고 있네."

"훗, 그렇긴 하지. 다 큰 처녀에게 대뜸 나를 신랑감으로 뽑아달라고 하는 것도 무례한 일인데, 그것이 진심이 아니라 단순히 일을 행하기 위한 위장이라고 하는 데에야. 당장 뺨을 맞아도 이상할 것이 없는 일일세."

그의 말에 관우는 쓴웃음을 지었다.

"후… 그럼 그 자리에서 뺨을 맞지 않은 것만으로도 연 매에게 고마워해야겠군."

"그런 면에선 오히려 괄괄한 그녀의 성격 덕을 본 것일 수도 있네."

"그렇군."

잠시 말없이 미소를 그리던 두 사람.

곧 조치성이 입을 열었다.

"만일 그녀가 자네 부탁을 거절한다면 어찌할 텐가?"

"다른 방편을 찾아보아야겠지."

"아직 다른 방편에 대해선 구체적으로 생각해 보지 않은 게로군."

"지금으로선 확실한 방도를 찾을 수 없네. 일단 저들 틈에 들어가 저들을 살피는 수밖에는. 구체적인 계획은 그 이후에나 가능할 걸세."

관우의 말에 고개를 작게 끄덕인 조치성.

하지만 곧 고개를 갸웃거리며 말했다.

"그런데 아무리 그래도 너무 무모해 보이는군. 적지(敵地)에 아무런 계책 없이 제 발로 걸어 들어간다면 그곳은 곧 사지(死地)라고 할 수 있지. 나는 자네가 그 정도로 무모한 사람으로 보이진 않네만?"

관우는 조치성이 자신의 생각을 일부러 떠보는 것임을 알았다.

조치성은 천문주에게 직접 사사한 유일한 인물로, 호방하고 유쾌한 성격을 가졌을 뿐만 아니라 심계 또한 매우 깊은 자였다.

황벽의 소개로 처음 만난 둘은 대번에 서로에게 호감을 가졌다. 그래서 금세 마음을 터놓는 벗이 되었지만, 때때로 관우는 좀처럼 자신의 생각이나 의중을 조치성에게 내보이지 않았다.

미리 천문주와 황벽에게 들은 바가 있어 크게 개의치는 않았으나, 그래도 조치성으로선 불만스러울 수밖에 없었다.

조치성의 그런 마음을 알면서도 관우는 태연하게 대꾸했다.

"아무런 계책이 없다고는 하지 않았네. 확실한 방도가 없다고만 했을 뿐."

"그 계책이 도대체 뭔가?"

조치성은 때는 이때다 싶었는지 즉각 물어왔다.

그러나 관우는 살짝 눈썹을 꿈틀거리며 입가에 미소를 띠었다.

"사실 계책이라고 할 것까지도 없네. 그저 몇 가지 생각한 것이 있을 뿐."

"흐음, 치사하군. 끝까지 말을 안 해주다니."

김이 샜는지 조치성은 자리에서 일어섰다.

"가려는가?"

"자야지."

"잠시 밖에 나가 한 수 가르쳐 주게. 내 천조검엔 아직 미숙한 점이 많아."

관우의 말에 조치성은 손을 휘휘 저었다.

"미숙한 점이랄 것도 없네. 그저 몇 가지 보완할 점이 있을 뿐."

"훗."

관우는 웃었다.

자신이 했던 말을 흉내 내며 섭섭한 마음을 드러내는 조치성이었지만, 그것이 딱히 싫지는 않았다.

방을 나서려던 조치성은 슬쩍 뒤를 돌아보며 말했다. 언제 삐쳤냐는 듯 그의 얼굴엔 미소가 걸려 있었다.

"당 소저는 자네의 부탁을 거절하지 못할 테니 너무 걱정하지 않아도 좋을 거야."

"그걸 어찌 장담하나?"

"자네를 바라보던 그녀의 눈빛과 표정을 보았지."

"그게 무슨 말인가?"

"후후, 역시 그쪽으론 숙맥이로군. 어쨌든 곧 그녀에게 기별
이 올 터이니 푹 자라고."

한차례 손을 흔든 조치성은 그대로 옆방으로 건너가 버렸
다.

그가 간 뒤에도 잠시 어리둥절한 표정으로 앉아 있던 관우
는 곧 고개를 저으며 자리에서 일어섰다. 조치성이 한 말은 별
뜻 없이 내뱉은 것으로 치부해 버렸다.

"아무튼 연 매에겐 염치가 없지만, 치성, 저 친구의 말대로
된다면 일이 쉽게 풀리긴 할 터인데."

창문 틈으로 성도의 구석진 거리가 눈에 들어왔다.

어둑한 밤거리에 등이 하나둘씩 꺼져 가고 있었다.

당하연이 관우를 다시 찾은 것은 이틀 뒤였다.

본래 목적은 관불귀와 계산을 끝내기 위해서지만, 그녀는
관우의 부탁에 대한 답변도 함께 준비해 왔다.

"왜 위장이 필요한지 그 이유에 대해선 절대 말해줄 수가 없
어?"

관우와 마주 앉은 그녀가 처음으로 꺼낸 말이었다. 그리고
이에 대한 관우의 대답은 여전했다.

"아직은. 미안하다, 연 매."

"질기기는. 좋아, 오라버니의 부탁을 들어주겠어."

"정말이야?"

"단, 이건 삼 년 전 그날 내 목숨을 구해준 것에 대한 답례 차원이니까 그런 줄 알라고."

"그때 일이야 마땅히 해야 할 일을 한 것뿐인데… 아무튼 고맙구나, 연 매."

"그리고 한 가지 더. 내가 들어줄 수 있는 건 말 그대로 딱 '신랑감'까지야. 진짜로 내 신랑이 될 생각일랑은 꿈도 꾸지 말라고!"

"훗, 그럴 리가 없잖아? 그런 염려는 하지 않아도 돼."

관우는 당하연의 말을 가볍게 넘기며 환하게 웃었다. 그런 관우의 반응에 당하연의 얼굴이 살짝 굳었다.

"뭐야, 대답이 너무 쉬운걸? 어디 숨겨둔 여자라도 있는 거야?"

"숨겨둔 여자라니? 뜬금없이 그게 무슨……?"

"그렇잖아? 그렇지 않고서야 어떻게 내 미모를 보고도 그런 대답이 그렇게 쉽게 나올 수가 있어?"

"하하! 연 매가 귀엽고 예쁜 건 사실이지만, 동생일 뿐인데 그런 게 무슨 상관이 있겠어?"

"오호! 동생일 뿐이다? 어디, 그 말이 언제까지 유효할지 두고 보겠어."

웃는 관우를 보며 당하연도 씩 마주 웃었다.

그런 그녀의 눈에 결연한 의지가 엿보였지만 관우는 알아채지 못했다.

객잔을 나선 두 사람은 즉시 당가로 향했다. 둘의 뒤를 조치성이 따르고 있었다.

당가로 향하면서 당하연은 당가 구성원들에 대한 대강의 설명과 현재의 상황 등 몇 가지를 관우에게 일러주었다.

관우는 이따금씩 고개를 끄덕여 가며 그녀의 말을 주의 깊게 들었다.

그리고 두 사람은 앞으로의 일에 대한 구체적인 사항을 정하는 것도 빼먹지 않았는데, 그 내용은 이러했다.

관우가 당하연의 '신랑감' 행세를 하는 기간은 일 년으로 정했다.

당하연의 아버지 당정효에게는 이 기간 동안 두 사람이 혼인을 전제로 만남을 갖는 것으로 말하기로 했고, 기간은 당하연의 동의없이는 연장될 수 없었다.

다음으로 관우의 신분에 대해서는 적절한 선까지 밝히기로 했다.

당하연이 신랑감으로 점찍어온 관우를 당가에서 그냥 두고 볼 리 없었다. 어떤 식으로든 뒷조사를 벌일 것이 자명한 바, 굳이 거짓을 보탤 필요는 없었다.

어차피 당가에선 이미 당하연이 비무를 통해 신랑감을 고르고 있다는 사실을 알고 있었기에 관우의 출신 성분이 마땅찮은 것은 예상하고 있을 것이기 때문이다.

이런저런 이야기를 나누며 당가에 도착한 세 사람은 곧바로 당하연을 따라 당가주의 거처로 향했다.

집무를 보고 있던 당정효는 당하연의 뜻밖의 방문에 적지 않게 놀랐다. 당하연 스스로 그를 찾은 것이 얼마 만인지 기억 조차 희미할 정도였다.

"네가 날 다 찾아오다니⋯⋯."

반가운 나머지 그의 음성엔 미미한 떨림마저 느껴졌다.

하지만 당하연은 그의 시선을 외면했다.

"드릴 말씀이 있어서 왔어요."

"말해보거라."

당하연이 뒤를 슬쩍 돌아보며 입을 열었다.

"들여보내."

그리고 잠시 후 관우와 조치성이 방 안으로 들어섰다.

당정효는 두 사람을 보곤 의아한 표정이 되었다. 당하연이 곁에 선 관우를 가리키며 말했다.

"이번에 비무를 통해 뽑은 사람이에요."

"으음⋯⋯."

한차례 침음한 당정효는 대강의 사정을 눈치 채곤 관우를 살피기 시작했다.

자못 진지한 그의 두 눈에 정광이 어렸다.

관우는 당정효의 시선이 부담스러웠지만 조금의 미동도 없 이 담담한 표정으로 서 있었다.

이윽고 둘의 시선이 마주쳤고, 그 순간 당정효의 눈에 이채가 떠올랐다.

　'깊은 눈이군!'

　당정효는 내심 감탄했다. 관우의 눈은 보통의 젊은이가 가질 수 있는 눈이 아니었다. 당정효는 관우가 흔한 고수가 아님을 대번에 알아봤다.

　'그렇기에 비무에서 연아를 이긴 것이겠지.'

　그 역시 당하연이 벌이던 비무에 대하여 잘 알고 있었다.

　관우는 당정효와 시선이 마주치자 예를 갖췄다.

　"관우라고 합니다. 당가주를 뵙게 되어 영광입니다."

　"반갑네. 연아의 아비일세. 퍽 좋은 인상을 가진 청년이로군."

　"그렇게 보아주시니 고맙습니다."

　"한데 이자는 누구인가?"

　당정효가 조치성을 가리키자 관우가 말했다.

　"제 사제입니다."

　"사제?"

　"조치성입니다."

　조치성은 짧고도 절도있게 인사했다.

　'이 젊은이 역시 보기 드문 인물이로군.'

　조치성을 살피며 한차례 고개를 끄덕인 당정효가 물었다.

　"자네의 사문이 어디인가?"

　"제 사문은 아직 강호에서 활동한 일이 없어 말씀드려도 아마 모르실 겁니다."

"그런가? 하지만 웬만한 방파 이름은 모두 알고 있으니 말해보게."

"그러시다면… 제 사문은 건곤문(乾坤門)이란 곳입니다."

"건곤문? 으음, 과연 아직 들어보지 못한 곳이로군. 하지만 자네들을 보니 뛰어난 제자들이 많은 곳인 듯하네."

"무슨 말씀을. 오히려 본 문에 누가 되지 않으려 애쓸 뿐입니다."

"허허, 누라……. 어쨌든 잘 왔네. 자네 덕분에 이렇게 연아와 얼굴을 마주하게 되는군."

당정효는 흡족한 표정을 숨기지 않았다.

하지만 그 말을 들은 당하연은 안색을 굳히며 말했다.

"인사가 끝났으니 이만 가보겠어요."

"오자마자 가는구나."

아쉬운 마음이 굴뚝같지만 차마 딸을 붙잡지 못하는 당정효였다.

"한데 이 청년과 당장 혼인을 하겠다는 것은 아니겠지?"

"혼인을 할 것인지 여부는 이자가 하는 걸 봐서 일 년 뒤에 결정할 것이니 그렇게 아세요."

"그래, 알았다. 그렇게 하려무나."

그것을 끝으로 당하연은 신형을 돌려 방을 빠져나갔다.

그녀의 그런 행동에 약간 당황한 관우는 곧 당정효를 향해 머리를 숙였다.

"그럼 저희도 이만 가보겠습니다."

이에 당정효는 고개를 끄덕이며 미소 지었다.

"종종 들르도록 하게. 자네라면 좋은 말벗이 될 수 있을 것 같군."

"저야 영광이지요. 그렇게 하겠습니다."

당정효의 집무실을 나선 관우는 조치성과 함께 정문으로 향했다. 중간에 틈틈이 당하연을 찾았지만 그녀는 보이지 않았다.

하는 수 없이 그녀를 다시 만나보는 것을 포기한 채 정문을 빠져나오려는 순간, 관우는 무엇을 보았는지 멈칫거렸다.

"왜 그러지?"

조치성이 의문스런 표정으로 물었다.

"저자로군."

"······?"

관우는 정문 오른편으로 십여 장 떨어진 곳에 있는 건물 쪽을 가리켰다.

그리로 시선을 옮긴 조치성의 눈에 일단의 사람들이 보였다. 조치성은 그중에서 관우가 말한 자가 누구인지 금세 알아차릴 수 있었다.

대번에 보는 이의 눈을 사로잡는 뛰어난 용모를 지닌 자.

그는 다름 아닌 사흘 전부터 당가에 머물고 있는 진무영이었다.

진무영은 지금 당인효를 비롯한 당가의 수뇌진과 함께 서서

담소를 나누고 있는 중이었다.

"여인 여럿 울릴 만한 작자로군. 한데 저자라니?"

"어천성."

"……?"

조치성은 눈썹을 살짝 치켜 올렸다.

"저자가 이번에 어천성에서 당가로 보낸 자라고?"

"그래."

관우의 대답에도 조치성은 여전히 의문이 풀리지 않았다.

"자네가 그걸 어떻게 알지? 실제 저자를 본 건 오늘이 처음 아닌가?"

"처음이라도 알아볼 수 있네."

"허! 놀랍군. 풍령문의 능력인가?"

"나도 사부님께 설명으로만 들었는데, 실제로 저들을 알아 보게 되니 신기하군."

관우는 예전에 환무길이 자신에게 해줬던 말들을 떠올리며 다시 한 번 진무영을 응시했다.

진무영의 미간.

희끗한 것이 보였다. 그것은 일정한 형체 없이 미간 사이를 빙글빙글 돌고 있었다.

'빛… 광령문이구나. 음!'

순간 관우는 한차례 움찔했다. 진무영과 시선이 마주친 때 문이었다.

진무영은 관우와 그 옆에 서 있는 조치성을 유심히 훑어보고는 곧 시선을 거뒀다. 둘 사이의 거리가 멀었음에도 관우는 그 짧은 순간 진무영의 강렬한 눈빛에 빨려 들어가는 듯한 기분을 느낄 수 있었다.

"음… 무서운 자군."

조치성의 음성이 들렸다. 그는 관우보다 훨씬 큰 충격을 받은 듯했다. 미미하게 떨리는 음성이 그것을 대변했다.

남겨진 기록과 환무길의 이야기를 통해서만 접하던 세 문파의 실체를 처음으로 접한 순간이었다. 관우는 진무영을 통해 저들이 자신이 상상해 오던 것 이상이리라는 것을 알았다.

단지 멀리서 본 것뿐임에도 진무영에게서 느껴진 것은 지금까지 단 한 번도 느껴보지 못한 것이었다. 환무길을 만났을 때도, 황벽과 조치성을 처음 보았을 때도 지금과 같은 느낌은 가질 수 없었다.

관우는 다시 한 번 스스로 마음을 굳게 했다. 앞으로의 일들이 각오했던 것보다 더욱 험난하리란 것을 직감했기 때문이다.

"방도는 하나다."

사부 환무길의 말을 되새기며 관우는 당가의 정문을 빠져나왔다.

객잔으로 돌아온 관우와 조치성은 자신들을 기다리고 있는 한 사람을 만날 수 있었다. 키가 관우만큼이나 컸지만, 아직 앳돼 보이는 사내였다.

객잔 문전에 앉아 있던 그는 조치성을 보자마자 자리에서 일어섰다.

"치성 형님!"

"사동 형제, 여긴 어쩐 일이야?"

"이장로님께서 보내셨습니다."

"이장로님께서? 음… 일단 인사부터 하지. 여긴 본 문의 어린 형제고, 이쪽은 관우. 누군지 알겠지?"

조치성이 관우를 소개하자 사내는 즉각 관우를 향해 고개를 숙였다.

"말씀은 익히 들어 알고 있습니다. 양사동(梁司棟)이라고 합니다."

"반갑습니다. 관우입니다."

"자, 그럼 자세한 이야기는 방에 올라가서 나누도록 하세."

관우 역시 가벼운 목례로 화답하자 조치성이 두 사람의 등을 떠밀었다.

관우의 방으로 올라온 세 사람은 곧 자리에 앉아 이야기를 시작했다. 가장 먼저 입을 연 사람은 조치성이었다.

"그래, 이장로님이 보내셨다고?"

"예, 형님께 이것을 전하라 하셨습니다."

양사동은 품에서 봉서를 꺼내 조치성에게 건넸다. 봉서의 거죽에는 천문의 인물들만 식별할 수 있는 표식이 그려져 있었다.

조치성은 봉서 안의 서신을 꺼내 펼쳐 들었다. 내용은 비교적 짧고 간단했다. 하지만 글을 읽는 동안 조치성의 표정은 자못 심각했다.

"소림을 친다고? 으음······."

조치성의 말에 관우 또한 놀란 듯 물었다.

"소림을 치다니? 그게 무슨 말인가?"

"직접 읽어보는 것이 좋겠네."

관우는 조치성이 건넨 서신을 즉각 받아 읽었다. 서신의 내용은 이러했다.

어천성이 소림에 대한 회유를 그만두고 무력으로 굴복시키기로 작정함. 이미 태산지약에 따라 복속된 모든 방파에 소집령이 떨어짐. 소집 기한은 지금으로부터 한 달 뒤인 오월 초일. 소집 장소는 숭산 남부 등봉현 외곽 중악평······.

"오월 초일이라면 채 한 달도 남지 않았군."

서신을 탁자에 내려놓은 관우의 표정은 매우 진지했다.

소림을 친다!

누구나 이 소식을 들으면 믿지 못하거나 크게 놀라고 말 것이다. 하지만 관우는 그렇지 않았다. 이미 예상하고 있었던 일이기 때문이다. 다만 그 시기가 문제였을 뿐.

"결국 소림은 싸움을 선택했군."

조치성이 무겁게 입을 열었다.

"굴복할 것이었으면 처음부터 그리했을 것이네. 굴복이란 것을 모르는 곳, 소림은 그런 곳이지."

"그 점이 마음에 들긴 하지만, 이길 가능성은 없겠지."

관우는 동의하듯 고개를 끄덕이며 말했다.

"그러나 소림 스스로는 이길 가능성이 전혀 없다고 판단하진 않았을 거야. 소림은 드러난 힘보다 숨겨진 힘이 더욱 강한 곳. 그 힘을 고려하여 어천성과의 승세를 점쳤을 테지."

"자네가 보기엔 소림이 얼마나 버틸 수 있을 것 같나?"

"사부님께서 전에 말씀하시길, 자네들 천문의 무공을 제외하고 강호상에서 저들과 맞설 만한 무공은 오직 불가와 도가의 것뿐이라 하셨네. 그중에서도 소림과 무당의 무공에는 저들의 술법에 대항할 만한 영력이 담겨 있어 쓸모가 있다고도 하셨지. 사부님의 말씀을 고려하면 적어도 소림이 허무하게 무너지는 일은 없을 거라 보네."

"음… 소림과 무당이 저들에게 끝까지 굴복하지 않는 것을 보면 과연 그 말씀이 맞는 것 같군. 그런데 그런 사정을 어천성에서 모르진 않을 것 같은데, 어찌 생각하나?"

"당연히 저들도 알고 있을 거야. 그렇기에 모든 방파를 숭산으로 불러들이는 것이 아니겠는가?"

그 말을 들은 조치성이 뭔가를 알아챈 듯 말했다.

"그럼… 소집된 자들은 그야말로 방패막이에 불과하겠군."

관우는 고개를 작게 끄덕였다.

"저들로서는 이 후의 일들을 생각하여 가능한 한 손해를 최소화할 필요가 있지. 본 문을 상대해야 할 뿐만 아니라 저들 간의 주도권 싸움을 위해서라도 각자 피해를 보는 것을 매우 꺼려할 것이 분명하네."

"그 말은 곧 저들이 소림의 힘을 그 정도로 경계한다는 뜻이 될 수 있겠군. 거기다가 아직 무당까지 건재하니……."

잠시 뜸을 들이던 조치성이 넌지시 물었다.

"어찌할 생각인가?"

관우는 별로 망설이지 않고 대답했다.

"가야지, 숭산으로."

"훗, 그럴 줄 알았지. 갈 방도는 뭔가?"

"당가에서 보았던 그자를 생각하면 뭔가 떠오르는 것이 없나?"

조치성은 당가를 나서기 전에 보았던 진무영을 떠올리며 작은 탄성을 발했다.

"오! 바로 그거군! 이제 보니 그자가 당가에 온 것도 소집령 때문이었어."

조치성은 관우가 소집령에 따라 숭산으로 갈 당가의 식솔들과 함께 움직일 생각임을 알 수 있었다.

"단순히 소집령을 전해기 위해 온 것만은 아닐 거야. 당가는 어천성이 사천과 귀주 일대를 관장하는 데 있어 가장 중시하는 곳이네. 아마도 일대의 모든 방파를 이곳 성도에 집결케 하여 함께 숭산으로 출발할 생각이겠지."

그 말에 잠자코 있던 양사동이 입을 열었다.

"선인께서 말씀하신 대로입니다. 본 문에서 알아본 바에 의하면 이미 다수의 무리가 당가로 향하고 있음이 확인되었습니다."

"으음, 그렇단 말이지? 그건 그렇고, 선인이라니?"

조치성이 의아한 표정으로 묻자 양사동이 대답했다.

"이장로님께서 이분을 칭하실 때 선인이라 하시기에 저도⋯⋯."

"허! 이장로님께서 정말 이 친구를 가리켜 선인이라 하셨단 말이지?"

"그렇습니다."

조치성은 짐짓 난감한 표정을 지어 보이며 관우의 눈치를 살폈다.

"이거 그럼 나도 앞으로 자넬 선인이라 불러야겠군그래."

관우는 피식 웃었다.

"되었네. 그냥 지금처럼 부르도록 해."

"그렇지? 역시 그 편이 편하겠지? 후후."

조치성의 넉살에 미소를 그린 관우가 양사동을 향해 말했다.

"양 형제도 앞으로 나를 부를 땐 편하게 형님이라 불렀으면 좋겠군."

하지만 양사동은 고개를 저었다.

"아닙니다. 저는 앞으로도 계속 선인을 선인이라 부를 것입니다."

"그래도 그냥 편하게……."

"제게는 선인이라 부르는 것이 편하니 괘념치 않으셔도 됩니다."

"……."

정중하면서도 단호한 양사동의 태도에 관우는 할 말을 잃고 조치성을 힐끔거렸다.

"하하! 놔두게. 사동 형제 고지식한 건 본 문에서도 알아주니까 말이야."

조치성은 곁에 앉은 양사동의 어깨를 두드리며 말했다.

"자, 그럼 할 일을 마쳤으니 형제는 그만 돌아가도 좋아."

그러나 어쩐 일인지 양사동은 돌아갈 생각이 없는 듯했다.

"저기… 저는 이곳에 머물 생각입니다만……."

"응? 우리랑 같이 있겠다고?"

"예. 이장로님께서 이곳에 머물면서 형님과 함께 선인을 도우라 하셨습니다."

"그게 정말이야? 하지만 형제는 통의각(通意閣) 일을 담당하고 있지 않나?"

"통의각 일은 이곳으로 오기 전에 이미 다른 형제에게 넘겼습니다."

통의각은 천문의 눈과 귀 역할을 하는 곳이었다. 강호의 정세와 여러 조짐에 대한 정보가 모두 통의각을 통해 수집, 관리되고 있었다.

관우는 바로 이 통의각을 통해 어천성과 관련된 정보를 제공받고 있었던 것이다.

"흐음, 이장로님께 듣기론 지금 어천성의 움직임을 파악하는 데 어려움을 겪고 있는 걸로 아는데, 통의각의 핵심 중 핵심인 사동 형제마저 빠져 버리면 문제가 아닌가? 게다가 형제는 항상 설지 형제와 함께 다녔는데……."

조치성은 마지막 말을 살짝 흐리며 양사동의 눈치를 살폈다. 뭔가 염려스런 기색이 그 안에 담겨 있었다.

"제가 통의각의 핵심이라니 당치 않습니다. 그리고 설지 형제 역시 이번에 통의각 일을 그만두었으니 걱정하지 않으셔도 됩니다."

"뭐라고?"

뜨악한 표정이 된 조치성이 확인하듯 물었다.

"그럼 혹시 설지 형제도……?"

"맞습니다. 지금 하던 일을 정리하고 이곳으로 오고 있는 중일 겁니다."

"……!"

조치성의 표정이 한 번 더 변했다. 겉으로 내뱉진 않았으나 속으로 '헉!' 하는 표정이었다.

"아니… 굳이 설지 형제까지 올 필요는 없는데……."

관우는 조치성이 적지 않게 당황하는 기색을 보이자 의아해했다.

"자네, 갑자기 왜 그러나? 무슨 문제라도 있나?"

"아, 문제는 무슨… 아무것도 아니야."

말은 그렇게 하지만 분명 조금 전보다 기운이 빠진 모습이었다.

'설지라는 자 때문인 듯한데, 대체 그자가 어떤 자이기에 이러지?'

문득 의문이 든 관우였지만 굳이 묻진 않았다. 어차피 이곳으로 온다고 하니 만나보면 알게 될 일이었다.

지금은 그것보단 소집령에 대한 일에 집중할 때였다.

관우는 여유를 갖고 진행하려던 일에 대해 서두를 필요를 느꼈다.

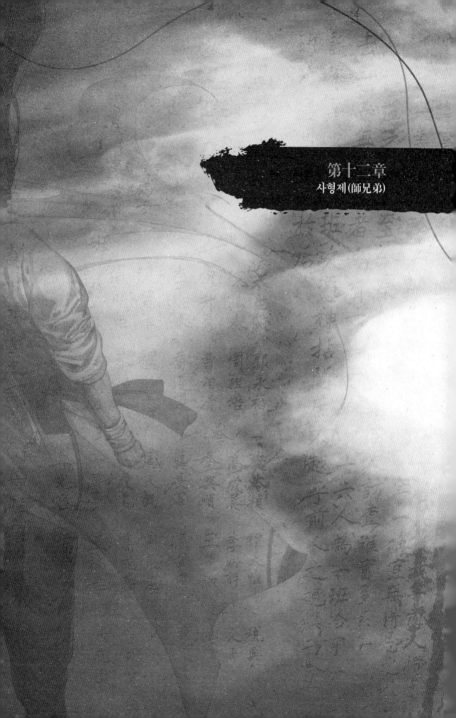

第十二章
사형제(師兄弟)

風神遺事

풍신유사

"……?"

"선인께 인사드립니다. 양설지(梁雪芝)라고 합니다."

이튿날 아침 객잔으로 찾아온 자를 보고 관우는 약간 놀란 표정이 되었다. 어제 조치성과 양사동이 말한 그 설지 형제가 사내가 아닌 여인이었기 때문이다.

'설지, 설지… 그렇군.'

얼핏 들어도 여인의 이름이었다. 미처 생각지 못한 자신이 무감각한 것이었다.

그러나 관우가 헷갈린 데에는 남자든 여자든 모두 형제라 칭하는 천문의 법식 탓도 있었다.

양설지의 나이는 스물셋으로, 두 살 아래 양사동과는 친남

매지간이었다. 조치성보다는 세 살 어렸다.

그녀는 사내들이 즐겨 입는 백의 단삼을 걸치고 상투를 틀고 있었는데, 관우의 눈엔 그런 남장이 썩 잘 어울려 보였다.

어찌 보면 곱상한 사내를 보는 듯도 하였지만, 양설지의 절도있는 태도와 말씨는 그녀를 결코 나약한 여인으로 볼 수 없게 만들었다.

양설지와 인사를 나눈 관우는 주변을 두리번거리더니 양사동에게 물었다.

"그런데 치성 이 친구가 안 보이는군."

"아, 치성 형님은 잠시 산책을 다녀오겠다면서 새벽에 나가셨습니다."

"산책?"

관우는 고개를 갸웃거렸다. 뜬금없이 산책이라니? 조치성과 알고 지낸 이후 그가 새벽에 산책을 나가는 것을 본 일이 없었다.

'혹시……?'

자신의 앞에 앉아 있는 양설지에게 슬쩍 시선을 준 관우.

어제 조치성이 보인 반응을 떠올린 관우는 일부러 조치성이 자리를 피한 것이 아닐까 하고 추측했다.

양설지는 관우가 자신을 살피는 것을 아는지 모르는지 부동자세로 앉아 아침 식사가 나오길 기다리고 있었다.

자리에 앉은 후 미동조차 않는 그녀가 관우는 신기하기만 했다.

'무공을 배운 여인 중엔 이런 여인도 있구나.'

순간 관우의 머릿속엔 당하연의 얼굴이 떠올랐다. 양설지의 모습을 보고 있자니 절로 그녀와 비교되었다.

'비슷한 듯하면서도 다르군.'

두 여인 모두 보통의 또래 여인들과는 다르다는 점이 비슷했다.

화장을 하지 않은 수수한 모습이 닮았다. 하지만 당하연이 거친 모습이라면, 양설지에게선 단정함이 느껴졌다.

관우가 그런 생각을 하는 사이 식사가 차려졌다. 그리고 식사가 시작된 뒤 얼마 되지 않아 산책을 나갔던 조치성이 돌아왔다.

양설지는 조치성을 보자마자 벌떡 일어서며 깍듯이 인사했고, 그런 그녀를 보며 조치성은 어색한 미소로 손을 흔들었다.

그러더니 그는 아침 생각이 없다며 도망치듯 자신의 방으로 올라가 버렸다.

이를 지켜본 관우는 더욱 의아할 수밖에 없었다.

조치성이 양설지를 이처럼 어려워하는 까닭을 도무지 알 수 없었던 것이다. 자신이 알고 있는 호방하고 능청스런 조치성이 아니었다.

궁금함을 참고 식사를 마친 관우는 양설지가 방으로 올라가 여장을 푸는 사이 양사동에게 넌지시 물었다.

"치성과 설지 소저는 원래 사이가 저렇소?"

"예? 무슨 말씀이신지?"

"치성 그 친구가 설지 소저를 좀 어려워하는 듯해서 말이오."

"아, 그 말씀이시군요."

그제야 알겠다는 듯 작은 탄성을 터뜨린 양사동.

하지만 이내 얼굴에 곤란한 기색이 떠올랐다. 그것을 보며 더욱 궁금해진 관우가 재차 물었다.

"둘 사이에 어떤 사연이 있는 듯한데……."

"음, 그것이……."

양사동은 난처해했다. 말을 하기가 쉽지 않은 모양이었다. 결국 그는 관우를 향해 살짝 고개를 숙이며 말했다.

"죄송합니다. 제가 말씀드리기가 조금 곤란한 일인지라……."

이에 관우는 옅은 미소로 담담하게 대꾸했다.

"아니오. 내가 괜한 것을 물어 사동 형제를 곤란하게 한 것 같소."

말은 그렇게 했지만 궁금함이 가실 리가 없었다. 관우는 적절한 시기를 봐서 조치성에게 직접 물어보기로 마음먹었다.

어차피 이제 양사동과 양설지도 자신과 함께 움직이게 되었으니 각자에 대해 어느 정도는 파악해 놓는 것이 필요했기 때문이다.

이층 객실로 올라온 관우는 조치성 등 세 사람과 모여 향후의 일에 대한 이야길 나누었다.

우선 네 사람의 신분은 사형제지간으로 정했다.

이미 당가주 당정효에게 사문을 건곤문이라 밝혔으니 그것을 그대로 써먹기로 한 것이다.

아울러 호칭 문제도 정리했다.

처음엔 양사동이 매우 어색해하며 난처해했지만, 앉은 자리에서 관우를 사형이라 백 번 부르기를 시킨 조치성의 노력으로 그 문제도 원만히 해결되었다.

마지막으로 남은 문제는 관불귀였다.

관우는 무조건 함께 움직이겠다는 관불귀를 설득시켜 그에게 한 가지 일을 부탁했다.

처음엔 꺼리던 그도 자세한 설명을 들어 일의 중요성을 깨닫고는 곧 마음을 굳혔다. 그리고 그는 그 즉시 짐을 꾸려 객잔을 떠났다.

성도를 빠져나가는 관불귀를 끝까지 배웅한 관우는 세 사제를 이끌고 당가로 향했다. 해가 중천에서 이미 기울기 시작할 때였다.

"이 사람들은 또 누구야?"

양설지와 양사동을 본 당하연이 눈을 가늘게 뜨며 대뜸 물었다.

"내 사제들."

관우가 즉각 대답했으나 당하연은 코웃음 쳤다.

"웃겨!"

"사실은 치성의 사제들이야. 서로 인사해, 연 매."

관우는 당하연과 양설지, 양사동을 각각 소개했다.

간단하게 인사를 나눈 세 사람은 곧 어색한 분위기를 연출했다. 이유는 당하연의 냉랭한 태도 때문이었다.

조치성에게 감정이 좋지 못한 그녀였기에 그의 사제인 두 사람 역시 마음에 들 리가 없었다.

"따라와. 할 말이 있어."

다과를 나누고 난 뒤 당하연이 관우를 따로 불러냈다.

역시 그녀에게 할 이야기가 있던 관우는 조치성 등을 먼저 객잔으로 돌려보내고 당하연을 따라나섰다.

당하연이 관우를 이끌고 간 곳은 다름 아닌 삼 년 전 흥도쌍살과 싸움을 벌인 산길이었다. 이제는 길이라고 할 수 없을 정도로 황폐해진 상태였다.

"연 매, 여기는 왜 온 거지?"

관우가 묻자 당하연은 관우의 눈을 직시하며 입을 열었다.

"한 번 더 보여줘."

"보여달라니?"

"그때 날 구해줄 때 썼던 무공."

"……."

관우는 말없이 당하연의 얼굴을 바라봤다.

이곳으로 올 때부터 어느 정도 짐작은 하고 있었다. 당하연의 성격상 관우의 비밀을 모른 체 그냥 넘길 리가 없었기 때문이다.

관우는 옅은 미소와 함께 입을 열었다.

"그건 무공이 아니야."

"뭐? 무공이 아니라고?"

당하연은 잔뜩 호기심 어린 표정으로 관우를 쳐다봤다.

"무공이 아니면 뭐야?"

"풍술."

"풍술? 그게 뭔데?"

당하연의 얼굴은 갈수록 아리송한 표정으로 바뀌었다.

그런 그녀를 보며 관우는 자신과 풍령문에 관한 이야기를 꺼내기 시작했다.

풍령문이 어떤 곳인지부터 자신은 어떤 존재인지, 앞으로 무슨 일을 해야 하는지 등, 당하연이 이해할 만한 것들을 간단하게 설명해 주었다.

간단하게 했다지만 긴 이야기였다. 또한 생소하고도 쉽게 믿지 못할 이야기이기도 했다.

하지만 듣는 내내 당하연의 표정은 진지했다.

관우가 허무맹랑한 말을 할 리가 없기 때문이다. 관우에 대한 그만한 신뢰는 있었다.

특별히 그녀의 표정이 심각하게 바뀐 때는 어천성에 관한 이야기를 들을 때였다.

"그런 자들이 지금 집에 와 있다니!"

당하연은 당가에 머물고 있는 진무영 등을 떠올리며 미간을 좁혔다.

사실 그녀는 당가의 일엔 관심이 없었다. 당가에서 하는 일이라면 크게 무공과 의술, 장사인데, 이 셋 중에서 특히 그녀의 관심 밖에 있는 것이 바로 장사였다.

때문에 어천성이 거경상단일 때부터 당가와 거래를 한 일에 대하여는 신경도 쓰지 않았다.

종종 마주친 진무영도 그저 개인적으로 싫어한 것일 뿐, 그를 어천성과 관련지어 생각한 적은 없었다.

그런데 막상 어천성의 실체가 무엇이며 그들에 의해 자신의 가문과 자신의 아버지가 조종되고 있다는 사실을 알게 되자 당하연의 마음은 무거워졌다.

분노가 치밀기도 했지만, 지난 삼 년간 아무것도 모른 채 지내온 자신에 대한 실망감이 더욱 컸다. 그간에 아버지 당정효가 겪었을 마음고생이 어떠했겠는가?

관우의 이야기가 끝난 뒤 잠시 말없이 서 있던 당하연은 곧 관우를 향해 입을 열었다.

"그런데 그렇게 감추던 이야기를 지금 해주는 이유가 뭐야?"

그녀의 표정과 음성은 어느새 평소 때로 돌아와 있었다. 그것을 본 관우는 내심 그녀의 자제력에 감탄하면서도 얼굴에 미소를 띠었다.

"더 이상 감출 필요가 없거든. 어차피 풍령문의 존재도 나로서 끝이 날 테니까."

"그 말은 지난번에 우리가 다시 만났을 때에도 감출 필요가 없었다는 뜻이잖아? 그런데 그땐 왜 물어봐도 말해주지 않은 거야?"

당하연의 두 눈이 가늘어졌다. 합당한 이유가 없으면 가만 있지 않겠다는 뜻이었다.

하지만 그것을 보면서도 관우는 미소를 잃지 않았다.

"그때 이야기했다면 연 매다운 결정을 내리지 못했을 거야."

"나다운 결정이라니? 그게 무슨 말이야?"

"사실 처음부터 연 매에게 그런 부탁을 할 생각은 전혀 없었어. 하지만 연 매가 관 대인과 함께 그와 같은 비무를 벌이고 있다는 것을 알게 됐고, 마침 어천성의 인물이 당가에 도착했다는 소식을 듣게 되면서 말 그대로 연 매에게 부탁을 했던 것이지."

"그러니까, 내가 결정하는 데 부담스럽지 않게 하기 위해서 그땐 이야기를 안 해줬다, 이 말이야?"

"그것보다는 나와 연 매의 관계가 어느 정도인지 확인하기 위해서라는 게 맞을 거야. 비록 남매지연을 맺었지만 짧은 시간이었고, 또 삼 년이란 세월이 흘렀으니까."

"······?"

당하연은 잠시 두 눈에 이채를 띠며 관우를 응시했다.

"도대체 무슨 말이야? 쉽게 설명해 줘."

이에 관우는 미소를 지운 채 진지한 표정으로 말했다.

"풍령문과 나의 정체가 더 이상 비밀일 필요가 없다고 했지만, 그건 오로지 동료, 즉 나와 뜻을 같이할 사람들에 한해서야. 그 외의 인물은 절대 알아서는 안 될 이야기지. 그리고 그건 연 매도 마찬가지야. 그래서 먼저 연 매가 나를 어떻게 생각하고 있는지 알 필요가 있었어. 만약 연 매가 내 정체를 알고도 나와 뜻을 같이하지 않는다고 한다면 그땐……."

"그땐 나를 제거해 버릴 수도 있다? 그래서 나를 아끼는 차원에서 그땐 이야기를 해주지 않았다, 이거야?"

관우는 고개를 끄덕였다.

"맞아. 연 매가 부탁을 들어주지 않았으면 나는 곧바로 다른 방도를 택했을 거야."

"흠, 그랬군."

당하연 역시 알겠다는 듯 고개를 끄덕이더니 말했다.

"그럼 지금은? 지금 내가 오라버니랑 뜻을 같이하지 않는다고 하면 어떻게 되는 거지?"

"그럴 일은 없을 거라고 믿지만, 만일 그렇다면 지금이라도 달라지는 것은 없어. 앞으로도 그렇고."

"날 제거해 버리겠다는 거야?"

"그래야겠지. 아마도."

당하연은 관우의 눈빛을 읽었다. 관우는 진심이었다.

'칫!'

뭔지 모를 서운함이 가슴 한편에서 피어올랐다. 하지만 그녀는 이를 내색하지 않고 새침한 표정으로 코웃음 쳤다.

"흥! 웃겨! 날 제거하겠다니? 그럴 자신은 있고? 내가 살짝 밀친 것에도 나가떨어졌으면서!"

그녀의 말에 예전 주루에서 그녀를 처음 만났던 때의 일을 떠올린 관우는 실소하며 맞받아쳤다.

"연 매의 목숨을 구해준 사람이 누구였더라?"

"흥! 그건 풍술인가 뭔가 하는 술법이었잖아? 그걸 내세우는 건 반칙이지. 순수하게 무공 대 무공으로 나를 이길 자신이 있냐, 이거야."

당하연이 지금 자신을 일부러 도발하고 있는 것임을 안 관우는 팔짱을 끼며 여유롭게 말했다.

"내 판단이 맞는다면 연 매는 내 옷깃 하나 건드리지 못할걸."

"호오! 무공을 배웠다더니 허풍만 늘어가지고 왔군. 좋아, 어디 천문의 장로한테 배웠다는 그 실력 한번 구경해 보자고!"

당하연이 팔을 걷어붙이며 나서자 관우는 살짝 당황했다.

"여기서?"

"그래."

"지금?"

"지금!"

"이런……!"

"왜? 막상 날 상대하려니 겁나?"

"그런 게 아니라… 흠, 정말 괜찮겠어? 난 치성처럼 봐주지 않을 텐데?"

"뭐? 칫!"

당하연은 미간을 잔뜩 찌푸리며 입술을 깨물었다.

관우는 지금 조치성이 지난번 자신과의 비무에서 자신의 사정을 봐준 것이라 말하고 있었다.

안 그래도 그때의 비무를 생각하면 찝찝한 기분을 떨칠 수가 없었는데, 관우가 대놓고 자신을 깎아내리자 크게 기분이 상한 것이다.

"다른 말 말고 어서 준비나 해."

"......!"

그녀의 음성이 냉랭해진 것을 느낀 관우는 움찔하며 슬쩍 뒤로 두 걸음 물러섰다.

'내가 너무 심했나?'

딴에는 당하연과 손속을 겨루는 것을 피할 양으로 꺼낸 말이었는데, 그것이 그녀의 무인으로서의 자존심을 건드릴 줄은 미처 생각지 못한 관우였다.

하지만 어쨌거나 이젠 주워 담을 수 없는 쏟아진 물이었다.

이미 당하연의 신형이 자신을 압박해 들어오고 있었던 것이다.

관우는 복부를 향해 뻗어오는 당하연의 손을 보곤 반사적으로 상체를 옆으로 틀었다.

그러자 당하연은 내뻗은 손을 신속히 회수하며 그대로 팔꿈치로 관우의 가슴을 노렸다.

그녀의 빠른 공세 전환에 놀람을 금치 못한 관우는 재빨리 우수를 가슴 앞에 세워 당하연의 공격을 저지했다.

당하연은 자신의 팔꿈치가 관우의 손바닥에 닿는 것과 동시에 자세를 낮췄다. 그러더니 즉각 신형을 그 자리에서 회전시키며 오른발을 관우의 관자놀이를 향해 내뻗었다. 난화비각이었다.

'음?'

관우는 흠칫했다.

이처럼 근접한 상태에서 그녀가 각법을 펼칠 줄은 몰랐다.

상대와 가까운 거리에서 각법을 펼치는 것은 웬만한 유연성과 날렵함을 지니지 않으면 불가능한 일이었다.

관우는 양손을 들어 당하연의 오른발을 잡아갔다. 피하기엔 늦었다고 판단한 것이다.

당하연의 발을 허공에서 붙잡은 관우는 그 상태로 슬쩍 옆으로 밀었다. 그녀의 중심을 흐트러뜨리기 위함이었다.

하지만 그 순간 놀라운 일이 벌어졌다.

휘청이는 듯하던 그녀의 신형이 빠르게 회전하더니 재차 각법을 전개해 왔다. 이번에 노리는 곳은 관우의 다리였다.

이렇게 되자 관우도 처음 가졌던 마음을 버릴 수밖에 없었다.

당하연의 공격은 하나같이 매서웠다. 한 치의 망설임도 없이 자신의 급소를 노렸다.

설마 그녀가 이렇게까지 나올 줄은 몰랐던 관우는 대충 서로의 실력을 확인하는 선에서 그치려고 했던 처음 생각을 접고 본격적인 실력 발휘에 들어가기로 했다.

한쪽 다리를 뒤로 빼며 공세에서 벗어난 관우는 당하연이 주저앉은 틈을 노려 우수를 내뻗었다.

당하연의 옆구리가 훤하게 드러났지만 관우의 손은 허공을 가르고 말았다. 당하연이 간발의 차로 몸을 뒤로 뺀 것이다.

관우는 오른발을 구르며 재차 그녀의 옆구리를 노렸다. 쾌속하고도 간결한 동작이었다.

그런데 자세가 조금 어색했다. 몸을 낮추고 손을 앞으로 쭈욱 내뻗는 모습은 흡사 검법의 찌르기를 보는 듯했다.

사실 관우는 특별히 권장지각을 사용하는 법을 배운 일이 없었다. 배운 것이라곤 심법과 검법이 다였다.

그런 관우였으니 맨몸으로 하는 싸움이 익숙지 않은 것은 당연지사.

하지만 관우는 맨손으로 당하연을 상대하면서 그다지 큰 어려움을 느끼지 못하고 있었다.

비록 지금까지 검을 들고 수련을 하긴 했지만, 관우가 배운 것은 비단 검법만이 아니었다.

황벽과의 대련은 나와 상대의 공격 변화에 대응하는 능력뿐만 아니라 정확한 거리와 시간을 재는 능력도 길러주었다.

그것은 나와 상대가 검을 들었는지 안 들었는지의 여부와 상관없이 발휘되는 능력이었다.

틈이 보이면 놓치지 않고 정확한 시점에 그곳을 타격한다.

이것은 권장지각술을 배우지도 않고 검을 들지도 않은 관우에게 있어 그리 어려운 일이 아니었다.

뒤로 몸을 빼던 당하연은 자신의 물러섬보다 더욱 빠르게 찌르고 들어오는 관우를 보며 크게 당황했다.

더 이상 몸을 뺄 수는 없었다. 남은 것은 몸을 비틀어 최대한 공세에서 벗어나는 것뿐이었다.

하지만 그녀가 몸을 비튼 순간 찔러오던 관우의 손이 방향을 꺾었다. 관우는 피하기에 급급한 당하연의 왼쪽 옷소매를 잡아갔다.

급변한 움직임에 놀란 당하연이 황급히 이를 뿌리치려 해보았지만 관우의 손은 먹이를 노린 뱀처럼 기어이 그녀의 소매를 움켜쥐었다.

그와 동시에 당하연은 강한 힘이 그곳을 통해 전달되는 것을 느꼈다. 소매를 움켜쥔 관우가 자신 쪽으로 그녀의 신형을 잡아당겼던 것이다.

"음?"

순간적으로 중심을 잃은 당하연은 자신도 모르게 짧은 탄성을 내지르며 관우의 품속으로 딸려 들어갔다.

관우는 그녀의 몸이 자신 쪽으로 기우는 것을 보며 반대편 손으로 그녀의 남은 한쪽 팔마저 제압해 버렸다.

그러자 당하연은 관우에게 뒷짐을 진 상태로 양손이 붙들린 채 등을 보인 자세가 되고 말았다. 한동안 힘을 쓰고 버둥거리던 그녀는 곧 잠잠해진 채 숨을 몰아쉬었다.

"이 정도면 허풍은 아니겠지?"

"치잇!"

등 뒤에서 들려온 관우의 음성에 당하연은 입술을 깨물었다.

분했지만 달리 대꾸할 말이 없었다. 상대에게 양손을 제압당했으니 완벽한 패배였다.

하지만 더욱 그녀의 말문을 막은 것은 부끄러움 때문이었다.

관우와의 거리가 너무나 가까웠다.

등 뒤에 있는 관우의 숨결이 다 느껴질 정도였다. 뛰는 가슴을 진정시키며 당하연은 가까스로 입을 열었다.

"언제까지 이러고 있을 거야?"

"……?"

"알았으니까 이거 좀 놓으라고!"

"아……!"

그녀의 말뜻을 이해한 관우는 붙들고 있던 그녀의 양손을 풀어주었다.

그런데 바로 그때였다.

양손이 놓인 당하연이 돌연 신형을 돌리며 관우를 향해 일장을 날려왔다.

'……!'

그녀가 이렇듯 비겁한(?) 일격을 가할 줄은 전혀 생각지 못한 관우는 순간 크게 당황했지만, 침착하게 반보 물러서며 그녀의 일장을 옆으로 흘렸다.

이렇게 되자 허공을 때린 당하연은 그만 또다시 중심을 잃고 앞으로 고꾸라질 수밖에 없었다.

이번 기습이 반드시 성공할 줄로만 알았기에 다음 움직임을 염두에 두지 않은 결과였다.

그녀의 눈에 관우의 넓은 가슴이 점점 가까워져 왔다.

"어! 어……!"

어쩔 줄 모른 채 당황스런 음성만 연발하는 그녀.

"……?"

그런 그녀의 모습에 당황스럽기는 관우도 마찬가지였다. 이 상황에서 한 번 더 몸을 빼자니 당하연이 그대로 땅에 엎어질 터였고, 그렇다고 몸을 안 빼자니…….

풀썩.

갈등은 오래가지 않았다. 사실 애초에 갈등을 할 여유조차 없는 순간이었다.

관우는 자신의 품 안에 들어온 당하연을 내려다보며 그대로 목석이 되어버렸다.

그리고 그것은 당하연도 똑같았다.

그녀는 얼굴을 관우의 가슴에 묻고 양팔을 앞으로 잔뜩 오므린 채 미동조차 없었다.

이 순간 두 사람의 같은 점이 또 하나 있었다. 바로 둘 모두 놀란 토끼눈이 되어 깜박일 줄을 모른다는 것이었다.

"저기… 두 사람, 갑자기 뭐 하는 것이지……?"

먼발치에서 둘을 지켜보고 있던 양사동이 고개를 갸웃거렸다.

이에 조치성은 뜻 모를 미소를 한차례 머금고는 양사동의 어깨를 두드렸다.

"그만 됐으니까 우린 그만 가자."

"예? 그래도 둘이 싸우는 중이었는데……?"

"별문제없을 거야."

조치성은 객잔으로 먼저 돌아가는 척하면서 혹시라도 있을지 모를 일을 염려하여 관우의 뒤를 조용히 따라왔었다.

관우의 정체를 안 당하연의 반응이 문제가 될 수 있었기 때문이다.

여전히 수긍을 하지 못하는 표정의 양사동을 재촉한 조치성은 신형을 돌리며 곁에 있던 양설지를 힐끗거렸다.

마침 양설지도 고개를 돌리고 있던 터라 둘의 시선이 허공에서 마주쳤다.

이에 조치성은 뜨끔하며 황급히 눈길을 돌렸다. 하지만 양설지는 평소와 같이 조금도 흐트러짐없는 눈빛을 보일 뿐이었다.

'도대체가 부끄러운 줄을 모른다니까.'

조치성은 고개를 설레설레 저었다.

보통 양설지 또래의 여인이라면 저런 장면을 목격했을 땐 설렘과 동시에 일말의 부끄러움을 느끼는 것이 당연했다.

하지만 양설지는 마치 모든 것을 통달한 사람처럼 너무도 태연했다.

물론 양설지가 원래 그런 여인임을 잘 알고 있기에 크게 놀랄 일은 아니었으나, 그래도 막상 실제 이런 반응을 보니 절로 혀를 내두를 수밖에 없는 조치성이었다.

"구룡현의 흑도방에서 왔소."

"단룡현의 오호검문이오."

이른 아침부터 당가의 정문 앞이 사람들로 북적거렸다.

상단과 의원을 운영하는 당가이기에 늘 볼 수 있는 광경이지만 오늘은 평소와는 조금 다른 점이 있었다.

정문 앞을 꽉 메운 자들의 행색이 상인이나 병자들이 아니었던 것이다.

모인 사람들 대개가 모두 눈빛이 도드라지고 병장기를 휴대한 무인들이었다.

그러한 무리들이 속속 당가의 정문 앞에 도착하여 미리 배치된 당가의 식솔에게 자신들의 출신을 밝히고 있었다.

"당도한 문파의 수가 얼마나 되느냐?"

"목록에 있는 사천 일대 이십칠 개 문파 중 지금까지 십구 개 문파가 등록을 마쳤습니다. 청성과 아미는 제외한 수치입니다."

당일문의 대답을 들은 당인효는 고개를 끄덕였다.

"시한은 내일 미시다. 그때까지 도착하지 않는 문파는 불참한 것으로 간주하여 보고하도록 하거라."

"알겠습니다, 총관님."

지시를 내린 당인효는 자리를 뜨려 했다. 하지만 그는 곧 멈 칫거리며 정문 앞을 주시했다.

"저자는……?"

그의 눈에 목록을 확인하며 기필(起筆)하는 한 청년의 모습 이 들어왔다.

청년은 다름 아닌 관우였다.

당인효는 당하연에게서 관우를 직접 소개받은 적은 없지만 먼발치에서 본 일이 있었다. 가주인 당정효의 지시로 관우에 대한 뒷조사를 했기 때문이다.

당일문은 당정효가 의문스런 눈빛으로 관우를 쳐다보는 것 을 확인하곤 입을 열었다.

"연 누이가 특별히 부탁하여 저자의 문파도 목록에 첨부시 켰습니다."

"연아가 말이냐?"

"예. 가주님께도 이미 허락을 받은 일이라고 하는 통 에……."

"으음……."

당인효는 잠시 침묵하더니 기입을 마치고 돌아서려는 관우 를 불러 세웠다.

"잠깐 거기 멈추시게."

관우는 자신에게 다가오는 당정효를 담담한 시선으로 바라 봤다.

"무슨 일이십니까?"

"나는 본 가의 총관 직을 맡고 있는 당인효라 하네. 연아에 겐 숙부가 되지."

당하연의 숙부라는 말에 관우는 즉각 예를 갖췄다.

"그러셨군요. 미리 찾아뵙지 못해 송구합니다. 관우라고 합니다."

"아닐세. 자네에 대한 이야기는 가주님을 통해 익히 들어 알고 있네. 한데 그건 그렇고, 자네는 지금 여기 있는 목록에다 기입을 한 것인가?"

"그렇습니다."

"이곳에다 기입을 한다는 것이 어떤 의미인지 알고 한 일인가?"

"물론입니다. 곧 당가를 필두로 사천 지역의 모든 문파가 한데 모여 숭산으로 출발한다기에 제가 특별히 연 매에게 제 사문도 포함시켜 달라 부탁했습니다."

"자네의 사문이 건곤문이라고 들었네만, 그럼 건곤문도 태산지약에 따라 어천성에 복속하겠다는 것인가?"

"이미 강호는 어천성을 중심으로 새롭게 질서가 세워지고 있습니다. 당가 역시 그 질서의 한 축을 담당하고 있는 것으로 압니다. 제 사부님의 뜻이 그러하고, 저 또한 연 매를 통해 당가와 인연을 맺었으니 망설일 일이 아니지요."

당인효는 관우를 가만히 응시했다.

틀리지 않은 판단이며, 누구나 수긍할 수 있는 이유였다.

하지만 지금 그가 관우를 응시하고 있는 것은 관우에게 어떠한 다른 의도가 숨어 있는지 궁금해서였다.

그러나 담담한 관우의 표정에서 다른 기색을 찾아보기란 어려웠다.

'심계가 제법 깊구나.'

내심 감탄한 당인효는 고개를 끄덕이며 다시 입을 열었다.

"자네의 생각은 잘 알겠네. 한데, 같이 다니는 사형제들이 있다고 들었는데, 혹시 이번 숭산행엔 그들만 같이 가는 것인가?"

"이번 강호행엔 저와 사형제 셋만 허락을 받은 탓에 그렇게 될 것 같습니다."

"그럼 모두 넷이라는 말인데, 수가 너무 적군. 이번 소집령엔 반드시 각 문파의 인원 중 삼 할 이상을 보내야만 한다는 규정이 적혀 있었다네."

"그렇습니까? 음, 삼 할 이상이라……. 다행히 규정에 어긋나진 않겠군요."

당인효의 두 눈에 이채가 어렸다.

"규정에 어긋나지 않다니? 그럼 자네 사문의 문도가 열 명 내외밖에 되지 않는다는 뜻인가?"

관우는 가볍게 고개를 끄덕였다.

"사부님을 포함해서 모두 열 명입니다."

'고작 열 명이라고?'

당인효는 놀란 표정을 숨기지 않았다.

기실 그는 관우와 건곤문에 대한 조사를 벌였으나 지금까지 알아낸 것이 없었다. 건곤문의 실체조차 파악하지 못한 상태였다.

 그래서 이 기회에 관우를 통해 실마리를 얻을까 하여 넌지시 사문에 대하여 물었던 것인데, 문도가 고작 열 명에 불과한 보잘것없는 곳일 줄은 정녕 몰랐던 것이다.

 "열이라니, 그 말이 사실이라면 조금 뜻밖이로군. 노파심에서 하는 말이지만, 이번 숭산행은 경우에 따라 많은 이들이 목숨을 잃을 수도 있네. 그럼에도 참가하려는가?"

 관우는 당인효를 향해 담담한 미소를 보였다.

 "이백 년 만의 강호행입니다. 단지 위험하다는 이유로 큰 경험을 할 수 있는 기회를 놓친다면 매우 안타까울 겁니다."

 "이백 년 만의 강호행이라……. 알수록 신비로운 곳이군. 기회가 되면 자네 사문에 관하여 좀 더 알려줄 수 있겠는가?"

 "그렇게 하지요."

 "고맙네. 그럼 모레가 출행일이니 그때 보도록 하세."

 당인효는 관우와 인사를 나눈 후 자리를 떴다.

 잠시 동안 그의 뒷모습을 응시하던 관우 역시 곧 신형을 돌려 객잔으로 향했다.

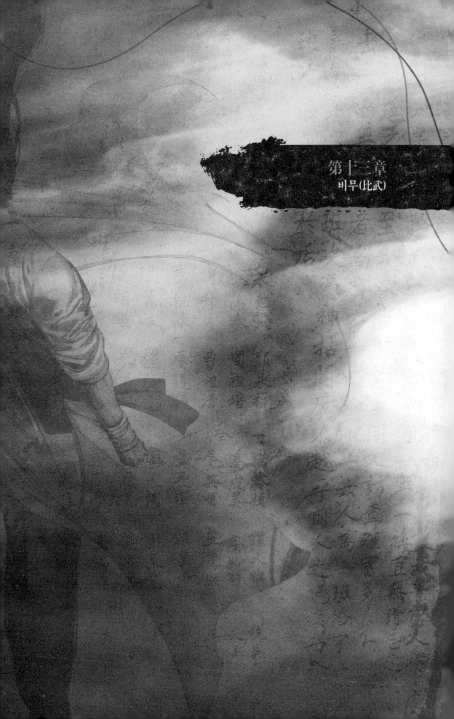

第十三章
비무(比武)

風神遺事

당가 뒤편은 얕은 구릉으로 둘러싸여 있다.

구릉을 넘어서면 천여 명은 족히 들어설 수 있는 평탄한 공간이 나타난다. 지금 그곳이 갖은 복색의 무인들로 절반이 넘게 채워져 있었다.

숭산으로의 출행일에 맞춰 사천 일대 각 방파의 무인들이 한데 모인 것이다. 이들 중엔 물론 관우 일행도 끼어 있었다.

예정된 진시가 되자 웅혼대장 당일문이 각파의 참가 여부를 확인하기 시작했다. 참가 여부가 확인된 방파들은 차례대로 도열한 상태로 출행을 기다렸다.

"역시 우리보다 적은 수로 참가한 문파는 없나 보군."

앞서 불린 각파의 규모를 살피던 조치성이 말을 꺼냈다.

"이번에 모인 방파 중에서 우리가 가장 수가 적은 걸로 알고 있습니다."

양사동이 고개를 끄덕이며 대꾸하자 나란히 서 있던 양설지가 담담한 어투로 말했다.

"수만 많을 뿐, 대개가 수준 이하의 무인들이야."

양사동은 그 말에도 역시 고개를 끄덕였다.

"사저 말대로네요. 이런 자들을 데리고 소림을 치겠다니……."

그의 입에 사저라는 말이 꽤나 익숙해 보였다. 조치성이 매일 자기 전 백 번씩 연습시킨 결과였다.

세 사람이 이런저런 말을 섞는 동안 관우는 말이 없었다. 관우의 시선은 다른 곳에 있었다.

장내에 임시로 마련된 단상 위.

그곳엔 도복과 승복을 걸친 자들 수십 명이 자리를 차지하고 앉아 있었다.

다른 자들이 모두 단상 아래에 서서 출행을 기다리고 있는 것을 고려하면 특별한 대우라고 할 수 있었다.

하지만 이에 대해 불만을 가진 자들은 없는 듯 보였다. 아니, 적어도 대놓고 불만을 표출하는 자는 없었다. 단상 위에 있는 자들이 어떤 자들인지 모두 잘 알고 있기 때문이었다.

그들은 그런 대우를 받을 만했다. 그들이 바로 구대문파의 두 자리를 차지하고 있는 청성파와 아미파의 제자들이었기 때문이다.

'과연 구대문파구나.'

관우는 절제된 자세로 앉아 있는 그들을 보며 내심 감탄했다.

말로만 듣던 구대문파의 사람들을 처음으로 직접 대하게 되었는데, 정광 어린 그들의 눈빛과 남다른 기도는 관우가 가졌던 기대와 예상을 뛰어넘었다.

단상 위에는 관우 또래와 그보다도 어린 자들도 눈에 보였는데, 그들의 기도 또한 상당한 수준이었다.

그때, 드디어 마지막 문파의 이름이 불렸다.

"끝으로 건곤문의 관우 외 삼 인은 단상 쪽으로 나와주시오."

건곤문의 이름이 불리자 많은 사람들의 눈길이 관우 등에게로 쏠렸다.

들어본 적이 없는 생소한 문파였다. 관심이 가는 것은 인지상정이었다.

단번에 모두의 이목이 집중되었으나 단상 앞으로 향하는 네 사람의 태도는 조금의 흐트러짐도 없었다. 관우와 양설지는 담담했으며, 조치성은 여유로웠고, 양사동은 사람들의 시선을 태연하게 받아넘기며 걸음을 옮겼다.

하지만 이들을 확인한 사람들 대부분은 곧 시들한 눈초리로 고개를 돌렸다.

겨우 네 명. 너무나 초라한 수였다.

말 그대로 변두리 이름없는 방파로밖에 보이지 않았다.

하지만 몇몇은 끝까지 네 사람에게서 시선을 떼지 않았는데, 그들 중 대부분이 바로 단상 위에 앉은 청성과 아미의 제자들이었다.

"건곤문의 관우 외 세 명, 모두 참가했소."

관우가 확인 절차를 마치자 당일문은 네 사람을 도열된 무리 중 가장 좌측 자리에 배정했다. 차례대로라면 가장 뒷줄에 가서 서야 했지만, 오히려 가장 앞줄에 서게 된 것이다.

처음엔 그 이유를 몰랐지만, 얼마 안 있어 관우는 그 까닭을 알게 되었다.

잠시 후, 일단의 무리가 장내에 들어섰다.

당가의 정예인 웅혼대를 위시하여 한 사람이 단상 위에 올라섰다. 그는 바로 진무영이었다.

먼저 당일문이 도열한 자들을 향해 몇 마디를 꺼내더니 곧 진무영을 소개했다.

진무영은 중인들의 시선을 한 몸에 받으며 앞으로 나섰다.

"어천성의 개천부주(蓋天府主) 진무영입니다. 먼저 본 성의 소집령에 기꺼이 응해주신 여러분께 고마움을 표합니다."

묘한 매력이 풍기는 그의 음성은 단상 아래 있는 모든 자들의 주의를 단번에 집중시켰다.

인사말에 이어 이번 출행의 목적과 당위성에 대해 다시 한번 주지시킨 진무영은 다시 당일문에게 자리를 넘겼다.

자리를 넘겨받은 당일문은 한 장의 서지를 손에 쥐고 중인들 앞에 섰다.

"그럼 출행에 앞서 조직 체계에 대하여 설명해 드리겠소. 먼저 이번 소림 정벌에 나선 방파들은 크게 세 부류로 나뉘오. 강북연합과 강남연합, 그리고 우리 사천연합이 그것이오. 앞으로 이들을 편의상 제일군과 이군, 삼군으로 칭하게 될 것이오. 각 군에는 대(隊)가 있는데, 우리 삼군은 열 개 대로 나뉘며, 또한 각 대마다 두 개 조(組)로 편성이 되었소. 우선 여러분이 지금 열을 지어 서 있는 그대로가 한 개의 대라고 할 것이오. 당가의 웅혼대를 비롯한 청성과 아미의 제자들이 속할 제일대를 제외한 각 대는 청성과 아미의 제자들 중에서 뽑힌 자들이 맡을 것이며, 조장은 대주의 주관하에 각 대에서 스스로 뽑게 될 것이오. 그럼 지금부터 제이대부터 제십대까지의 구성원과 각 대주의 이름을 호명토록 하겠소. 제이대에는……."

서지를 펼쳐 든 그의 입에서 각 문파와 대주의 이름이 불렸다.

대주의 이름이 불리자 단상에 앉아 있던 자들 중 열 명이 차례대로 단상 아래로 내려가 각 대의 맨 앞에 섰다.

그런데 이상한 일이 벌어졌다.

관우가 속한 건곤문은 전혀 언급이 되지 않은 것이다. 제이대부터 제십대 어디에도 속하지 않았고, 네 사람을 이끌 사람도 나타나지 않았다.

그야말로 꿔다놓은 보릿자루 신세라 할 만한 상황.

"뭐 해, 멀뚱히 서서는?"

돌연 낭랑한 음성이 관우의 귀에 들렸다.

음성이 들려온 곳으로 고개를 돌린 관우의 눈이 약간 커졌다.

"연매······?"

"뭘 그렇게 놀라? 못 볼 거라도 본 사람처럼."

하지만 관우는 당하연에게서 쉽게 시선을 떼지 못했다. 당하연 역시 말은 퉁명스럽게 했지만 뭔가 스스로 걸리는 것이 있는 듯 좀처럼 관우와 눈길을 맞추지 못하고 있었다.

관우가 놀란 이유는 그녀의 달라진 모습 때문이었다.

그것은 얼핏 보아선 알 수 없는 변화였다. 옷도 그대로고 머리 모양도 그대로고, 안 하던 화장을 한 것도 아니다.

관우 역시 무엇이 달라졌는지 확실히 알진 못했다. 하지만 분명 무언가 달라졌음은 확신할 수 있었다. 왜냐면 그녀가 전보다 더 예뻐 보였기 때문이다.

'단정해졌구나.'

조금 뒤에야 그 이유를 찾아낸 관우였다.

항상 대충 옷을 입고 대충 머리를 하고 다니는 당하연이었다.

그런데 오늘은 그렇지가 않았다. 옷은 깃부터 소매까지 잘 정돈되어 있었다. 머리는 삐져나온 머리카락 한 올 없이 곱게 빗어 넘겼고, 윤기가 나는 것이 기름을 바른 것 같았다.

웬만한 여인이라면 누구나 당연히 하고 다니는 것들이지만, 단지 그것만으로도 당하연의 미모는 더욱 돋보였던 것이다.

"오라버니, 자꾸 그렇게 쳐다볼 거야?"

당하연의 냉랭한 음성에 상념에서 벗어난 관우는 미소를 그리며 가볍게 손을 저었다.

"아, 미안해, 연 매. 다른 생각을 하느라……. 그런데 여긴 웬일이야? 연 매는 청성, 아미 사람들과 함께 움직이는 것 아니었나?"

"맞아. 그래서 온 거야. 곧 모두 여기로 집합할 테니까."

"여기로 집합을 하다니? 그럼 여기가 제일대……?"

관우가 말을 끝마치기 전이었다.

단상 위에 있던 나머지 청성과 아미의 제자들이 모두 단상 아래로 내려오기 시작했다. 그들이 향하는 곳은 다름 아닌 관우가 서 있는 곳이었다.

그제야 관우는 자신들을 왜 가장 왼쪽, 그것도 제일 앞쪽에 세웠는지 알 수 있었다.

"어떻게 된 거야?"

관우의 물음에 당하연은 시치미를 뗐다.

"뭐가?"

"어째서 우리가 제일대가 된 거지?"

"내가 입김을 좀 넣었거든. 내 신랑감이자 당가의 사윗감인데 이 정도 대우야 당연하잖아?"

그녀의 말에 관우는 힘없는 미소를 지었고, 나머지 세 사람은 못 말리겠다는 듯 고개를 설레설레 저었다.

"쓸데없는 짓을 했군요."

"뭐?"

양설지의 한마디에 당하연이 발끈했다.

"쓸데없는 짓이라니?"

하지만 양설지는 여전히 고저없는 음성으로 말했다.

"최대한 정체를 숨겨야 할 우리를 일부러 고수들이 운집한 곳에 배정시켰으니 우리의 운신의 폭은 더욱 좁아질 수밖에 없을 거예요."

"홍! 그건 네 생각이지! 오라버니는 어때? 오라버니도 그렇게 생각하는 거야?"

당하연이 대뜸 화살을 자신에게 돌리자 관우는 피식 웃었다. 이럴 때 보면 당하연이 꼭 친누이처럼 귀엽게 느껴졌던 것이다.

"의외의 상황이 되긴 했지만 이미 결정된 일이니 받아들이는 수밖에 없겠지."

관우의 말에 당하연은 양설지를 향해 턱짓했다.

"거 봐! 네 생각만 그렇다고 했지?"

양설지는 그런 당하연을 외면했다. 이에 기세가 오른 당하연이지만 곧 이어진 관우의 한마디에 수그러들었다.

"하지만 연 매, 앞으로는 마음대로 일을 벌이는 건 자제해 줬으면 좋겠어. 그래 줄 수 있겠지?"

"쳇!"

당하연은 입술을 삐죽거릴 뿐, 대답하지 않았다.

하지만 관우는 그에 대해 더 이상 언급하지 않았다. 단상에서 내려온 청성과 아미의 제자들이 지척으로 다가왔기 때문이다.

이번 출행에 청성과 아미, 그리고 당가에선 각각 삼십 명의 제자를 파견했다.

그중 제이대부터 제십대까지의 대주로 뽑힌 아홉을 제외하면 제일대에 속한 인원은 모두 팔십육 명. 관우 일행과 당하연을 포함한 수였다.

비록 수치상으론 전체의 십분지 일에 불과하지만, 실제적인 전력으로 보면 제일대가 차지하는 비중은 거의 칠 할 내지 팔할이라 할 것이다.

수뇌진이 이들 세 문파만 따로 분류한 이유는 이들이 스스로 타 문파와 섞이는 것을 꺼리는 까닭도 있지만, 오히려 이렇게 하는 것이 타 문파 사람들 간의 융화를 위한 방법이라 판단해서였다.

평소 전혀 왕래가 없던 명문대파 출신이 섞여 있으면 대다수 군소 방파 출신들은 자연스레 위축될 수밖에 없을 터이고, 이러한 서로 간의 위화감은 내부적인 결속을 저하시킬 것이 분명했기 때문이다.

제일대를 마지막으로 모든 조직 체계가 정해지자 곧 각 대별로 모이는 시간을 갖게 되었다.

정해진 시간은 한 시진.

조장을 뽑는 등, 서로 얼굴을 익히기 위함이었다.

"제일대주 직을 맡은 청성의 송운자라 하오."

중년의 도사 한 명이 제일대가 운집한 곳 앞으로 나섰다.

속발(束髮)에 일자건을 두르고 머리엔 옥으로 만든 월관을 썼다.

남색 도복을 입은 다른 도사들과 달리 빳빳한 황색 도복을 입은 것으로 보아 청성의 장로 중 한 명임이 분명했다.

청성엔 당대 장문인인 송풍자 이하 다섯 명의 장로가 있는데, 송운자는 그중 셋째였다.

관우는 그의 면모를 처음부터 눈여겨보았다.

관우의 판단으론 이 자리에 모인 자 중에서 송운자에 필적할 만한 기도를 지닌 자는 다섯 손가락으로 꼽기 어려웠다.

송운자는 정광이 번뜩이는 눈으로 차근히 말을 이어갔다.

"본도가 대주 직을 맡은 것은 순전히 나이가 많기 때문이라 할 것이오. 부족한 점이 많으니 아미와 당가 분들께선 너그럽게 양해해 주시고, 앞으로 많은 도움을 부탁드리겠소."

순간 당하연의 표정이 약간 일그러졌다. 송운자의 인사치례 속에 관우 등이 속한 건곤문이 언급되지 않았기 때문이다.

대주로서 제일대의 구성원이 누구누구인지 모를 리 없는 송운자다. 그럼에도 건곤문을 언급하지 않은 것은 일부러 그런 것이라고밖에는 해석할 수 없었다.

그 같은 해석은 관우 등을 바라보는 주변의 시선을 보면 더욱 확실했다.

특히 청성과 아미의 제자들이 관우 등 세 사람을 바라보는 시선이 곱지 않았다.

당가주 당정효의 부탁으로 받아들이긴 했으나 이름도 없는 문파의 사람들에게 호의적일 수 없음은 어찌 보면 당연했다.

강호는 실력과 명예로 통하는 곳이었다.

명예도 없고 실력도 확인되지 않은 건곤문이 자신들과 한곳에 속했다는 자체가 이들로선 달가울 수 없는 것이다.

당하연은 뭔가 한마디 하려다가 그만두었다.

관우와 다른 세 사람의 표정이 너무도 담담했기 때문이다. 마치 귀를 막고 아무 말도 듣지 못한 사람들 같았다.

'죽은 듯이 지내기로 벌써 작정들 한 건가?'

관우를 향해 못마땅한 시선을 던진 그녀는 다시금 송운자의 말에 귀를 기울였다. 송운자는 이미 대원들을 향해 몇 가지 당부의 말을 마친 뒤였다.

"그럼 지금부터 구체적인 일을 논의토록 하겠소. 먼저 나를 도와 제일대를 이끌어갈 두 명의 조장을 선출해야 하오. 선출된 두 명의 조장은 각 조에 대하여 실제적인 명령권을 쥐게 될 것이오. 문제는 선출 방법인데, 좋은 방도가 있으면 의견을 말해주시오. 단, 대다수가 수긍할 수 있는 방법이어야 할 거요. 그래야만 조원들이 조장을 신뢰할 수 있을 것이니 말이오."

송운자의 말이 그쳤지만 즉각적으로 의견을 내세우는 사람은 없었다. 모두가 속으로 생각하며 서로의 눈치를 살피기에 바빴다.

사실 조장을 뽑는 일은 매우 민감한 사안이었다.

대주야 미리 진무영을 중심으로 수뇌진에서 직접 뽑았으니 어쩔 수 없지만, 조장은 대원들 스스로 뽑는 것이니만큼 이해관계가 개입되지 않을 수 없었다.

제일대에 속한 구성원은 크게 네 부류.

당가와 청성, 아미, 그리고 건곤문이었다.

조장이 누가 되느냐에 따라 서로 간의 관계가 영향을 받을수밖에 없는 것이다.

그 때문에 서로가 의견 개진하기를 조심스러워했다. 선불리 의견을 냈다가 자칫 자파에 해가 될 수도 있기에 신중할 필요가 있었다.

그렇게 얼마간의 침묵이 흘렀다. 그리고 드디어 누군가 입을 열었다.

"제가 한 말씀 올려도 되겠죠?"

당하연이었다.

모두가 의외인 듯 그녀를 쳐다봤다. 관우 역시 그녀가 나선것에 의아한 시선을 보냈다.

하지만 송운자는 작게 고개를 끄덕일 뿐이었다.

"물론이오. 어떤 의견이든 좋소."

"그럼 말씀드리죠. 어차피 이곳에 모인 사람들은 모두 무인이에요. 무인들 중 누가 더 낫느냐는 결국 실력으로 가릴 수밖에 없다고 보는데… 여러분의 생각은 어떤가요?"

그녀의 말이 끝나기가 무섭게 여기저기서 웅성거림이 들렸다.

송운자는 그것을 굳이 잠재우지 않은 채 당하연을 향해 물었다.

"소저의 말은 비무를 통해 조장을 선출하자는 뜻이오?"

"맞아요. 뒤탈이 없으려면 그게 가장 적합한 방법이 아닐까요? 나보다 실력이 좋은 조장이니 억지로라도 명령에 따를 수밖에 없을 테니까요."

"음……."

곳곳에서 침음이 들렸다.

당하연의 말은 핵심을 찌르고 있었다. 그렇기에 누구도 쉽게 찬반을 밝히지 못했다.

그녀의 말대로 뒤탈없는 가장 적합한 방법인 것은 맞지만, 또 그만큼 한 번 정해지면 바꾸기가 거의 불가능한 방법이었기 때문이다. 쉽게 말해, 실력에서 진 문파는 끝까지 조장이 속한 문파에 끌려 다니게 된다는 말이었다.

"당 소저가 내세운 방도가 좋긴 하나 약간의 문제가 있다고 생각합니다."

또다시 누군가 음성을 발했다.

남색 도복을 입은 청성의 젊은 도사 중 하나였다.

"현음(玄陰)은 계속 말해보거라."

송운자가 말하자 고개를 살짝 숙여 보인 현음이 장중을 둘러보며 말을 이었다.

"모두가 처음 모인 이 자리에서 손속을 겨루는 것은 오히려 결속을 해칠 우려가 있습니다. 또한 이곳은 장소도 협소할뿐더러 다른 대에게도 안 좋은 영향을 끼칠 수 있다고 봅니다.

그리고 마지막으로, 짧은 시간 안에 모두의 실력을 겨루기란 쉽지 않을 것입니다."

역시 일리있는 말이었다. 모두의 표정이 그와 같은 생각임을 대변했다.

현음은 청성의 일대제자 중에서도 가장 첫 번째 위치에 있는 인물이었다.

청성 내부뿐만 아니라 강호 전체에서도 이미 차기 장문인감으로 명성이 자자했다.

때문에 그의 말은 모두에게 어느 정도 영향력을 끼쳤다. 당하연의 제안에 동조하던 분위기가 어느새 찬반 양쪽으로 갈라지고 있었다.

"그럼 현음 도인께서 제시하실 다른 방법은 뭐죠?"

당하연은 현음을 직시하며 단도직입적으로 물었다. 대놓고 말하진 않았어도 불편한 심기를 그대로 드러내는 어조였다.

현음은 그것을 알면서도 담담하게 말했다.

"제 소견으론 모두가 한 사람씩을 추천하여 그중 가장 많은 추천을 받은 자 둘을 조장으로 세우는 것이 어떨까 합니다."

"추천이라……. 확실히 조용하게 해결할 수 있는 방법이긴 하군요. 하지만 그게 과연 공정하게 이루어질까요? 제가 만약 누군가를 추천한다면 본 가의 웅혼대를 맡고 있는 일문 오라버니를 추천하겠어요. 그것은 제일대에 속한 본가의 웅혼대원이라면 모두 마찬가지일 테죠. 그렇다면 현음 도인이 속한 청성은 어떨까요? 또 아미는요?"

"음… 그것은……."

당하연의 거침없는 말에 현음도 일순간 당황하는 빛을 보였다.

그녀의 악명만 전해 듣고 진면목을 보지 못했던 많은 이들 역시 놀라기는 마찬가지였다.

바로 그때, 지금껏 잠자코 있던 아미의 여승 중 한 명이 나서며 말했다.

"아미의 일대제자 자은(慈恩)입니다. 빈니가 한 말씀 올려도 되겠는지요?"

옥구슬이 굴러가는 듯했다.

파리한 민머리지만 여승의 미모를 퇴색시키진 못했다.

그녀의 나이가 이미 서른임을 믿을 수 있는 자가 과연 얼마나 될까?

자은은 현 아미의 장문인 혜정 신니(慧淨神尼)의 직전제자였다.

아미는 이번 출행에 장로 급 인물을 보내지 않았다. 하여 자연스레 그녀는 이곳에서 아미를 대표하는 위치에 있었다.

송운자가 허락하자 자은이 다시 입을 열었다.

"빈니가 판단하기엔 두 분의 의견 모두 일장일단이 있는 줄 압니다. 또한 그 외에 달리 특별한 방도가 없는 것으로 생각되니 둘 중 많은 이가 원하는 쪽으로 결정하는 것이 어떨지요?"

그녀의 말에 일대원 대부분이 고개를 끄덕였다.

송운자 역시 동의를 표했다.

"음, 좋소. 본도의 생각에도 그것이 가장 합당할 듯하오. 그럼 두 의견 중 하나를 택하기 위해 거수에 들어가도록 하겠소. 먼저 당 소저의 의견에 동의하시는 분은 손을 들어주시오."

당하연을 비롯한 당가의 웅혼대원 삼십 명이 별 망설임 없이 손을 들었다. 하지만 청성의 제자들과 관우 일행은 아무런 움직임을 보이지 않았다.

관우 일행이 가만히 있는 것은 조금 의아했지만, 당가와 청성의 반응은 모두가 예상한 대로였다.

결국 칼자루는 자연스럽게 아미 여승들이 쥐게 되었다.

대주인 송운자를 제외하면 일대원의 수는 총 팔십오 명이다. 과반수가 되려면 사십삼 명 이상이 손을 들어야 한다.

당가의 인물 삼십일 명이 손을 들었으니 이제 아미의 여승들 중에서 열둘만 동의하면 당하연의 제안이 채택될 터였다.

청성과 당가 양측이 긴장하는 가운데 뜸을 들이던 아미의 여승들이 움직임을 보였다.

먼저 움직인 것은 역시 자은이었다. 그녀가 손을 들자 뒤따라 스무 명이 넘는 아미의 여승들이 일제히 손을 들었다.

청성 제자들의 표정이 순간적으로 굳어버린 것은 당연지사.

송운자의 얼굴에도 짧게나마 약간의 씁쓸함이 떠올랐다가 사라졌다.

"모두 오십이 명이 동의를 표했소. 과반수이므로 현음의 의견에 대하여 동의 여부를 알아볼 필요 없이 당 소저의 의견대로 비무를 통해 조장을 선출하도록 하겠소. 시간의 제약을 고려하여 먼저 지원자를 받아 그들끼리 비무를 치르는 방식으로 할까 하오."

그 후는 일사천리로 진행되었다.

일단 방식이 정해지자 서로 눈치를 볼 필요가 없어졌다.

장내에는 자파의 사람을 조장으로 세우기 위한 열띤 기류가 보이지 않게 넘치고 있었다.

대원의 수는 수십 명이지만 부류는 넷.

자파 사람들끼리 경쟁을 할 리는 만무했으니 지원자는 자연스레 적을 수밖에 없었다.

모두의 예상대로 청성의 현음과 당가의 당일문, 아미의 자은이 지원자로 나섰다.

그러나 예상외의 일도 벌어졌다.

"본 대원도 지원하겠습니다."

관우였다.

전 대원이 의아한 눈초리로 관우를 쳐다봤다. 개중에는 매섭게 노려보는 자들도 있었다.

놀라기는 곁에 있던 조치성과 양설지, 양사동도 마찬가지.

오로지 당하연만이 의미심장한 미소를 머금고 있을 뿐이었다.

웅성웅성.

공터는 삽시간에 비무 장소로 변했다.

명문대파로 이뤄진 제일대의 방침은 다른 대에도 영향을 끼쳤다. 제이대부터 제십대까지 모두 비무로써 조장을 뽑기로 결정을 내린 것이다.

칠백에 가까운 인원이 모두 관중으로 뒤바뀌는 순간이었다.

제일대원들이 둥글게 둘러싼 빈 공간.

거기에 두 사람이 마주 보고 서 있었다. 관우와 현음이었다.

네 사람은 제비를 뽑아 둘씩 대결을 펼치기로 했고, 결국 관우와 현음, 당일문과 자은이 짝을 이뤄 비무를 하게 되었다.

그리고 여기서 이긴 두 사람이 조장 직을 맡는다.

네 사람 모두가 한 번씩 겨뤄봐야 공정하겠지만, 그것은 시간 제약상 불가능하기에 이런 방법을 택한 것이다.

"다시 한 번 말하지만 제한 시간은 일다경이오. 그 안에 결판이 나지 않을 경우 대주의 직권으로 승자를 판정하겠소. 그럼 시작하시오."

송운자의 말과 동시에 현음이 검을 빼 들었다. 특별해 보이지 않는 흔한 청강장검이었다.

관우는 검을 쥐자마자 날카롭게 변한 현음의 기도를 감지하며 긴장하지 않을 수 없었다.

하지만 관우는 검을 뽑지 않았다. 그저 처음 자세 그대로 양손을 아래로 늘어뜨린 채 서 있을 뿐이었다.

이에 현음이 낮은 음성으로 말했다.

"검을 뽑으시오."

"나는 뽑지 않고 하겠소."

"……!"

현음은 살짝 눈살을 찌푸렸다.

'건방진!'

하지만 현음은 상한 기분을 내색하지 않고 양손으로 검병을 움켜잡았다.

"그럼 가겠소."

한마디와 동시에 그가 땅을 박찼다.

순식간에 삼 장이란 거리를 좁힌 그는 코앞에 있는 관우의 허리를 베었다.

그 쾌속하고도 거침없는 움직임에 일대원 모두가 눈을 부릅떴다.

'끝났군!'

모두의 뇌리에 자연스레 떠오른 생각이었다.

단 일 검.

처음부터 그들의 머릿속에 건곤문과 관우는 딱 그 정도로 인식되었다. 왈가닥 당하연의 정혼자란 딱지를 붙인 근본 모를 삼류무사.

그러나 그들은 곧 다시 한 번 눈을 부릅떠야 했다.

이번엔 '어!' 하는 탄성까지 곳곳에서 터져 나왔다.

관우의 신형이 뒤로 이동했다.

관우가 움직인 것이 아니라 마치 뭔가가 관우의 몸을 뒤로 잡아끈 듯한 착각이 들 정도로 표홀한 움직임이었다.

허공을 가른 현음의 얼굴에 당황한 기색이 역력했다.

그 역시 끝이라 여겼다.

청성이 자랑하는 비류보(飛流步)와 연계된 청운적하검법(靑雲赤霞劍法)은 완벽에 가까웠다.

하지만 관우는 자신의 일격을 여유롭게 피해냈다.

그리고 즉각적으로 반격을 가해왔다. 관우의 우수가 흐트러진 그의 빈틈을 노렸던 것이다.

현음은 훤히 드러난 자신의 옆구리를 보곤 정신이 번쩍 들었다.

'큭! 이런!'

황급히 상체를 비틀어보지만 때는 이미 늦었다.

파앙!

"으음……!"

나직한 신음을 흘리며 현음은 뒤로 물러났다.

상체를 앞으로 숙인 그는 강타당한 옆구리를 부여잡은 채 관우를 노려봤다. 극심한 고통이 찾아왔지만 전혀 밖으로 내색하지 않는 그였다.

현음의 옆구리를 강타한 손을 거둬들인 관우는 다시 본래의 자세로 돌아갔다. 역시 아무런 표정의 변화 없이 담담한 모습이었다.

이를 목도한 일대원들은 술렁이기 시작했다.

무명의 청년 무사가 구대문파 중 하나인 청성의 차기 장문인감을 상대로 득수했다.

눈으로 직접 확인하지 않으면 믿기 힘든 일이 벌어진 것이다.

이와 같은 분위기를 감지 못할 현음이 아니었다. 현음은 낯

이 뜨거워짐을 느꼈다.

송운자와 사형제들이 지켜보고 있다. 자신만이 아니라 청성의 자존심이 걸려 있는 비무였다.

'배로 갚아줘야 해!'

가슴속에서 열기가 용솟음쳤다.

현음은 몸을 바로 세우고 검을 고쳐 쥐었다.

관우의 모습이 눈에 들어왔다. 관우는 여전히 미동도 없이 자신을 바라보고 있었다.

그것을 본 현음은 또다시 마음이 진탕됨을 느꼈다.

관우는 먼저 공격할 의사가 전혀 없었다. 먼저 들어오라는 뜻이었다. 철저히 자신을 깔보고 있었다.

'크으……!'

입술을 깨문 그는 더 이상 망설임 없이 몸을 날렸다.

찌르는 듯하던 그의 검이 금세 방향을 틀어 허공을 사선으로 그어 내렸다. 청운적하검 중 추연낙섬(追燕落閃)의 초식이었다.

한줄기 검광이 관우의 가슴 앞에서 피어올랐다. 전의 공격과는 비교할 수 없을 정도로 완벽에 가까운 일검으로, 두 번은 당하지 않겠다는 현음의 의지가 엿보였다.

그러나 관우의 신형은 결정적인 순간에 한 치의 여유를 두고 검세를 벗어났다. 이전과 같은 상황이 연출되었다.

하지만 현음은 이번엔 당황하지 않았다. 관우가 자신의 공격을 피할 줄 알았다는 듯 즉각 다음 공격을 이어갔다.

그는 우측으로 반보 이동하는 동시에 손목을 비틀었다. 떨어지던 검의 각도가 꺾이며 검극이 관우의 명치를 향했다.

쾌속한 찌르기. 또 다른 초식, 일점파악(一點破岳)이었다.

지금과 같이 가까운 거리에서 일점파악은 살초였다. 그것을 모르는 현음이 아니었다.

하지만 그는 강행했다. 그에게 이미 이것은 단순한 비무가 아니었기 때문이다.

현음의 눈에 당황하는 관우의 얼굴이 보였다. 그것을 본 현음은 내심 쾌재를 불렀다. 관우는 피하지 못할 것이다.

그의 생각대로 관우는 그의 검을 피하지 않았다. 그러나 가만히 있지도 않았다.

'헉⋯⋯!'

순간 현음은 대경하며 눈을 부릅떴다.

관우의 신형이 갑자기 길게 늘어졌다.

환영처럼 파고든 관우의 손끝이 목젖 아래 천돌혈을 찔러오고 있었다.

현음의 검이 관우의 가슴을 찌른 것은 그야말로 찰나였다. 그런데 관우는 바로 그 찰나의 간극을 이용하여 그의 목젖을 노린 것이다. 그것도 검보다도 짧은 맨손으로 말이다.

"꿀꺽!"

현음은 자신의 천돌혈에 닿아 있는 관우의 손을 보며 마른침을 삼켰다.

그대로 굳어버린 온몸에선 식은땀이 솟았다. 관우의 손이 반 치라도 더 파고들었다면 죽은 목숨이었다.

"더 하겠소?"

나직한 관우의 음성이 청천벽력과 같이 그의 귀전을 때렸다.

그 순간 전신을 한차례 바르르 떤 현음의 손에서 검이 빠져 나왔다.

챙그랑!

비무의 끝을 알리는 소리였다.

일대원 전체가 쥐 죽은 듯 고요해졌다.

충격과 불신의 빛이 그들의 눈에 가득했다. 개중에는 이 상황을 어떻게 받아들여야 할지 고심하는 듯한 자들도 보였다.

관우는 손을 거두고 본래 있던 자신의 자리로 돌아갔다. 그리고 곧 관우가 승리하였음을 알리는 송운자의 음성이 장내에 울려 퍼졌다.

한층 가라앉은 분위기 속에서 치러진 다음 비무에선 접전 끝에 자은이 승리했다. 이렇게 해서 제일대의 두 조장은 관우와 자은이 맡는 것으로 결정되었다.

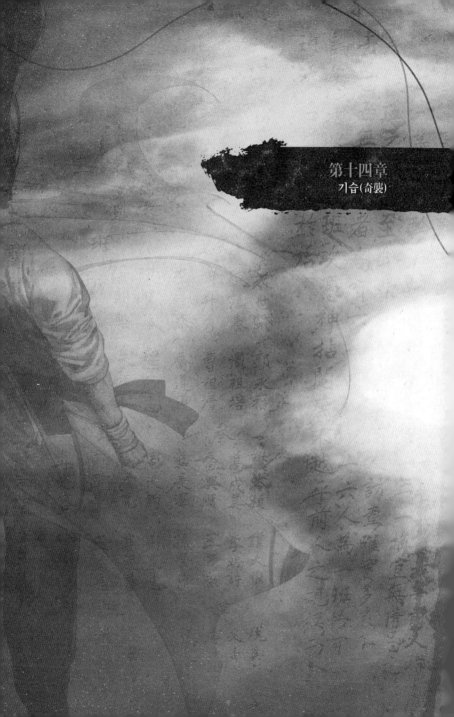

第十四章
기습(奇襲)

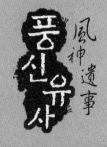

風神遺事

당가를 출발한 관우는 이틀 뒤 가릉강을 넘었다.

이제 조금만 가면 사천을 벗어나 섬서로 들어설 것이다.

칠백에 가까운 인원이 한꺼번에 움직이는 것은 여러모로 불편한 점이 있었다. 침식 문제도 그렇고, 이동이 자연스레 더뎌질 수밖에 없었다.

하여 제삼군은 각 대별로 흩어져서 숭산으로 향했다. 목적지인 중악평에 정확히 보름 뒤인 오월 초일까지 집결하기만 하면 되는 것이다.

관우가 속한 제일대는 다시 조별로 나뉘어 이동을 시작했다.

자은이 이끄는 일조는 청성의 제자 스물셋 모두와 아미의 여승 스무 명으로 구성됐다. 관우가 이끄는 이조에 속하는 것을 노골적으로 꺼리는 청성의 제자들로 인해 생긴 결과였다.

그래서 결국 관우가 조장인 이조는 웅혼대원 삼십 명과 나머지 아미의 여승 다섯을 포함한 마흔 명으로 구성되었다.

"오늘은 여기서 묵기로 한다."

의롱(儀隴)에 당도한 관우는 조원들을 향해 말했다.

어제 노숙으로 지친 조원들이었다. 비록 낡은 객잔이었지만 침상에 등을 비비고 잘 수 있다는 것만으로도 감지덕지였다.

조원들은 관우의 지시대로 재빨리 움직였다. 그들에게서 관우를 얕잡아보거나 꺼리는 기색은 전혀 찾아볼 수 없었다.

관우는 모든 대원들 앞에서 당당히 실력을 입증하여 조장이 되었다.

구대문파 중 하나인 청성의 대제자를 단 두 수 만에 쓰러뜨렸다. 그 누구도 관우의 실력에 의문을 품지 못할 만큼 완벽한 승리였다.

이후 관우의 위상은 눈에 띄게 달라졌다. 어느 누구 하나 깔보는 자가 없었다. 그것은 관우가 속한 건곤문에 대하여도 마찬가지였다.

관우도 달라졌다.

조장이 된 관우는 망설임없이 정면으로 나섰다. 그리고 조원들을 향해 던진 말은 단 두 마디였다.

"본 조장이 마음에 들지 않는 자는 언제든지 도전해도 좋다.

단, 이유없이 명령에 따르지 않는 자에겐 즉각 합당한 처결을 내릴 것이다."

거침없는 발언.

한마디로 도전할 용기가 없으면 군소리 말고 명령에 따르라는 뜻이었다.

관우는 이후 명령만을 내렸다. 조원들과 섞이지도 않았고, 사적인 이야기도 일체 하지 않았다. 그것은 조치성 등에게도 마찬가지였다.

이번에도 역시 관우는 명령만을 남기고 자신의 방으로 들어가 버렸다.

"대사형이 갑자기 왜 저러시는 거죠?"

짐을 풀던 양사동이 같은 방을 쓰게 된 조치성에게 물었다.

"말을 안 하는데 그 속을 어찌 알겠어? 나름 생각이 있겠지."

조치성은 대수롭지 않게 말하며 침상에 벌러덩 드러누웠다.

"그래도 느닷없이 조장이 되겠다고 나선 것도 그렇고, 갑자기 냉정해진 것도 그렇고… 물론 생각이 있으시겠지만, 좀 걱정이 되는데요."

"걱정할 필요 없다. 적어도 우리를 걱정시킬 일을 벌일 친구는 아니니까."

고개를 끄덕인 양사동은 어떤 생각이 들었는지 게슴츠레한 눈으로 조치성을 쳐다봤다.

"그런데 친구라니요? 대사형 아니십니까?"

그 말에 조치성은 아차 싶었는지 과장된 음성으로 말했다.

"이런, 큰 잘못을 저질렀군. 한 번만 용서해 주게, 사제."

양사동은 정색했다.

"그렇게 장난스럽게 넘어갈 일이 아닙니다. 제게는 잠꼬대라도 항상 사형이라 부르라 하시곤 정작 조 사형이 실수를 범하시다니요. 아무래도 조 사형도 저처럼 연습을 하는 것이 좋겠군요."

"연습? 하하! 사제, 농담도…….."

"농담이 아닙니다."

"……?"

"제가 잠을 줄여가면서까지 연습을 한 것은 제가 저지른 한 번의 실수 때문에 모든 일을 그르칠까 두려워서였습니다. 그러니 조 사형도 이번 실수를 그냥 넘어가시지 말고 연습을 해서라도 다신 지금과 같은 실수가 없도록 해야 할 것입니다."

양사동의 표정은 엄숙하기까지 했다.

그것을 본 조치성은 난감했다.

양사동에게 그런 생각을 주입시킨 것도 자신이었고, 지금의 실수도 자신이 저질렀으니 딱히 빠져나갈 구멍이 없었던 것이다.

그렇다고 양사동 앞에서 관우를 상대로 '사형'이라 부르는 것을 연습하는 것도 우스운 꼴이고…….

"사제, 우리 둘 다 좀 긴장을 한 것 같군. 긴장도 풀 겸 잠깐

나가서 술이나 한잔하는 게 어때?"

"저는 그렇게 생각하지 않습니다. 지금은 긴장을 풀 때가 아니라 긴장의 끈을 놓지 말아야 할 때라고 생각합니다."

양사동은 조금도 흔들리지 않았다.

이쯤 되니 유들유들한 조치성도 경직되지 않을 수 없었다.

'사동 형제가 점점 설지 형제를 닮아가는군. 이거참.'

조치성이 빠져나갈 방도를 궁리하고 있음을 눈치 챈 양사동은 결정적인 말로 쐐기를 박았다.

"조 사형이 끝까지 버티신다면 저로선 어쩔 수가 없습니다. 하지만 사저라면 다르겠지요."

"......?"

양설지가 언급되자 조치성의 눈이 동그랗게 변했다.

"설마 사매한테 가서 일러바친다는 건 아니겠지?"

"저도 그렇게까지 하고 싶진 않습니다. 하지만……."

"알았어. 하지. 해야지. 암."

조치성은 대뜸 양사동의 말을 끊었다. 그는 어느새 양사동을 향해 환한 미소를 머금고 있었다.

"지금 당장 시작할까?"

"……."

그런 그를 말없이 바라보는 양사동의 표정엔 약간의 측은함과 미안함이 뒤섞여 있었다.

"무슨 일이야, 연 매?"

관우는 방문을 열고 들어온 당하연을 향해 푸근한 미소를 보였다.

그런 관우를 보며 당하연은 의외라는 표정을 지었다.

"웬일로 상냥하게 맞아주지? 허락없이 들어왔다고 호통을 칠 줄 알았는데?"

관우는 피식 웃었다.

"연 매한테 그럴 필요는 없지."

"오호! 그렇다면 지금까지 모두 연극이었다, 이거네?"

"연극을 할 수밖에 없게 만든 건 연 매야."

"그래도 오라버니도 꽤 즐기는 거 같은걸."

"나야… 뭐, 기왕에 시작한 일이니까. 훗."

"……"

관우의 미소를 대한 당하연의 눈동자가 살짝 흔들렸다. 시선을 잠시 다른 곳으로 옮긴 그녀는 한층 차가워진 음성으로 말했다.

"왜 그렇게 나만 보면 웃는 거지?"

"……?"

"요 며칠 새 더 그런 거 알아? 혹시 그날… 일 때문에 날 우습게보는 거야?"

"그날……?"

그날을 떠올린 두 사람 사이에 순간 어색한 기운이 흘렀다. 당하연은 자신이 말해놓고도 부끄러운지 옅은 홍조마저 띠고 있었다.

관우는 그런 그녀를 보며 소리없이 웃었다. 그날에 봤던 그녀의 모습을 다시 보는 듯해서였다.

그날 손속을 겨루다가 본의 아니게 앞으로 고꾸라진 당하연을 품속에 안고 있던 관우는 당황하여 어찌할 바를 모르고 있었다.

한동안 서로의 체온을 느끼고 있던 두 사람 중 먼저 정신을 차린 건 당하연이었다.

그녀는 돌연 세차게 관우를 밀치며 가슴에 일격을 가했다. 그저 동작뿐인 힘없는 공격이었다.

"내가 이겼지? 그러니까 허풍 떨지 말라고!"

그렇게 말하는 그녀의 발그레한 얼굴이 얼마나 예쁘게 보이던지…….

관우는 가슴속에서 뭔가가 차오르는 것을 느낄 수 있었다. 처음 느껴보는 기분이었다.

그날 그녀는 자신이 이겼으니 한 가지 소원을 들어줘야 한다고 못을 박고는 집으로 돌아갔다.

그리고 이틀 전 제일대의 조장을 뽑기 전에 그 소원을 말했다. 소원의 내용은 관우가 제일대의 조장 중 한 명이 되어달라는 것이었다.

참으로 뜬금없는 소원에 속으로 웃은 관우였지만 큰 고민 없이 그녀의 소원대로 조장이 되어주었다.

현음과의 비무에서 승리한 뒤에도 그녀를 향해 웃었고, 이곳까지 이동하는 중에도 그녀와 눈이 마주칠 때면 슬쩍 미소를 보였다. 그리고 지금 역시 그녀를 보며 미소를 그리고 있었다.

생각해 보면 당하연의 말대로였다. 그날 이후로 그녀를 볼 때마다 절로 미소를 짓고 있었던 것이다.

관우는 당하연을 지그시 바라봤다. 관우의 시선을 느낀 당하연은 흠칫하며 눈알을 이리저리 굴렸다.

그러더니 돌연 화를 내는 그녀.

"뭐야, 그 눈빛은? 정말 날 우습게본다, 이거야?"

"왜 그렇게 생각하지?"

"……?"

"내가 왜 연 매를 우습게본다는 거지? 그럴 이유라도 있어?"

"그건……."

"어쨌거나 결과적으론 그날 싸움에서 이긴 건 연 매였고 내가 소원까지 들어주면서 패배를 시인하기까지 했는데 우습게 볼 이유가 없잖아? 혹시 그것 말고 다른 이유라도 있는 건가?"

묻는 관우의 음성에 장난기가 가득 섞여 있었다.

당하연은 은근히 자신을 놀리는 관우를 잡아먹을 듯 노려봤다.

"오호라! 틀림없군그래! 내가 잠깐 오라버니 품에 안겼다고 나를 이상한 여자 취급하나 본데, 그땐 중심을……!"

"품에 안긴 거야?"

"뭐어……?"

관우는 고개를 갸웃거렸다.

"이상하다? 내가 연 매를 안은 건데?"

"……!"

관우는 씩 웃으며 당하연을 응시했다.

"그러니까, 연 매도 나한테 안긴 거였다, 이거지?"

"무슨 그런 말도 안 되는! 웃기지 마! 절대 아니야!"

당하연은 손을 내저으며 강하게 부인했다.

"그래? 아니면 할 수 없고."

"할 수 없다니? 뭐가 할 수 없다는 거야?"

"그냥 그렇다는 거야."

"……."

당하연은 입을 닫았다. 왠지 풀이 죽은 듯한 모습이었다.

"나 갈래."

음성에도 힘이 없었다.

관우는 뭐라 말을 하려 했지만 이미 그녀는 방문을 열고 나
간 뒤였다.

관우의 웃는 얼굴이 조금씩 알쏭한 표정으로 바뀌었다.

"내가 너무 심했나?"

하지만 곧 얼굴에 다시 미소가 번졌다. 당하연의 발그레한
얼굴이 머릿속에 그려졌다.

문득 관우가 중얼거렸다.

"정말 이상해졌군. 훗."

이튿날.

객잔에서 간단하게 아침을 해결한 이조는 진시가 되기 전에 다시 짐을 꾸렸다.

사월의 사천 날씨는 서늘했다. 햇볕의 세기도 적절하여 이동은 순조로웠다.

남강 근처에서 노숙을 한 그들은 하루를 더 이동하여 사천과 섬서의 경계인 미창산(米倉山)에 이르렀다.

"안개가 짙군."

산자락에 이른 관우가 눈앞의 뿌연 안개를 보며 중얼거렸다.

"미창산은 지형의 특성상 습기가 많고 바람이 잘 불지 않아 안개가 자주 낍니다. 일 년에 절반 이상은 안개에 덮여 있습니다."

관우보다 한 걸음 뒤에서 걷던 양설지의 설명에 관우는 고개를 끄덕였다.

"여기서 잠시 쉬어 가기로 한다."

명령을 내린 관우는 힐끔 뒤를 쳐다보았다. 맨 뒤처진 곳, 당가 무인들 틈에 섞인 당하연의 얼굴이 보였다.

관우와 눈이 마주친 그녀는 돌연 시선을 돌려 버렸다. 관우의 방에 찾아왔던 때부터 줄곧 이런 식이었다. 관우는 그녀가 일부러 자신을 피하고 있음을 알 수 있었다.

하지만 그녀의 그런 행동도 관우의 얼굴에서 미소를 지우진 못했다.

'훗……'

다른 조원들의 눈에 띄지 않을 정도로 옅은 미소를 머금은
관우는 다시 주변을 살폈다.

오 장 앞이 보이지 않을 정도로 사방이 뿌옇다.

이 상태라면 아무리 무공을 익힌 자라도 운신하기가 쉽지
않을 터이다.

게다가 진정한 고행은 이제부터였다. 미창산 자락을 돌아가
는 길은 없었다. 촉도난(蜀道難)이라 불린 험한 잔도(棧道)가
그들을 기다리고 있었다.

일각 후 관우는 조원들을 다시 재촉했다.

해가 지기 전에 미창산을 벗어나 섬서로 가는 잔도의 시작
점인 칠반관(七盤關)에 이르려면 서둘러야 했다.

짙은 안개 속에 발을 들이자 시야는 더욱 좁아졌다. 진기로
안력을 돋아보아도 한계가 있었다.

음습한 기운이 절로 마음을 가라앉혔다. 앞이 보이질 않으
니 자연스레 긴장을 해야만 했다.

이조원 모두가 말수가 줄어들더니 이젠 아예 입을 여는 자
가 없었다. 모두들 묵묵히 발을 움직여 앞으로 전진할 뿐이었
다.

반 시진 정도가 흘렀을까?

굵은 수목들이 없어지고 너른 초지가 나타났다. 근방엔 얕
은 내가 흘렀고, 사방엔 어른 키만 한 갈대가 무성했다.

관우는 잠시 발걸음을 멈췄다.

"왜 그러십니까, 대사형?"

조치성과 나란히 걷고 있던 양사동 역시 걸음을 멈추며 물었다.

하지만 대답은 조치성에게서 나왔다.

"기분이 별로 좋지 않은걸?"

조치성은 주위를 둘러보더니 관우를 향해 입을 열었다.

"사형, 냄새가 좀 나는 것 같지 않아?"

사형 소리가 매우 자연스러웠다. 밤마다 맹연습을 한 결과였다.

"혹시 매복을 걱정하고 계신 겁니까?"

양사동이 그제야 눈치를 채고 나섰다.

"매복이라면 누군가 우리를 노리고 있다는 뜻인데, 아직 소림과의 싸움도 시작되지 않은 시점에서 그럴 만한 자들이 과연 있을지 의문입니다. 또한 본 문에서 아직 그에 대한 어떠한 정보를 보내온 것도 없습니다."

그 말에 조치성도 고개를 끄덕였다.

"음, 그건 사제 말이 맞는 것 같아. 우리가 좀 과민했을 수도 있겠군."

분위기 탓일 수도 있을 것이다. 지금껏 내내 긴장한 상태에서 이동하다가 갑자기 주변 환경이 바뀌니 저절로 경계심이 발동된 것일 수도 있었다.

관우 역시 결국 그쪽으로 결론을 내린 것일까? 침묵하던 관우의 발이 다시 앞으로 움직였다.

갈대숲을 헤치고 지나온 지 일각여.

냇가에 가까이 이른 탓인지 안개가 더욱 짙어졌다.

더불어 이동 속도 또한 처음보다 더뎌졌다.

"대형을 사 열 횡대로 바꾼다."

관우의 명령이 떨어짐과 동시에 종대로 이동하던 조원들이
옆으로 길게 네 줄로 늘어섰다.

그런데 그때였다.

"이상한데?"

조원들 중 누군가의 음성이 들렸다. 그리고 그것을 시작으
로 한두 사람씩 웅성대기 시작했다.

앞쪽에서 가장 빨리 조원들을 돌아본 양설지가 황급히 말했
다.

"아미의 여승들이 보이질 않습니다."

"알고 있어."

관우의 음성은 태연했다. 조금도 놀란 표정이 아니었다.

"뭐야? 이미 알고 있었던 거야?"

설마 하는 조치성의 물음에 관우는 고개를 끄덕였다.

"그녀들은 갈대숲에 발을 디디기 전에 이미 대열에서 이탈
했어."

"뭐라고?!"

조치성을 포함한 모든 조원들이 놀란 눈으로 관우를 쳐다봤
다.

하지만 관우는 그들의 반응엔 신경 쓰지 않고 즉각 다음 명령을 발했다.

"모두 그 자리에서 움직이지 말고 싸울 준비를 해. 각자 위치를 고수한 채 서로 간의 거리가 벌어지지 않도록 최대한 애를 쓰도록."

이번엔 모두가 의아한 눈초리로 관우를 바라봤다.

조치성이 그들을 대표해서 물었다.

"그게 대체 무슨 말이야?"

"기습이야. 곧 들이닥칠 거야."

"기습? 대체 누가……?"

"그건 모르지. 직접 알아보는 수밖에."

조치성은 선뜻 믿기지 않았다. 그건 다른 조원들도 마찬가지였다. 기척이 전혀 느껴지지 않았기 때문이다.

조치성은 감각을 최고조로 높이기 시작했다.

이십 장, 삼십 장, 오십…….

'으음, 전혀 잡히질 않는데… 음?'

돌연 그의 눈이 가늘게 변했다.

뭔가 잡혔다. 정확히 육십 장 밖이었다. 하지만 웬만한 무인은 감지도 못할 극히 미약한 움직임이었다.

'숫자는… 음, 적은 듯한데 확실치가 않아.'

몇인지 확실히 알 수 없는 기가 이쪽을 향해 일정한 속도로 다가오고 있었다. 빠르지도 느리지도 않은 속도였다.

조치성은 잔뜩 경계를 하면서도 한편으론 놀라움을 감추지 못했다.

자신이 기의 움직임을 감지한 것은 육십 장 밖에서였다.

그런데 지금까지의 행동과 말을 종합해 볼 때, 관우는 적어도 갈대숲에 들어오기 전부터 이곳에 매복이 있음을 알아챈 듯 보였다.

갈대숲에서 이곳까지의 거리는 어림잡아도 사 리. 장으로 따지면 자그마치 오백 장이 넘는다.

과연 오백 장 밖에 있는 적의 동태를 감지할 수 있는 자가 또 어디에 있을지…….

조치성은 새삼스럽게 관우를 쳐다보았다.

'괴물이군.'

처음으로 든 생각이었다.

지금까지는 관우의 진면목을 몰랐다. 풍령문과 관우에 대하여 황벽 등에게 듣긴 했지만, 실제 만난 관우는 그리 신비하거나 대단해 보이지 않았다. 오히려 무계심결과 천조검의 수준은 자신과 비등하거나 조금 떨어지는 감이 없지 않았다.

그래서 잠시 한 가지 사실을 잊고 있었다, 관우는 무공을 익힌 무인이되 그게 다가 아니라는 사실을.

관우는 바람이었다.

그렇게 조치성이 내심 감탄하고 있는 사이 조금도 감정이 흐트러지지 않은 양설지의 음성이 들려왔다.

"아미의 여승들이 사라진 것이 걸립니다. 그녀들이 무언가를 미리 알고 사라진 것이라면 곧 있을 기습은 그녀들과 관련이 있을 겁니다."

그녀의 말에 양사동이 고개를 끄덕이며 물었다.

"그렇다면 아미에서 이 일을 꾸몄다는 겁니까?"

"그렇지는 않을 거야."

조치성이었다.

"굳이 연관을 찾자면 조금 더 파고들어 가야 돼. 매복과 기습을 하는 데에는 감행할 만한 이유가 있어야 하는데, 그 이유는 크게 당가와 우리 둘 중 하나에게 있을 거야. 즉, 둘 중 하나를 노린 것이라는 거지. 대충 감이 오긴 하는데……."

조치성은 슬쩍 관우에게 시선을 던졌다. 하지만 관우는 아무 말 없이 전방을 주시하고 있을 뿐이었다.

"대체 어느 쪽을……?"

양사동이 다시 묻자 조치성은 관우에게서 시선을 거두며 말했다.

"아마도 목표는 우리일 거야. 더 정확히 말하면 사형이지. 사형을 제거할 목적으로 기습을 감행할 곳은 지금으로선 한 곳밖엔 생각나질 않아."

양사동의 입에서 짧은 한마디가 새어 나왔다.

"청성?"

조치성은 고개를 끄덕였다.

"일단은 거기밖엔 없어."

"대사형한테 비무에서 패한 것 때문에 이런 일을 벌인다는 말입니까? 이런 말도 안 되는……!"

그때였다.

"모두 조용. 놈들이 왔다."

관우의 나직하면서도 힘있는 음성이 모두로 하여금 다시 긴장의 끈을 붙들게 했다.

사위는 적막에 휩싸였다.

하늘에는 분명 해가 떠 있건만 음습함마저 느껴졌다.

관우는 몇 개의 기가 이미 지척에 다다랐음을 느꼈다. 하지만 관우로서도 확실히 몇 명인지는 파악할 수 없었다. 그만큼 저들의 움직임은 기괴했다.

조치성의 생각대로 관우가 저들의 움직임을 파악한 것은 갈대숲에 이르기 직전이었다.

먼저 아미의 여승들이 은밀히 이탈하는 것을 알게 됐고, 뒤이어 사 리 밖에 있는 저들의 움직임을 감지했다. 바람에 실린 사람 특유의 체취를 맡은 것이다.

뜻하지 않은 일에 당황한 관우는 즉각 이상함을 느껴야 했다. 그 체취가 돌연 사라져 버린 것이다. 극히 미미하게 전달되는 듯도 했으나, 안개를 이룬 습기로 인해 거의 감지할 수 없을 정도였다.

잠시 갈대숲 앞에서 멈칫한 까닭이 바로 이 때문이었다. 계속 전진할지 여부를 결정해야만 했다.

관우가 선택한 것은 그대로 전진이었다.

돌아가자니 이미 멀리 왔고, 그 자리에 머무르자니 안개로 인해 자리가 마땅치 않았다. 어떤 것을 선택하든 이미 작정한 상대를 피할 방법은 없어 보였다. 섬서로 넘어가는 다른 길 역시 없었기 때문이다.

갈대숲을 지나오면서 관우는 온 신경을 저들에게 집중했다.

하지만 처음 맡았던 체취는 더 이상 뚜렷이 느낄 수 없었다. 결국 관우는 저들의 기를 감지하는 방법을 택했다.

그러나 그 또한 수월치 않았다. 저들이 내뿜는 기가 미약할 뿐더러 그 움직임을 종잡을 수가 없었던 것이다.

지금도 이미 저들이 십 장 앞에 도달해 있건만 정확한 위치를 파악할 수가 없었다. 그것은 관우뿐만 아니라 이젠 모든 조원이 느끼는 바였다.

"상대는 전문 살수들인 듯싶군."

조치성이 정광을 번뜩이며 나직하게 말했다.

"으음……."

모두가 동의하듯 침음을 삼켰다.

"청성이 확실하군요."

양사동이 두 눈을 가늘게 뜨며 말했다. 조치성이 무슨 뜻이냐는 듯 그를 쳐다보자 양설지가 입을 열었다.

"통의각에서 입수한 정보 중에 청성이 비밀리에 육성시킨 '불명(不明)' 이란 암살 조직에 관한 것이 있었습니다."

"그래? 도사들이 암살이라니, 놀랄 일이군. 게다가 청성은 정도를 표방하는 구대문파 중 한 곳이잖아?"

조치성의 말에 양사동이 굳은 얼굴로 말했다.

"청성만 그런 것이 아닙니다. 구대문파 중 몇 곳은 그런 암살 조직을 남몰래 가지고 있습니다."

"흐음, 그거참. 어쨌거나 놈들이 진짜 청성에서 보낸 살수들이라면 앞으로 문제가 복잡해지겠군."

조치성은 다시 관우에게 시선을 던졌다.

"사형, 어쩔 생각이지?"

관우는 망설임없이 대답했다.

"일단은 찾아온 손님들을 먼저 해결해야겠지."

"그거 정답이군. 어때? 내가 해결하고 올까?"

관우는 고개를 저었다.

"조장은 나야, 사제."

조치성은 뜨악한 표정으로 어깨를 으쓱거렸다.

"대단한 감투를 쓰셨군. 좋아, 조장께서 알아서 하라고."

입가에 가벼운 미소를 살짝 떠올린 관우는 곧 천천히 앞으로 나섰다.

오 장 앞으로 걸어가 멈춘 관우는 검을 뽑아 들었다.

스릉!

검이 검집을 빠져나오며 내뱉은 소리가 잔잔히 울려 퍼졌다. 검을 손에 쥔 관우는 움직임을 멈췄다.

관우가 멈추자 모든 것이 따라서 멈추는 듯했다. 쥐 죽은 듯한 적막 속에서 보이지 않는 팽팽한 기류가 흘렀다.

언제 나올 것인가?

과연 언제 움직일 것인가?

모두가 그것만을 생각하고 있는 그때, 어디선가 빛이 번쩍였다.

챙!

동시에 터져 나온 금속성.

언제 움직였는지 관우의 검이 좌측을 향하고 있었다.

순간 관우의 신형이 위로 치솟았다.

파앙……!

방금 전까지 관우가 서 있던 자리가 폭발하듯 무너져 내렸다.

허공에 떠오른 관우는 그대로 몸을 거꾸로 세우더니 무너져 내린 곳을 향해 잇따라 삼검을 찔렀다.

퍽! 퍽! 퍽!

흙이 튀고 잘린 갈대가 비산했다.

그 와중에 조원들은 땅속에서 흘러나온 낮은 신음 소리를 들을 수 있었다.

관우는 검으로 일으킨 힘의 반동을 이용하여 튕기듯 재차 허공을 선회했다. 본래 있던 곳에서 삼 장 정도 떨어진 곳에 착지하려는 찰나, 관우의 검이 빛살처럼 전방을 갈랐다.

까앙!

불꽃이 튈 정도로 둔탁한 소음이 들렸다.

관우의 검에 맞고 튕겨져 나온 그것은 무서운 속도로 조치성의 발 앞에 처박혔다. 주먹만 한 크기의 날이 세 개나 선 뿔 모양의 암기였다. 이런 중형의 암기를 그처럼 쾌속하게 날릴 수 있다는 사실에 조치성을 비롯한 모두는 놀라움을 감추지 못했다.

하지만 거기에 신경을 쓰고 있을 새는 없었다. 관우의 신형이 쉬지 않고 움직였다.

착지에 성공한 관우는 그 즉시 우측에 있는 갈대숲을 향해 돌진했다. 관우의 신형이 갈대숲에 가려 보이지 않을 즈음, 단말마의 비명이 터져 나왔다.

"크윽!"

잠시 후, 사방에서 땅이 들썩이기 시작했다.

그그그그그……!

위로 돌출된 십여 개의 검이 그대로 땅을 가르며 관우가 서 있는 곳을 향해 빠르게 뻗어나갔다.

차자자창! 챙! 챙……!

또다시 비명과 함께 요란한 금속성이 연이어 울려 퍼졌다.

모두는 긴장된 표정으로 격돌의 결말을 기다렸다.

갈대숲을 헤치며 한줄기 인영이 튀어나왔다. 관우였다.

옷자락 곳곳이 베인 관우는 나오자마자 조원들을 향해 크게 외쳤다.

"발밑!"

그때였다.

"으악!"

후위에 있던 조원 세 명이 비명을 내지르며 쓰러졌다. 그들은 하나같이 하체가 둘로 갈라진 채 즉사했다.

혼비백산한 조원들은 우왕좌왕하며 대열을 이탈하려 하였다.

"당황하지 말고 위치를 지켜라! 방심하지만 않으면 얼마든지 대응할 수 있다!"

당가의 무인들을 향해 당일문이 고성을 내질렀다.

그의 노력으로 대열은 크게 흔들리지 않았고, 그 와중에 조치성과 양설지, 양사동은 세 갈래로 흩어져 조원들을 향해 날아오는 암기를 막아내느라 동분서주했다.

"잔인한 녀석들! 암기를 이렇듯 마구잡이로 뿌려대다니!"

날아온 암기 하나를 쳐낸 양사동이 이를 악물며 외쳤다.

그러면서 그는 잠시 관우에게 시선을 돌렸다. 관우는 곳곳을 누비며 살수들을 제압하고 있었다. 관우가 몸을 날리는 곳마다 비명이 터져 나왔다.

'정말 대단하다!'

양사동은 관우의 무위를 보며 내심 크게 감탄했다. 관우가 무계심결과 천조검을 익혔다는 사실은 그 역시 알고 있었다.

그 또한 무계심결과 천조검을 익혔지만, 관우만큼의 실력은 아니라는 것을 인정하지 않을 수 없었다.

지금 관우가 보여주는 몸놀림은 간결하면서도 매우 날카로웠다. 웬만해선 빈틈을 찾아보기 어려울 정도로 공방 또한 완벽에 가까웠다.

하지만 기실 관우가 보여주는 지금의 실력은 순수하게 천문의 무공에만 의존하여 발휘되는 것은 아니었다.

관우는 바람의 도움을 얻고 있었다.

은밀한 살수들의 움직임이지만, 관우의 귀를 완전히 벗어나진 못했다. 관우는 살수들이 땅속을 드나들며 일으키는 미세한 소리를 감지하여 위치를 파악했다.

일단 위치가 파악되면 즉시 그곳으로 돌진하여 단번에 제압해 버렸다. 대부분은 몸을 움직이지 못하게 만들었고, 일부는 어쩔 수 없이 목숨을 끊었다.

살수들은 살길을 염두에 두지 않는다. 그들의 관심사는 오로지 죽이는 일이었다. 그렇기에 먼저 죽이지 않으면 자신이 당할 수밖에 없다. 관우는 그렇게 자신의 칼에 피를 묻혔다.

챙! 채챙!

암기는 계속해서 날아왔다.

살수 하나를 제압한 관우는 즉각 좌측으로 신형을 뽑아 올렸다.

살수들의 수가 차츰 줄어들고 있었다.

그러나 보이지 않는 적과의 지루한 싸움은 쉽게 끝날 것 같지 않았다.

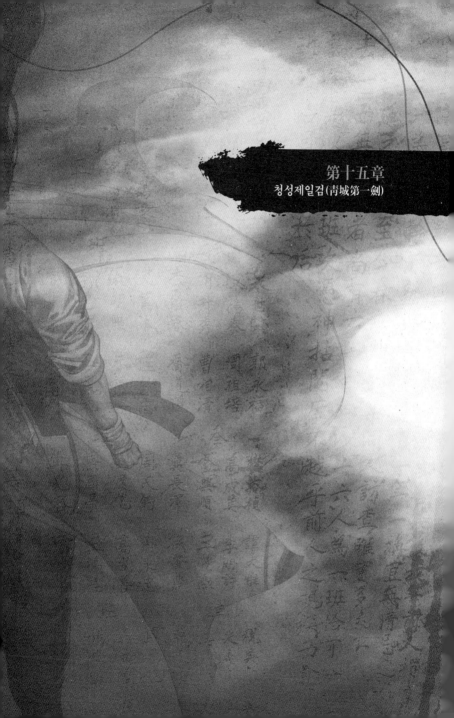

第十五章
청성제일검(靑城第一劍)

風神遺事

밤이었다.

관우가 이끄는 이조는 결국 미창산에서 밤을 보내야만 했다.

이조는 시체가 나뒹구는 갈대숲을 벗어나 간신히 수목이 우거진 곳에 이르러 장막을 펼쳤다. 장막이라고 해봐야 기둥 네 개에 촘촘한 천 한 장을 올린 것에 불과했다.

"으으……!"

장막 곳곳에서 나직한 신음 소리가 흘러나왔다.

전과 달리 장막의 수가 현저히 줄었다. 장막 하나를 조원 두 명이 사용했는데, 펼쳐진 장막은 모두 열다섯이었다.

"사망은 칠 명, 현재 남은 인원은 모두 삼십 명입니다. 그중 열 명은 거동이 불편할 정도의 중상자입니다."

양사동이 관우를 찾아와 보고했다.

관우는 장막에서 나와 허공을 응시하고 있었다. 허허롭고
왠지 모르게 쓸쓸한 눈빛이었다.

"다시 말하지만 살수들의 정체를 조원들에겐 밝히지 말아
야 해."

"명심하겠습니다."

"수고했다. 양 사제도 그만 쉬도록 해."

양사동은 관우를 잠시 바라보더니 곧 목례하고 자신의 장막
으로 돌아갔다. 그 역시 매우 지쳐 있었다.

그가 돌아가고 잠시 후 조치성이 관우 곁으로 다가왔다. 관
우와 나란히 선 그는 허공을 응시하며 말했다.

"지독한 안개야. 걷힐 기미가 안 보이는군."

"그렇군."

관우의 침묵에 조치성도 잠시 침묵을 지켰다.

조치성이 다시 입을 열었다.

"무슨 생각을 그렇게 하나?"

"이런저런."

조치성은 작게 고개를 끄덕였다.

"처음이었나 보군, 사람을 죽인 것이."

"……?"

관우의 시선이 조치성을 향했다.

"많은 생각이 들 거야. 나 역시 그랬으니까. 아마도 검을 든

자라면 누구나 그렇지 않을까 싶네."

관우는 그에게서 시선을 거두며 말했다.

"위로는 고맙지만, 잘못 짚었네."

"잘못 짚다니, 무슨 뜻인가?"

"처음이 아니야."

"음, 의외로군. 자네가 이미 경험이 있을 줄은……."

조치성은 언제 관우가 사람을 해친 일이 있는지 궁금했으나 묻지 않았다. 관우의 표정이 살짝 어두워지는 것을 본 까닭이다.

"여하튼… 그 때문이 아니라면 무엇 때문에 이렇듯 수심에 잠겨 있는 것인가?"

"배신 아닌 배신을 당하고 나니 기분이 좀 그렇군."

"배신 아닌 배신이라… 훗, 그럴듯하군."

조치성은 실소했다.

살수들은 예상대로 청성에서 보낸 자들이었다. 청성의 암살 조직임을 상징하는 표식과 동일한 것이 그들의 몸에서 발견되었다.

같은 편으로부터 배신을 당했지만, 애초에 청성과는 신뢰 관계가 전혀 없었기에 배신 아닌 배신이란 표현은 매우 적절해 보였다.

조치성이 넌지시 물었다.

"자네의 사명에 회의가 드는 것인가?"

관우는 고개를 저었다.

"그 정도는 아니야. 그동안 환상에 젖어 있던 내 자신을 반성하는 정도랄까?"

"어떤 환상이었지?"

"하늘의 뜻을 오해하고 있었던 듯하네. 하늘이 세상을 구할 자로 나를 선택했으니 세상 모든 것이 나를 중심으로 돌아갈 것이란 착각을 은연중에 하고 있었던 것 같군."

"대단한 착각을 했군. 나 역시 그런 비슷한 착각을 한 적이 있었지."

관우가 조치성을 힐끗 봤다.

"비록 자네의 풍령문만은 못해도 우리 천문 또한 하늘의 뜻을 받드는 곳이 아닌가?"

관우는 알겠다는 듯 고개를 끄덕였다.

"그렇군. 어쨌든 이제라도 착각에서 조금은 벗어났으니 다행이란 생각이 드는군."

"너무 자책하진 말게. 제세의 사명을 위해 모든 것을 희생해 온 자네의 풍령문과 그 사명을 이은 자네에 대한 자부심은 얼마든지 가져도 좋으니 말이야."

"정말 그렇게 생각하나?"

"물론이지. 그리고 아까 보여준 솜씨는 정말 끝내주더군. 그것이 진정한 바람의 힘인가 보지?"

관우는 고개를 저었다.

"그것은 단순히 바람을 느낀 것에 불과하네."

"진정한 바람의 힘이 아니었다, 이건가? 허! 그럼 대체 무엇이 진정한 힘이란 말인가?"

"나도 확실히 모르겠네. 아직은."

"흐음, 조금 띄워줬다고 잘난 척이군?"

"사실을 말했을 뿐인데?"

"어련하시려고."

두 사람은 잠시 서로를 바라보며 웃었다.

조치성은 관우의 마음이 조금 풀어진 것을 느끼며 화제를 돌렸다.

"그나저나 일이 예상 외로 복잡해지게 생겼군. 앞으로 어찌할 생각인가?"

"당장에 달라지는 것은 없네."

"그냥 이대로 중악평으로 가겠단 말인가?"

"일단은."

"정면 돌파로군. 청성이 가만있진 않을 텐데?"

"조금 힘이 들긴 할 거야."

"자신은 있겠지?"

관우는 입가에 옅은 미소를 머금었다.

"물론. 자네처럼 훌륭한 사제들이 함께 있지 않은가?"

"호오! 그거참, 신뢰가 가는 말이군."

두 사람은 또 한 번 서로를 향해 웃었다.

그때 관우는 문득 무슨 생각이 떠올랐는지 조치성을 향해 넌지시 물었다.

"전부터 궁금했는데, 설지 소저에겐 왜 그리 쩔쩔매는 것인가?"

조치성은 얼굴에 떠올랐던 미소를 지우며 씁쓸한 표정을 지었다.

"좋던 기분을 순식간에 울적하게 만들어 버리는군."

"둘 사이에 썩 좋지 않은 일이 있었나 보지?"

"일 자체는 나쁠 게 없었지만 결과가 좋지 않았지."

"음, 그 말을 들으니 더욱 궁금해지는군."

관우는 흥미로운 눈빛으로 조치성을 채근했다.

조치성은 잠시 망설이더니 짧은 한숨을 내쉬며 입을 열었다.

"얼마 전, 그러니까 내가 본 문의 문주님께 가르침을 받고 막 밖으로 나왔을 때였네. 당시 나는……"

하지만 그때였다.

"두 분 다 아직 주무시지 않았군요."

딱딱한 여인의 음성이 두 사람의 등 뒤에서 들려왔다. 양설지였다.

흠칫한 조치성은 황급히 입을 닫고 시선을 딴 곳으로 돌려 버렸다.

관우 또한 공교롭게 나타난 그녀가 당황스럽긴 했으나 평소처럼 자연스럽게 그녀를 대했다.

"잠시 조 사제와 이야기를 나누는 중이었다. 한데, 사매는 무슨 일로 나온 것이지?"

"소피가 마려워 적당한 장소를 찾던 중이었습니다."

"……?"

또 한 번 당황한 관우는 말문이 막혀 즉각 대꾸를 하지 못했
다.

여인이라면 사내들 앞에서 소피라는 말을 입에 담기조차 꺼
리는 것이 보통이었다. 그런 말을 양설지는 너무도 태연하게
자신들 앞에서 내뱉고 있었던 것이다.

무슨 말을 해야 할까 한참을 고민하던 관우가 내뱉은 말은
결국 짧은 한마디에 불과했다.

"그럼… 수고하도록."

양설지가 목례하며 자리를 뜨자 관우는 곁에 있던 조치성을
찾았다. 하지만 그는 이미 그곳에 없었다. 시선을 돌려보니 벌
써 저만치 도망치듯 사라지는 그의 뒷모습이 눈에 들어왔다.

"홋……."

관우는 괜스레 웃음이 나왔다. 조금 전에 자신이 양설지에
게 했던 말을 떠올린 것이다.

"대체 무엇을 수고하란 것인지… 후후."

고개를 설레설레 흔든 관우는 왠지 모르게 조치성이 불쌍했
다.

자신까지 이렇듯 당황케 하는 양설지의 무서움(?)을 맛보게
되니 조치성이 겪은 일은 이와는 비교할 수 없을 정도의 큰 사
건일 것이란 생각이 든 것이다.

뜻밖의 일로 웃게 된 관우는 다시금 허공을 올려다보았다.
그리곤 곧 발길을 옮겼다. 하지만 자신의 장막 쪽이 아니었다.

관우가 향하는 곳엔 당하연의 장막이 있었다.

안개가 서서히 걷히고 있었다.

*   *   *

작전 실패. 전원 사망.

송운자는 현음에게서 받아 든 서신을 한 손에 말아 쥐었다.

"으음, 벌집을 건드려 놓은 꼴이 되었군."

그의 표정과 음성은 심각했다.

그 말을 들은 현음은 아무 말도 하지 못했다. 모든 것이 자신 때문에 벌어진 일이라 생각하니 고개를 들 수가 없었다.

"죄송합니다. 모두가 제 잘못입니다."

"잘못을 저지른 자는 아무도 없다. 모두 마땅히 해야 할 바를 한 것뿐. 단지 상황이 이렇게까지 된 것이 당황스러울 따름이다."

관우에게 살수들을 보낸 것은 송운자의 강력한 건의로 이루어진 것이었다.

현음은 청성의 앞날을 예고하는 상징과도 같은 존재였다.

그런 그가 일개 무명 청년에게 무릎을 꿇었다. 있어서는 안될 일이 벌어진 것이다. 소문은 순식간에 제삼군 전체에 퍼졌고, 제삼군 내에서 관우의 이름을 모르는 자가 없을 정도가 되었다.

하지만 그와 동시에 청성의 명예는 실추될 수밖에 없었다. 현음이 당한 치욕은 고스란히 청성에게 돌아왔다.

때문에 방관하고 있을 수는 없었다.

어천성에 의해 이미 꺾인 이름이라고 해도 구대문파 중 한 자리를 차지하고 있는 청성의 이름은 그렇게 더럽혀질 수 있는 것이 아니었다.

관우를 제거해야 했다. 관우가 살아 있는 한 청성은 그 치욕을 두고두고 곱씹어야 할 것이기 때문이다.

그래서 청성 본산에 기별을 넣어 불명의 살수들을 보냈다. 관우를 제거하되 은밀히 해야 했다.

물론 관우가 갑작스레 살해되면 그 흉수로 청성을 떠올릴 가능성이 컸지만, 그것은 별문제가 되지 않았다. 물증만 없으면 된다. 심증만으로 대놓고 청성을 지목할 만한 자는 없을 터이니 말이다.

하지만 모든 것이 생각대로 되지 않았다.

불명 살수 이십 명.

처음 열 명을 생각했다가 실제로는 그 두 배를 보냈다. 단일 푼의 실패할 확률도 없게 하기 위해서였다. 불명 살수 이십이면 절정고수 네다섯의 목숨은 언제든지 취할 수 있는 수였다.

송운자는 관우를 절정고수로 보았다. 함께 있는 건곤문의 사람 셋 또한 절정고수라 여기고 보냈다. 그리고 만일 일이 잘못될 경우 최후의 방법으로 같이 있는 당가의 무인들까지 없애라는 지시까지 내렸다. 당가와 영원히 척을 질 수도 있는 위험한 수였다.

그런데도 실패했다.

관우를 죽이기는커녕 애꿎은 당가의 무인들만 죽이고 살수들은 전멸했다.

관우는 그의 모든 예상을 뒤엎어 버렸다. 그것이 그가 벌집을 건드린 꼴이라고 말한 까닭이었다.

벌은 못 죽이고 벌집만 건드렸으니 이젠 벌이 그를 공격할 차례였다. 벌에 쏘이지 않기 위해서는 미리 대비를 해야 했다.

"지금 즉시 전 대에 사람을 보내 일러라. 놈이 조원들을 이끌고 대에서 이탈했다고."

송운자는 앞에 시립한 현음에게 지시를 내렸다.

* * *

날이 밝자마자 이동을 시작한 관우는 오정쯤 칠반관에 이르렀다. 깎아놓은 듯한 절곡과 준봉들이 길게 늘어선 모습이 눈에 들어왔다.

백 길 아래엔 급류가 흘렀고, 절곡은 수직으로 솟아 있어 도저히 사람이 다닐 길은 없어 보였다.

하지만 이곳에도 길은 있었으니 그것이 바로 잔도였다.

잔도는 사람 하나가 간신히 걸을 만큼의 폭으로 절곡의 허리를 깎아 만든 길을 지칭했다. 그 중간에는 바위에 홈을 파서

받침목에 너른 나무판자를 깔아 길을 낸 곳도 더러 있었다.

이 잔도를 통해 섬서로 가려면 꼬박 하루가 걸린다. 위험하여 빠른 이동이 불가능했다.

그럼에도 관우가 이 길을 택한 것은 그나마 숭산으로 가는 가장 빠른 길이기 때문이었다.

사천을 벗어나 중원으로 가는 길은 크게 둘밖에 없었다. 칠반관을 통하는 것과 배를 타고 장강삼협을 통과하는 것이 바로 그것이었다.

일조를 포함한 제삼군 대부분은 장강삼협을 이용하여 호광성을 거쳐 숭산이 있는 하남으로 향할 것이 분명했다.

장강삼협을 통과하는 행로 또한 험하긴 마찬가지다. 하지만 잔도를 통하는 것보다는 안전했다. 그래서 대다수가 중원과 사천을 오가는 데 있어 장강삼협을 선호했다. 그러나 단점은 시일이 오래 걸린다는 것이었다.

관우는 안전보다는 속행(速行)을 택했다. 관우에겐 서둘러 중악평에 도착해야 할 이유가 있었다. 그리고 뜻하지 않은 일로 인해 그 이유는 더욱 커졌다.

칠반관에 이르기까지 관우를 비롯한 조원들 모두 전혀 입을 열지 않았다. 조원들이라고 해봐야 이젠 관우 일행을 제외하면 당가의 무인들이 전부였다.

살수들을 만나기 전까진 간간이 말소리와 웃음소리가 그들 중에서 들려왔으나 이젠 그마저도 없었다.

그들의 표정에서 긴장과 불안이 동시에 느껴졌다. 하지만 다행히 크게 동요하는 기색은 없었다. 당일문이 그들을 안심시켰기 때문이다.

당일문은 관우가 그대로 중악평으로 가겠다고 말했을 때 별다른 말 없이 그것을 받아들였다.

살수의 정체도 모르고 여러모로 위험 요소가 많았으나, 관우를 믿을 수 있었다. 현음과의 비무와 살수들과의 싸움은 그로 하여금 관우를 신뢰하게 만들었다. 그것은 모든 조원이 마찬가지였다.

또한 그가 관우의 명을 따르게 된 것은 당하연이 적극적으로 그에 동조한 탓도 있었다.

당하연은 새벽부터 내내 관우의 옆에 붙어 있었다. 이전까지 일부러 피하던 것과는 완전히 달라진 모습이었다.

아무도 몰랐지만 그녀의 태도가 바뀐 이유는 전날 밤 관우가 그녀를 찾아왔기 때문이었다.

왜 왔는지, 와서 무슨 말을 하고 갔는지는 중요하지 않았다. 관우가 먼저 자신을 찾아왔다는 것이 중요할 뿐.

사실 관우가 그녀를 찾은 것은 그녀에 대한 염려에서였다. 당하연은 살수들과의 싸움에서 부상을 입었다. 비록 경미하다고 보고는 받았으나, 관우로선 직접 상세를 확인해야만 했다.

당하연은 자신을 찾아온 관우를 냉랭하게 대했다. 마음은 그렇지 않은데 저절로 그런 행동이 나왔다.

그런데 관우는 다른 조원들을 대하듯 그녀를 대했다. 상세가 어떠냐는 식의 질문만 하고는 돌아섰던 것이다.

왠지 모르게 분한 마음에 관우의 뒤통수를 쏘아보고 있는 그때, 장막 입구에서 잠시 멈칫하며 내뱉은 관우의 마지막 한 마디가 그녀의 마음을 흔들었다.

"앞으론 내 옆에서 떨어지지 마. 멀리 있으면 지켜주기가 어려우니까."

관우가 한 말이 무엇이었는지는 정확히 기억나지 않았다. 대충 그런 뜻인 것 같았다. 하지만 내뱉은 말속에 담긴 자신을 향한 마음은 또렷이 느낄 수 있었다.

어젯밤 단잠을 잔 그녀는 가장 먼저 일어나 집합 장소에 나갔다. 그리고 조치성을 몰아내고 관우의 바로 옆자리를 꿰차게 되었다.

"오라버니, 오늘 안에 이 길을 다 가는 건 어렵지 않을까?"

당하연은 잠깐 주어진 휴식 시간을 이용하여 관우를 향해 입을 열었다. 음성엔 염려가 담겼으나 관우를 바라보는 표정은 밝기만 했다.

그런 그녀를 힐끗 본 관우는 속으로 웃고는 말했다.

"쉽진 않겠지."

"그래도 가겠다는 거지?"

관우는 고개를 끄덕였다.

그것을 보며 당하연도 고개를 끄덕였다.

"흐음, 그럼 군말없이 따라가야겠군. 위험할 것 같긴 하지만… 뭐, 지켜주겠다고 철석같이 약속한 사람이 있으니까."

"……."

당하연은 곁눈질로 관우의 반응을 살폈으나 관우는 아무런 대꾸도 없었다.

그녀의 두 눈이 가늘어졌다.

"왜 시치미야?"

"시치미 뗀 적 없는데?"

"지금도 떼고 있잖아. 혹시 지켜주겠다고 말해놓고 지금 후회하고 있는 건 아니겠지?"

관우는 낮게 웃으며 어쩔 수 없이 당하연을 향해 고개를 돌렸다.

도끼눈을 뜬 그녀의 얼굴을 가만히 쳐다보던 관우는 그녀만 들을 수 있는 나직한 음성으로 말했다.

"요즘 들어 연 매가 자꾸 어린애가 되어가는 것 같아."

"뭐어!"

"지금도 이 오라버니한테 응석 부리는 걸로 보이거든."

"말이면 다야?"

"그래서 그런가 봐."

"……?"

펄쩍 뛰던 당하연이 멈칫했다.

"요즘 들어 내가 연 매만 보면 웃는 이유 말이야."

"……?"

"연 매가 너무 귀엽게 보여."

"……!"

당하연은 잠시 멍하니 관우를 쳐다봤다.

"그것… 뿐이야?"

"예뻐 보이기도 하고."

"또?"

"사랑스러워."

"……!"

당하연의 몸은 그대로 굳었다.

눈동자는 갈피를 잡지 못하고 이리저리 흔들렸다.

"오라버닌… 의외로 사람을 놀래키는 면이 있어."

"놀랐어?"

고개를 끄덕이는 당하연.

"방금 그거 고백이지?"

"응."

"그럼 이제 내가 받아들이느냐 아니냐만 남은 거네?"

"그렇게 되는군."

관우는 입가에 미소를 그렸다. 그것을 본 당하연도 덩달아 미소를 머금었다.

그때 그런 두 사람 사이를 갈라놓는 음성이 있었다.

"언제부터인 거야? 어젯밤부터인가?"

조치성이었다.

그의 의심스런 눈초리에 관우와 당하연은 눈웃음을 지을 뿐이었다.

그것을 보며 조치성이 짐짓 투덜거리듯 말했다.

"뭐, 언제부터였든 다 좋은데, 때와 장소는 구별을 좀 해주셨으면 고맙겠습니다, 사형."

그 말에 관우는 슬쩍 고개를 돌리며 모른 척했고 당하연은 조치성을 쏘아봤다.

"그쪽이야말로 때와 장소 좀 구분하시지?"

조치성이 눈을 끔뻑이며 쳐다보자 당하연이 눈을 가늘게 뜨며 얼굴을 들이밀었다.

"또 한 번 눈치없이 끼어들면 재미없을 줄 알아!"

"......?"

나직하지만 귀에 쏙쏙 박히는 음성.

슬쩍 자리를 뜨는 당하연을 보며 조치성은 장난스럽게 몸을 떨었다.

"나, 당 소저에게 또 찍힌 건가?"

관우는 픽 웃었다.

"그런 것 같군."

"조만간 사단이 벌어지겠군. 정신 바짝 차리고 있어야겠어."

조치성의 엄살에 관우는 말없이 웃을 뿐이었다.

"이제야 서로의 마음을 확인한 건가?"

당하연이 있던 관우의 옆자리로 가까이 다가온 조치성이 넌지시 물었다. 두 사람의 눈은 모두 잔도의 끝머리를 향하고 있었다.

"어제야 비로소 내 감정이 무엇인지 정확히 알게 되었지."

"살수들과의 싸움에서 말인가?"

관우는 작게 고개를 끄덕였다.

"저들이 조원들을 공격할 때 연 매에 대한 걱정뿐이었네."

"훗, 다른 조원들이 불쌍하군. 어제 자신들의 조장이 보여준 활약이 고작 여인 하나를 지키기 위한 몸부림이었다는 사실을 알게 된다면 표정들이 과연 어떨지 궁금한걸?"

조치성은 생각만 해도 재밌는지 실소했다.

"아무튼 축하하네. 이젠 더 이상 거짓 신랑감 노릇은 하지 않아도 되겠군."

"그렇게 되나?"

흐뭇하게 웃던 두 사람 중 조치성이 화제를 바꿨다.

"이번엔 어떻지? 뭔가 감지되는 게 있는가?"

"아직은……."

"그렇다면 최대한 빨리 잔도를 통과하는 일만 남았군."

관우는 고개를 저었다.

"하지만 확실친 않네. 바람의 방향이 반대야."

"반대?"

그랬다. 지금 바람은 절곡을 끼고 관우 등이 있는 곳에서 불어나가고 있었다. 그것도 강하게.

즉, 바람을 등지고 있다는 말이었다.

이런 상태에선 앞쪽에 무엇이 있는지 감지하기가 쉽지 않다. 물론 오감으로 감지하는 것이 바람의 방향에 따라 결정되는 것은 아니지만, 영향을 받는 것 또한 사실이었다. 감각으로 전달되는 정보의 양과 세기가 달라지기 때문이다.

"그 말은 만일의 경우 어제처럼 기습을 당할 수도 있다는 말인가?"

"안심할 순 없네."

"으음, 그렇다면 지금 굳이 이곳을 통과할 필요가 있을까? 좀 더 상황을 지켜본 뒤 움직이는 것이 어떤가?"

조치성의 말에 관우는 고개를 저었다.

"암습이 실패한 걸 알고 가만히 있을 저들이 아니네. 저들이 뭔가 손을 쓰기 전에 움직여야 해."

"하지만 저들이 어떻게 손을 쓸지는 예상할 수 없는 일이네. 어제 자네도 겪어봐서 잘 알겠지만, 소위 정도를 따른다는 자들도 이해에 있어선 수단을 가리지 않으니까."

거기서 그친 조치성은 더 이상 그에 대해 언급하지 않았다. 관우의 생각을 어느 정도 알 수 있었기 때문이다.

관우는 이 일이 확대되는 것을 원치 않고 있었다. 확대되어 봐야 좋을 것이 없기 때문이다. 좋지 않은 일로 주목을 받는 일은 없어야 했다. 특히 어천성 앞에서는 더욱.

적어도 지금은 그래야 했다.

그런데 그러자면 청성이 더 이상 움직이질 말아야 한다. 또다시 자신을 해하려는 적 앞에서 가만히 있을 수는 없기 때문이다.

하지만 보낸 살수들을 모두 잃은 마당에 청성이 가만있을 리가 없었다. 그렇기에 관우는 서둘러 목적지인 중악평에 당도하려는 것이었다. 청성과 부딪치지 않기 위해서 말이다. 말하자면 도망 아닌 도망이었다.

"다시 이동한다!"

휴식의 끝을 알리는 관우의 음성이 들렸다.

이조의 조원들은 관우를 시작으로 잔도에 발을 디뎠다.

간신히 두 발을 교차할 수 있는 좁은 폭으로 인해 이동 속도는 현저히 줄어들었다.

길게 늘어선 조원들은 절벽에 바짝 달라붙듯 걸었다. 수직으로 깎인 절벽의 위는 까마득했고, 아래는 거친 물살을 내며 흐르는 급류가 보였다.

관우의 뒤로는 당하연과 양설지가 차례로 따랐고, 조치성과 양사동은 만일을 대비해 맨 뒤에서 따라갔다.

그렇게 얼마가 지났을까?

오정의 따가운 해가 서편으로 제법 기울었을 즈음, 귓가에 굉음이 들려왔다.

콰콰콰콰콰콰……!

폭포였다.

폭이 삼 장이나 되는 거대한 폭포가 절벽 꼭대기에서 물을 토해내며 엄청난 물보라를 일으키고 있었다.

관우는 온몸을 적시는 수적(水滴)을 뚫고 전방을 응시했다.

절벽과 폭포 사이로 검은 그림자가 아른거렸다. 그림자는 팔짱을 낀 채 관우를 응시하고 있었다.

한쪽 손을 들어 이동을 멈춘 관우는 그림자에게서 시선을 떼지 않은 채 조치성에게 전음을 날렸다.

[상하를 경계해!]

관우는 그 어느 때보다 긴장하고 있었다.

이곳에 이를 때까지 그림자의 정체를 전혀 감지하지 못했다.

어제 살수들의 경우엔 잠깐 동안 놓친 것을 빼곤 줄곧 움직임을 감지하고 있었다.

그것을 감안하면 비록 바람을 등진 상태였다곤 해도 눈앞의 그림자는 절대 무시해선 안 될 존재였다.

'역시 화풍술만으로는 무공과의 확실한 격을 이룰 수 없구나!'

새삼 무공의 힘을 다시 보게 되는 관우였다.

분명 무공은 섭풍술과 비교하면 격이 낮은 힘이었지만, 그것을 누가, 어떻게 활용하느냐에 따라서 그 위력이 천차만별이 될 수 있었다. 경우에 따라선 자신이 무공에 의해 해를 입을 수도 있음을 관우는 인정하지 않을 수 없었다.

찰나지간 머릿속으로 들어온 생각을 떨쳐 낸 관우는 눈으로는 그림자의 움직임을 주시하는 한편, 코와 귀로는 주변을 경계했다.

"그렇게까지 긴장할 필요는 없네. 암습 따윈 하지 않을 테니까."

갑작스레 들려온 음성에 관우는 흠칫했다. 음성의 주인공은 다름 아닌 그림자였다.

음성에선 무게와 함께 연륜이 느껴졌다.

"정체를 밝히시오."

관우는 나직하지만 또렷한 음성으로 물었다.

"노도는 청성의 장로 송학자라 하네."

청성이란 말에 관우의 눈이 가늘어졌다. 결국엔 청성이 다시 찾아오고야 만 것이다.

송학자는 제일대주인 송운자의 사형이자 청성의 대장로였다. 그는 도력보다는 무공으로 이름이 높았는데, 청성이 자랑하는 청운적하검법을 대성한 자는 당대에 그가 유일했다.

이미 습득한 강호에 관한 지식을 통해 송학자가 어떤 자인지 알고 있는 관우는 더욱 경계심을 높이며 다시 물었다.

"청성의 대장로께서 우리의 길을 막은 이유가 무엇입니까?"

송학자는 관우가 서 있는 쪽으로 몇 걸음을 옮겼다. 그러자 쏟아지는 폭포수 사이로 도관을 쓴 그의 청수한 모습이 눈에 들어왔다.

"노도가 온 이유는 자네를 처결코자 함이네."

"나를 처결하려는 이유 또한 궁금하군요."

관우의 흔들림없는 반응에 내심 놀란 송학자가 재차 말했다.

"자네는 금번에 소집된 제삼군의 제일대 제이조장으로서 조원들을 이끌고 대열에서 이탈했을 뿐만 아니라, 그 과정에서 반항하는 조원들의 목숨을 끊었네. 이에 제삼군장의 명으로 노도가 직접 자네를 처결하기 위해 온 것이네."

"진인께서 뭔가 잘못 알고 계신 듯합니다."

송학자의 말을 듣고 있던 당일문이 어이없다는 표정으로 나섰다. 그를 보며 송학자가 물었다.

"자네는 누구인가?"

"당가의 당일문이라 합니다."

"당가라……. 그렇다면 자네의 가솔들이 저자의 손에 죽었을 터인데 오히려 저자를 옹호하는 것인가?"

"그렇지 않습니다. 제 가솔들을 해한 것은 정체 모를 살수들이며, 저희 조장께선 오히려 조원들의 안위를 위해 그들과 대적하셨습니다."

당일문이 더욱 강하게 주장하고 나서자 송학자는 자신의 수염을 쓰다듬으며 말했다.

"흐음, 그것참 이상한 일이군. 나는 이조에서 탈출한 아미의 여승들이 저간의 모든 일들을 제일대주를 비롯한 모든 대주들 앞에서 증언하였다고 들었네. 뿐만 아니라 노도가 직접 현장을 조사한 바에 의하면, 그곳엔 이조원들의 시신만 있을 뿐 다른 이들의 시신은 전혀 없었네. 그럼에도 자네는 있지도 않은 사실을 들어 저자를 옹호하며 나서고 있으니……."

"있지도 않은 사실을 말씀하시는 건 진인이십니다! 어찌하여 당사자의 말을 들어보지도 않고 모든 것을 단정할 수 있단 말입니까?"

당일문은 결국 고성을 내지르고야 말았다. 이를 본 송학자는 두 눈에 힘을 주며 그를 응시했다.

"자네가 계속해서 그리 나온다면 나는 자네를 포함한 당가에 대하여도 의심을 품을 수밖에 없네."

"그게 무슨 뜻입니까?"

"당가 역시 저자와 한통속일 수도 있다는 뜻이지."

"그 무슨 말도 안 되는……!"

당일문이 발끈했지만 송학자는 무시하며 말을 이었다.

"듣기로는 저자가 당가주의 여식과 혼인을 앞둔 사이라고 하던데, 처음부터 어천성의 행사에 불만이 있었던 당가임을 감안하면 저자와 한통속이 되어 반기를 드는 것도 충분히 가능한 이야기가 아니겠는가?"

"크으……!"

당일문은 말없이 이를 악물었다. 더 이상 말을 해봐야 소용없다는 것을 비로소 알게 된 그였다. 무언가 일이 잘못 돌아가고 있었던 것이다.

"날 처결하려는 이유는 잘 들었습니다."

관우는 마치 이때를 기다렸다는 듯이 입을 열었다.

당일문과 송학자의 대화 내내 관우의 표정은 담담했다. 이것을 잘 알고 있는 송학자는 관우의 다음 말에 이목을 모을 수밖에 없었다.

"한 가지만 묻지요."

"……?"

"나를 처결하라 명한 자가 진정 제삼군장입니까?"

"조금 전 말한 그대로네."

"그럼 어제 찾아온 살수들도 제삼군장이 보낸 것입니까?"

"자넨 계속 두 번 말을 하게 하는군. 자네들이 이야기하는 살수가 무엇인지 노도는 알지 못하네."

관우는 묵묵히 고개를 끄덕였다. 그러더니 돌연 검을 꺼내 허공에 대고 휘둘렀다.

츠츠츠즈……!

갑작스런 행동에 모두가 깜짝 놀랐으나 정작 앞에 있던 송학자는 미동도 하지 않았다. 그는 관우가 자신을 공격하는 것이 아님을 알고 있었다.

찰나지간 관우의 검이 다시 검집에 꽂혔고, 송학자의 시선은 관우의 검이 할퀴고 간 절벽의 한 면을 향했다. 그리고 거기에 새겨진 것을 본 순간 그의 얼굴은 딱딱하게 굳었다. 거기엔 세 개의 사선과 그것을 가로지르는 갈퀴 모양의 곡선이 그려져 있었다.

"무슨 짓인가?"

송학자는 관우를 향해 준엄한 음성을 발했다. 관우는 그런 그의 두 눈을 직시했다.

"어제 저를 찾아온 살수들의 몸에서 나온 표식입니다. 곧 나타날 자들도 이 표식을 지니고 있겠지요."

"……?"

송학자의 두 눈에 놀람의 빛이 가득 떠올랐다.

관우는 절벽 곳곳에 은신하고 있는 살수들의 존재를 이미

인지하고 있었던 것이다.

송학자는 입가에 엷은 미소를 그렸다.

"젊은이가 억지가 심하군. 하지만 나와 같이 온 자들이 있음을 알아차린 자네의 뛰어남은 인정하겠네."

관우는 그의 말을 귀담아듣지 않았다. 대신 송학자를 향해 단호한 음성으로 말했다.

"그들이 모습을 드러낸다면 그들 중 단 한 명도 이곳에서 살아 돌아가지 못할 것입니다."

송학자의 미소가 짙어졌다.

"자넨 허풍 또한 심하군. 그러나 너무 걱정하진 말게. 처음에 말했던 대로 암습 따윈 없네. 노도 혼자서도 충분하니까."

그의 마지막 말은 도발이었다. 그러나 관우는 경고하듯 말했다.

"허풍이 지나치시군요. 진인께선 각오를 새롭게 하시길 바랍니다. 이곳에서 저를 없애지 못한다면 청성이 치러야 할 대가가 매우 클 것이니 말입니다."

"……!"

관우의 말에 송학자의 표정이 삽시간에 변했다.

그는 얼굴에서 미소를 지운 채 말했다.

"자네 같은 무도한 자에게 그런 말을 듣다니, 노도가 쓸 데 없이 길게 말을 섞은 듯하군. 감히 본 파를 겁박했으니 손속이 사납다고 원망치 말게."

말이 끝남과 동시에 그로부터 강한 기운이 뿜어져 나오기 시작했다.

이를 느낀 관우는 무계심결을 운용하여 대정기를 전신으로 휘돌렸다.

보이지 않는 기운이 둘 사이에서 첨예하게 부딪쳤다.

일촉즉발의 상황에서 관우는 조치성을 향해 재차 전음을 날렸다.

[치성, 사제와 사매와 함께 숨어 있는 살수들을 제압해 줘야겠어. 반드시 저들이 움직이기 전에 제압해야 해.]

[그러지.]

조치성의 대답을 들은 관우는 그 즉시 조원들에 대한 염려를 끊었다. 자신이 신경 쓰지 않아도 세 사람이면 충분히 나머지 조원들을 지킬 수 있으리라 믿었기 때문이다.

관우는 눈앞에 있는 송학자에게 마음을 집중했다. 하지만 쉽게 몸을 움직이진 못했다. 송학자에게서 틈을 찾기가 쉽지 않았다.

일대일.

어제 있었던 살수들과의 싸움하고는 전혀 달랐다.

게다가 이곳은 잔도.

옆도 뒤도 모두 차단되어 있어 오로지 정면 승부만 가능한 상황이었다.

얼핏 생각하면 숨어 있는 다수의 살수를 상대했던 어제보단 훨씬 싸우기가 수월한 것으로 여겨질 수 있지만, 정작 송학자를 앞에 둔 관우는 그런 생각을 가질 수 없었다.

송학자에게서 느껴지는 기운은 어딘지 모르게 황벽과 닮아 있었다. 황벽만큼 강하지는 않지만, 황벽에게서 느낄 수 있었던 분위기가 느껴졌다. 그것은 압도감이었다. 높은 곳을 오른 사람만이 가질 수 있는 것이었다.

송학자는 청운적하검법을 대성한 자다. 청운적하검법이 가진 본래의 위력이 어떠하던지 그는 그것의 가장 높은 곳에 오른 자인 것이다. 그리고 그러한 자리에 오른 뒤 그는 아직 패배를 몰랐다.

'길게 가면 좋지 않다.'

최대한 싸움을 빨리 끝내야겠다고 생각한 관우는 일단 송학자의 진짜 실력이 어느 정도인지 가늠해 보기로 마음먹었다.

마음과 동시에 움직인 관우의 신형.

팟!

그 자리에서 꺼지듯 사라진 관우가 다시 나타난 곳은 폭포가 쏟아지는 물줄기 바로 뒤쪽이었다.

"......!"

예리한 검날이 갑자기 물줄기를 뚫고 자신을 베어오는 것을 보며 송학자의 미간이 꿈틀거렸다.

그와 동시에 그의 우수가 움직였다. 손엔 이미 장검이 들려 있었다. 검수(劍首)에 달린 자색 수실이 허공에서 요동치는 순간,

챙!

두 검이 부딪치는 소리와 함께 관우의 신형이 튕기듯 뒤로

날아가 다시 잔도에 내려섰다. 관우는 발이 잔도에 닿자마자 다시 전방을 향해 도약했다.

이를 본 송학자의 얼굴이 잔뜩 굳었다.

관우의 의도가 속전속결임을 알아챈 그는 그대로 가볍게 검을 앞으로 내리그었다. 관우의 공격을 미리 봉쇄하기 위함이었다.

관우는 송학자의 검에 의해 공세가 차단당하자 멈칫거렸다. 아니, 멈칫하는 것처럼 보였다. 그러나 그 순간 관우는 좌측의 절벽을 박차며 측면에서 송학자의 옆구리를 향해 검을 떨쳤다.

쉐엥!

미처 방어할 틈을 얻지 못한 송학자는 어쩔 수 없이 뒤로 반 보 물러섰다.

관우의 검이 그의 한 치 옆을 스치고 지나가는 순간, 송학자는 관우의 몸통을 노리며 재빨리 삼검을 내뻗었다.

마치 하나의 동작에서 나온 듯한 쾌속함에 관우는 황급히 검을 휘저어 그의 공격을 막아갔다.

챙! 채앵! 츠읏!

마지막 검이 맞부딪침과 동시에 두 사람은 각각 두 걸음씩 물러섰다.

정확히 폭포를 한가운데 두고 마주한 관우를 향해 송학자가 경탄 어린 시선을 던졌다.

"듣기보다 놀라운 실력을 지녔군. 그 나이에 검을 그처럼 능란하게 다룰 수 있다니, 사문이 건곤문이라 했던가?"

관우는 그의 물음에 대답치 않고 물었다.

"저를 감당하실 수 있겠습니까?"

송학자는 나직이 웃었다. 처음의 여유로움이 다시금 그의
얼굴에 떠올라 있었다.

"확실히 생각처럼 쉽진 않겠군. 자네 말대로 각오를 새롭게
할 필요가 있음을 인정하겠네."

"지금이라도 물러서신다면 모든 일을 없던 것으로 해드리
지요."

"허허… 자네, 결국 나를 웃게 만드는군. 말했지 않나? 자네
를 처결하란 명을 받고 왔다고."

"그렇다면 청성과 당신에 대한 예우는 여기까지요. 먼저 당
신은 어렵게 양성한 살수들을 모두 잃게 될 것이오."

관우는 한결 차가운 음성으로 경고했다. 하지만 송학자는
관우의 말에 눈 하나 깜짝하지 않았다.

"설마 조금 전에 움직인 자네 수하들이 나와 함께 온 자들을
어찌할 수 있을 거라 생각하는 것인가?"

그는 자신이 관우와 검을 섞을 당시 조치성 등이 사방으로
몸을 날렸음을 알고 있었다.

그럼에도 그가 별다른 조치를 취하지 않은 이유는 조치성
등의 실력으로 불명의 살수들을 어찌하지 못할 거라 여겼기
때문이다.

어제 보냈던 살수들을 제압한 것은 관우였다. 따라서 자신

이 관우를 맡고 있는 이상 살수들이 당할 일은 없을 거라 여긴 것이다. 게다가 이번에 이끌고 온 살수들은 어제의 두 배인 사십 명이었다.

그러니 송학자로선 관우의 말이 우습게 들릴 수밖에 없었다.

하지만 그의 그런 여유는 오래가지 못했다.

"으악!"

비명이 들려왔다.

그것은 관우의 것도, 송학자의 것도, 이조의 조원들 것도 아니었다. 연이어 절곡을 울리는 비명 소리에 송학자는 당황했다.

"설마?"

일이 잘못되어 가고 있음을 직감한 그는 새삼 관우를 쳐다봤다.

"그들은 나조차 만만히 상대할 수 있는 자들이 아니오."

"으음……."

송학자는 관우의 말에 아무런 대꾸를 하지 못하고 깊게 침음했다.

어쩌면 청성이 돌이킬 수 없는 실수를 저질렀을 수도 있겠다는 생각이 들었다.

그러나 이젠 말 그대로 돌이킬 수 없는 일이다.

청성제일검인 자신이 직접 이곳에 온 이유도 일의 심각성을 충분히 인지했기 때문이다.

이대로 물러설 수도 없고, 이대로 당할 수만도 없다.

자신까지 나선 마당에 관우가 이곳에서 살아나가면 청성의 명예는 땅에 떨어지고 만다.

또한 이곳에서 살아나간 관우가 가만히 있을 리가 없으니 자칫 모든 사실이 드러날 위험도 있었다.

즉, 이젠 청성의 명예를 넘어 청성의 존망까지 걸린 일이 되고야 만 것이다.

'끝까지 반대했어야 하거늘…….'

송학자는 불명 살수의 파견을 놓고 모인 장로회에서 보다 강력하게 반대를 주장하지 않은 것을 후회했다. 본래 그는 살수 파견이 도리에 어긋나는 일이라며 반대의 뜻을 표했었다.

하지만 자신으로 인해 장문인인 송풍자의 권위가 훼손되는 것을 염려한 나머지 결국 그 뜻을 접은 그였다.

하지만 송학자는 곧 그러한 생각을 떨쳐 내며 마음을 가라앉혔다. 아직 끝난 것이 아니었기 때문이다.

여전히 방도는 남아 있었다. 그 자신이 관우를 제거해 버리면 되는 것이다. 이젠 그의 손에 청성의 내일이 달려 있었다. 관우뿐만 아니라 지금 이곳에 있는 자 모두 반드시 이곳에서 뼈를 묻어야 한다.

우웅!

그의 검이 돌연 가늘게 떨렸다.

푸른 빛무리가 검신을 감싸기 시작했다.

"검기다!"

관우의 뒤에 서 있던 이조원 중 누군가의 놀란 외침이 들렸다.

하지만 지척에서 그것을 대하는 관우의 모습은 태연하기만 했다. 송학자가 검기를 일으킨 것은 관우로선 놀라운 일이 아니었다. 이미 송학자의 실력을 가늠한 상태이기에 그보다 더한 것을 보여준다고 해도 놀라지 않을 것이다.

관우는 자신이 송학자를 이길 가능성이 오 할이라고 생각했다.

지난 삼 년간 황벽을 상대하면서 그의 옷깃 하나도 베지 못했다. 송학자는 황벽보다 강하지 않았다. 그러나 자신보다 약하지도 않다. 방금 그와 검을 교환하면서 느낀 것은 오히려 약간의 답답함이었다. 의도가 막히고, 예측이 빗나갔기 때문이다.

그것은 황벽을 상대할 때 받은 느낌과 같은 것이었다. 하지만 다른 것이 있었다.

송학자가 자신의 의도를 막고 예측을 빗나가게 하긴 했지만, 그러한 자신의 의도와 예측에 그는 놀라고 당황했다. 이는 황벽에게선 전혀 찾아볼 수 없는 점이었다.

바로 이것을 두고 송학자와의 승부를 반반이라 본 것이다. 관우는 조금 더 그를 놀라고 당황케 할 자신이 있었다.

송학자에게서 뿜어져 나오는 기운으로 인해 조금씩 중압감이 커지는 것을 느끼며 관우는 대정기를 끌어올려 검에 주입했다.

그러자 관우의 검에서도 안개와도 같은 희뿌연 광채가 피어 올랐다.

"좋군."

관우의 검기를 보며 감탄한 송학자가 말을 이었다.

"자네 나이에 그 정도의 성취라면 훗날 강호제일인도 꿈만 은 아닐 것이네. 다만 어천성이 그때까지 존재하느냐가 문제 겠군."

관우는 송학자의 말속에서 처음으로 진심을 느꼈다. 이에 관우 또한 진심을 담아 말했다.

"어천성으로 인해 강호의 질서가 어지러워졌음은 누구나 아는 사실이오. 지금이라도 물러서서 내 오명을 벗겨준다면 구대문파의 한 자리를 차지한 청성의 명예는 지켜 드리겠소."

하지만 송학자는 실소를 머금었다.

"본 파의 명예를 자네가 지킨다? 허, 우습군. 마치 다 이기기 라도 한 듯한 말투가 아닌가? 상황이 이렇게까지 될 줄은 예상 치 못했지만, 자네가 이곳을 빠져나가지 못한다는 사실은 변 하지 않을 것이네."

말이 끝남과 동시에 그의 두 눈이 푸른빛을 발했다.

촤악!

폭포수를 가르며 그의 검이 날아들었다.

퍼억!

절벽을 때린 그의 검은 즉각 허공을 향했다. 공중으로 몸을 피한 관우가 그의 정수리를 향해 떨어져 내리고 있었다.

채앵!

관우는 송학자가 자신의 검을 막아내는 순간 신형을 뒤집었
다. 바닥과 수평이 된 관우는 그대로 검을 내찔렀다.

이를 본 송학자는 가볍게 위로 검을 쳐올려 관우의 공격을
무마시키는 동시에 허공으로 몸을 띄웠다.

파파팟……!

찰나지간 청광이 수차례나 번뜩였다.

급류도환(急流跳幻).

청운적하검법의 정수가 흘러나오기 시작했다.

세찬 물살이 휘돌 듯 청색 빛줄기가 허공을 휘저었다.

촤자자자자악!

송학자의 검이 일으키는 경풍을 이기지 못하고 폭포수가 사
방으로 비산했다.

관우는 피하지 않고 빛줄기에 검을 섞었다. 요란한 쇳소리
가 끊임없이 절곡을 울렸다.

두 사람의 신형은 떨어지는 폭포수를 거슬러 위로 솟구쳤
고, 둘 사이로는 청광과 백광이 난무했다.

꽝!

십여 장을 치솟은 둘은 강한 폭음과 함께 양쪽으로 갈라졌
다.

허공에 보이지 않는 무언가라도 있는 것일까?

사삭……!

관우의 신형은 아래로 떨어지고 있음에도 송학자는 기이하

게 양발을 교차시키며 하강을 늦추고 있었다. 청성이 자랑하는 부운약표(浮雲躍飄)였다.

그러더니 그는 절벽의 벽면을 박차고 떨어지는 관우를 향해 득달같이 달려들었다.

발을 디딜 아무것도 없는 상태에서 관우는 재빨리 손에 쥔 검으로 절벽을 찍었다.

무게를 이기지 못한 검이 휘청거렸고, 관우는 손을 통해 전해지는 강한 통증을 참으며 다시금 신형을 위로 뽑아 올렸다.

그와 동시에 박힌 곳을 빠져나온 검이 이미 지척에 다다른 송학자의 검을 막아냈다.

두 사람은 솟구쳤을 때와 마찬가지로 또다시 무수한 검을 주고받기 시작했다.

둘의 모습이 흐릿한 대신 곳곳에 빛이 어려 어지러웠다.

계속되는 금속성과 간간이 들려오는 폭음이 싸움의 긴박함을 알려왔고, 사방엔 정체 모를 인영들이 내지르는 비명 소리가 하나하나 절곡 안에 쌓여가고 있었다.

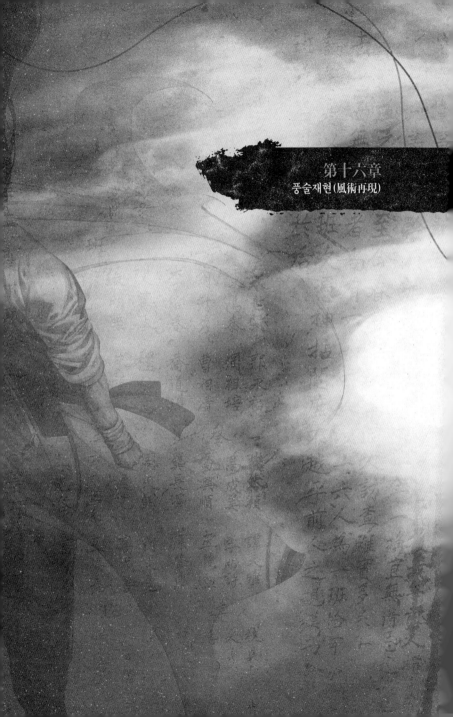

第十六章
풍술재현(風術再現)

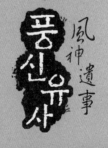

風神遺事

풍신유사

"이걸 어떻게 받아들여야 할까?"

진무영은 손에 쥔 보고서를 응시하며 중얼거렸다.

청성파 장로 송학자 사(死). 제일대 제이조장 관우, 한중을 지나 상주로 이동 중.

"청성제일검을 죽인 것도 놀라운데 행로를 숭산이 있는 하남이 아닌 호광 쪽으로 정했다? 장 숙(叔), 어떻게 생각해?"

"소주께서 판단하실 일이지요."

진무영의 앞에 앉은 중년인이 들고 있던 찻잔을 내려놓으며 말했다.

단정하게 두 손과 두 발을 모은 채 앉아 있는 중년인의 얼굴엔 미소가 어려 있었다. 억지스럽지도, 굴욕적이지도, 과하지도, 어색하지도 않은 그런 미소였다. 중년인 장청원(張靑元)의 미소는 보는 이에게 마음의 평안을 줬다.

하지만 그의 미소는 아무 때나 볼 수 있는 것이 아니었다. 오직 한 사람, 진무영 앞에서만 보이는 미소였기 때문이다.

"청성이 날 상대로 장난을 친 것은 분명한데, 이자의 행동이 특이하단 말씀이야. 배신자로 낙인찍힌 것을 아는 상황에서 호광으로 향하는 까닭이 뭘까?"

장청원은 진무영의 눈빛이 반짝이는 것을 보았다. 뭔가에 흥미가 동할 때 보이는 반응이었다.

이럴 때 진무영은 항상 그에게 질문을 던지길 좋아했다. 마치 자문하듯 던지는 그의 물음에 장청원은 언제나 진무영이 원하는 대답을 해주고자 노력했다.

"자신의 결백을 밝히려는 것이겠지요."

"결백이라……. 당연히 밝혀야겠지만, 아무나 할 수 있는 건 아니야. 그렇지?"

"그렇습니다."

"흐음, 역시 그만한 배짱과 굳은 심지는 쉽게 찾아볼 수 없는 것이지. 실력은 어떨까?"

"청성제일검을 죽였으니 무공을 익힌 무리 가운데선 적수를 찾기 어려울 테지요."

"전에 장 숙이 말했지? 무공으로 본 문의 술법에 능히 대적

할 수 있는 자들이 있다고."

"소림과 무당에는 그런 자들이 존재합니다. 이미 삼 년 전 그들을 찾아갔던 수문의 인물들이 낭패를 본 일이 있지요."

"그 이야긴 나도 들은 기억이 나. 그런데 청성엔 그런 자들이 없나? 불가와 도가라면 아미와 청성에도 그런 자들이 있어야 할 것 같은데?"

"그들의 무공은 모두 불도와 선도, 본래의 길에서 어긋나 있습니다. 다른 것을 섞은 탓이지요. 때문에 그들의 무공엔 영력이 담겨 있지 않습니다. 설혹 있다 해도 본 파의 술법에 대항할 수 없는 미미한 수준에 불과하지요."

장청원의 대답에 진무영은 자못 흥미로운 표정으로 고개를 끄덕였다.

"그렇다면 이자의 실력이 아무리 뛰어나도 별로 쓸모는 없겠군. 본 성에 귀속한 자들 중에도 이미 무공이 뛰어난 자들은 많이 있으니까 말이야."

"그럼에도 소주께선 그자에게 관심이 있으신 게군요."

진무영은 부인하지 않았다.

그는 다시금 보고서에 눈길을 주며 말했다.

"이것을 보면 아주 흥미로운 부분이 있더군. 그자가 당가주의 여식과 아주 각별한 사이라는 거야."

"그렇습니까? 의외의 사실이로군요."

"그렇지? 이걸 보니까 한 가지 재미있는 생각이 들었어. 당가가 그자와 작당하고 본 성에 반기를 든 것이란 말을 들으면 당가주가 어떤 반응을 보일지 궁금하군."

"고민이 크겠지요. 하나 지금은 그러한 일에 신경을 쓰실 때
가 아닌 듯싶습니다. 두 문의 움직임이 심상치 않습니다."

"제일군과 제이군이 이동을 지체하고 있는 것 말이야? 그거
라면 크게 마음 쓸 것 없잖아? 수문과 지문이 본 문의 지시에
굼뜨게 움직이는 거야 어제오늘 일이 아니니까."

"그것뿐만이 아닙니다. 며칠 전 주공께서 요청한 회합 자리
에 양 문의 문주 모두 다른 이유를 들어 불참하였다고 합니다."

"흠, 이젠 노골적으로 불만을 드러내는 건가?"

"풍령문의 전인이 다녀간 후 상당한 시일이 지났음에도 아
무런 기미가 보이질 않으니 나름대로 판단을 내렸겠지요."

"풍령문의 전인이 죽었다고 말이지?"

"적어도 회복 불능의 상태라 여기고 있을 겁니다."

"아버지의 반응은?"

"아직은 별다른 지시가 없으십니다."

"흐음……."

진무영은 잠시 턱을 괴고 생각에 잠겼다.

그러는 동안 장청원은 조용히 차를 마시며 그의 생각이 끝
나길 기다렸다.

"좋아, 그럼 하나하나 결론을 내리도록 하지."

생각을 마친 진무영이 장청원을 향해 말했다.

"우선 소림을 치는 일은 보름 뒤로 미루고 수문과 지문의 움
직임을 살피겠어. 그리고 관우란 자에 관해 청성과 아미가 무

엇을 요구하든지 일단 들어줄 생각이야. 그자가 어떻게 나오
는지 좀 더 지켜보고 싶거든. 마지막으로 당가주에게 사람을
보내 양자택일을 요구하겠어. 딸을 버릴 것인지 자신을 버릴
것인지 말이야."

그의 말을 들은 장청원은 말없이 고개를 끄덕이며 흐뭇한
미소를 지었다.

이를 본 진무영 역시 만족한 듯 활짝 웃어 보였다.

                    *   *   *

동이 터왔다.

시큼한 새벽 공기에 관우는 눈을 떴다.

천막을 걷은 이조원들은 다시 서둘러 이동할 준비를 마쳤
다.

어제도 노숙, 사흘째 노숙이었다.

하지만 조원들 중 아무도 불만을 터뜨리는 이가 없었다. 모
두들 한결같이 굳은 표정으로 관우의 지시에 따랐다.

그들에겐 공동의 목표가 있었다. 바로 모든 일의 원흉인 일
대주 송운자에 대한 복수였다.

자신들을 해친 자들이 청성의 살수들임을 알게 된 이상 가
만히 있을 순 없었다.

청성과 아미는 이조의 남은 조원이 당가 출신임을 알면서도
기습을 감행하고 십여 명이나 되는 동료를 죽였다. 이것은 명

풍술재현(風術再現) 181

백한 당가에 대한 선전포고였다.

당일문은 당장 이 사실을 알리기 위해 당가가 있는 성도로 부상자들과 함께 식솔 몇몇을 딸려 보냈다.

그리고 관우의 의견을 따라 남은 당가의 무인 넷과 함께 송운자를 추격했다.

일조원들과 함께 장강삼협을 통해 호광성으로 들어섰을 송운자는 무당산을 돌아 운현으로 향할 것이 분명했다.

운현은 호광성과 하남성의 경계인 한수(漢水) 이북에 위치해 있었다.

"한 시진 정도면 운현에 당도할 것입니다."

관우의 뒤에서 달리던 양설지가 보고하듯 말했다.

천문의 통의각에 있었던 그녀는 지리에 밝았다. 하여 그녀는 이곳으로 오는 동안 방향과 남은 거리를 규칙적으로 관우에게 일러주고 있었다.

"대사형, 모두가 지쳤습니다. 한 시진이면 어느 정도 여유가 있으니 잠깐 쉬었다 가는 것이 좋겠습니다."

양사동이 관우의 곁으로 다가서며 말했다.

"그렇게 해. 오라버니도 좀 쉬어야 해."

당하연이었다. 관우의 바로 옆에서 달리고 있는 그녀의 두 눈엔 염려가 가득했다.

모두의 뜻이 쉬자는 쪽으로 모아지자 관우는 속도를 늦추며 지시를 내렸다.

"일다경만 쉬도록 한다."

관우를 비롯한 일행 열 명은 달리던 산길에서 방향을 틀어 강변으로 내려갔다.

오후의 햇살을 받아 금빛으로 물든 한수의 물결이 그들을 맞았다.

주변은 사람 하나 없이 한적했다.

각자가 위치를 잡고 쉬고 있는 가운데, 멀찍이 떨어지려는 관우를 당하연이 쫓았다.

관우와 나란히 앉은 그녀는 다짜고짜 관우의 팔을 붙들었다.

"상처 좀 봐."

"이미 괜찮아졌어. 신경 쓰지 않아도 돼."

관우는 대수롭지 않게 말하며 당하연을 향해 미소를 보였다.

미안하고 또 고마웠다.

자신 때문에 이런 일을 겪는가 하여 미안했고, 그럼에도 자신을 챙겨주는 그녀가 고마웠다.

하지만 당하연은 물러서지 않았다.

그녀는 억지로 관우의 팔을 들어 올리더니 앞섶을 파헤치려 했다.

"뭐, 뭐 하는 거야?"

다급히 그녀의 손길을 피한 관우는 놀란 토끼눈으로 그녀를 쳐다봤다.

당하연은 단호한 표정으로 말했다.

"내 눈으로 직접 확인하기 전엔 인정할 수 없어. 그러니까 어서 보여줘."

"후우……."

관우는 못 말리겠다는 듯 한숨을 내쉬었다.

사내의 옷을 마구잡이로 벗기려는 여인이 당하연 말고 과연 또 누가 있을는지…….

그녀가 결코 포기하지 않으리란 것을 안 관우는 어쩔 수 없이 상의를 슬쩍 위로 걷어 올리며 몸을 돌렸다.

그러자 벌겋게 피로 얼룩진 상체와 그 가운데 놓인 긴 자상이 눈에 들어왔다. 자상의 길이는 옆구리부터 등까지 무려 일곱 치에 이르렀다.

상처를 살피며 미간을 찌푸린 당하연은 동시에 놀라움을 감추지 못했다.

분명 관우가 마지막 송학자의 검에 당한 상처는 내장을 찌를 정도로 깊었음을 직접 목도한 그녀이다.

비록 급소는 피했으나 보통 그런 중상을 당한 경우엔 보름 이상 운신하기가 어렵고, 한 달이 지나야 일상적인 생활이 가능했다.

그런데 관우는 바로 다음날 몸을 움직였고, 이틀 만에 경공을 발휘하여 달리기까지 했다.

당하연은 이것을 관우의 특이한 능력 탓으로 보기보다는 관우가 억지로 고통을 감내하며 강행한 것으로 여기고 있었다.

하지만 실제 확인해 보니 그것이 아니었다. 진정으로 관우의 몸은 거의 회복된 상태였던 것이다.

"신기하네? 벌써 딱지가 앉고 아물기 시작하다니. 바람의 기운이 가진 효능이 이 정도였단 말이야?"

"이제 그만 내려도 되겠지?"

관우는 대답 대신 황급히 걷어 올린 상의를 내리려 했다. 그러나 당하연은 그런 관우를 더욱 빨리 제지했다.

"되긴 뭐가 돼? 이 피 좀 보라고. 닦아야 할 것 아니야?"

"어쩌… 려고?"

"잠깐 있어봐."

자리에서 일어선 당하연은 품속에서 흰 나건(羅巾)을 꺼내 강물에 적셨다. 그리곤 다시 앉아 관우의 몸을 닦으려 했다.

흠칫한 관우는 자기도 모르게 뒤로 물러서려 했으나 곧 들려온 당하연의 나직한 음성에 우뚝 멈췄다.

"받아들일게."

"……?"

"고백… 받아들일 테니까 잠자코 있으라고."

"……."

당하연은 조심스럽게 관우의 상체를 닦기 시작했다.

피가 오래토록 굳어 있어서인지 잘 닦이지 않았으나 나건이 금세 붉게 변해 버렸다.

관우는 그런 당하연의 손길을 느끼며 그녀의 얼굴을 가만히 들여다보았다. 그리곤 무엇을 보았는지 곧 피식 웃었다.

"나더러 잠자코 있으라더니 연 매가 더 부끄러워하는 것 같은데?"

"뭐?"

"무슨 생각을 하고 있기에 그렇게 귀밑까지 빨간 거지?"

"무, 무슨 소리야? 내가 왜! 빨개질 리가 없잖아?"

당하연은 펄쩍 뛰며 소리를 빽! 질렀다. 하지만 그러면서도 차마 관우와는 시선을 마주치지 못하는 그녀였다.

"윽!"

관우는 상처 부위에서 느껴지는 통증에 짧은 신음을 흘렸다. 당하연의 손에 갑자기 힘이 들어간 탓이었다.

자신의 실수를 안 당하연은 속으로 미안해하면서도 짐짓 엄포를 놓았다.

"그러니까 잠자코 있으랬지! 한 번만 더 약 올리면 그땐……!"

"고마워, 연 매."

"……?"

"내 마음을 받아줘서."

멈칫한 그녀는 슬그머니 고개를 들었다. 하지만 관우와 눈이 마주친 순간 그녀는 황급히 시선을 내리깔고 말았다.

'나도 고마워. 먼저 고백해 줘서.'

목구멍까지 올라온 말을 차마 내뱉지 못한 채 닦는 손마저 부끄러워진 당하연은 슬쩍 몸을 일으켰다.

"…빨아야겠어."

그러나 그 순간 그녀는 자신의 손을 끌어당기는 힘에 맥없이 휘청거렸다.

"엇!"

외마디 비명과 함께 관우의 품에 안긴 그녀는 뛰는 가슴을 진정시키지 못하고 몸을 잘게 떨었다.

그것을 느낀 관우는 살며시 양팔을 뻗어 그녀의 등을 감싸주었다.

"따뜻하다. 그치?"

"응⋯⋯."

"이젠 정말로 다 나은 것 같아."

"피."

관우의 농담에 긴장이 풀린 당하연이 입술을 삐쭉였다.

아무 생각도 나지 않았다, 그저 관우의 품이 너무나 포근하다는 것밖에는.

잠에서 갓 깬 듯 눈을 감은 당하연의 얼굴엔 어느새 나른한 미소가 떠올라 있었다.

"휴식을 취하라고 하더니만 둘이서 애정 행각이라니?"

한수를 등진 채로 선 조치성이 관우에게 핀잔을 줬다.

"훗, 봤나?"

"보란 듯이 그래놓고 보았냐니?"

"굳이 휴식을 취하자고 한 건 자네들이었네."

"덕분에 제대로 된 휴식을 취한 건 우리 조장님 하나뿐이로군?"

"좀 봐주게. 그쪽으론 서툴다는 걸 치성 자네도 잘 알지 않나?"

"그래서 하는 말이 아닌가? 쩝, 이거 앞으로는 미리 각오를 좀 해둬야겠군."

"후후……."

두 사람은 그렇게 마음의 긴장을 풀었다.

어제저녁 운현에 도착한 관우 일행은 송운자를 기다리고 있었다.

정탐을 나갔던 양설지와 양사동의 보고대로라면 이제 곧 송운자가 일조원을 이끌고 이곳에 당도할 것이다.

그와 부딪치는 것은 두렵지 않았다.

하지만 그것을 시작으로 장차 맞닥뜨려야만 하는 일들이 관우의 마음을 무겁게 만들고 있었다.

이제부터가 본격적인 행보라고 할 수 있었다.

어찌 됐든지 지금까지의 일만으로도 관우의 이름은 널리 알려지게 되었다.

이름이 알려지면 자연히 어천성의 주목을 받을 것이고, 그렇게 되면 그들과 직접적인 대면을 할 날이 가까워지게 된다.

관우는 일이 처음의 계획에서 많이 벗어나고 있음을 느끼며 잠시 고민했지만, 결국엔 피하지 않기로 결정했다.

예기치 않은 바람이 불었지만, 그 바람을 거스르거나 피하기보단 따라가 보기로 한 것이다.

그렇다고 끌려가겠다는 것은 아니었다.

바람 안에 들어가 방향을 살피고, 그에 맞춰 행동을 결정하겠다는 것이다.

방향이 위험하다면 그땐 거기서 뛰쳐나오거나 아예 바람의 방향을 바꾸어 버릴 생각이었다.

그 바람을 따르는 일의 첫 번째가 바로 송운자를 처단하는 것이었다.

그와 청성을 처단하여 배신자의 오명을 벗어야만 했다.

그것이 아니더라도 청성이 보여준 요악스러움과 당가가 입은 피해를 생각한다면 송운자는 반드시 처단해야 했다.

"대사형, 송운자가 당도했습니다."

양사동이 멀리 수풀 사이로 보이는 인영들을 바라보며 말했다.

"발걸음이 자연스럽군. 우리가 기다리고 있음을 저들도 알고 있는 듯한데?"

관우는 당연하다는 듯 고개를 끄덕였다.

"조심할 필요가 있습니다. 알면서도 피하지 않았다는 것은 그만한 대비가 되어 있다는 뜻도 됩니다. 이미 저들은 우리의 실력을 알고 있을 터, 아무런 대책 없이 이곳에 왔을 리가 없습니다."

양설지가 예의 그 무심한 음성으로 말했다.

이에 조치성이 관우를 향해 물었다.

"어떤가?"

"눈에 보이는 자들 뒤로 한 무리, 좌우로 한 무리씩 접근하고 있네. 모두 일백이 넘어."

"허! 많이도 데리고 왔군. 기분이 별론걸?"

관우는 기분이 별로라고 한 조치성의 마음을 충분히 이해했다.

벌써 여럿의 목숨을 끊은 그들이다.

먼저 달려든 적을 맞아 해치우는 불가피한 선택이었다고는 해도 사람을 죽이는 일이 달가울 리 없었다.

게다가 그들은 본래의 목적인 어천성의 인물들도 아닌 구대문파의 무인들이었다.

그런데 이번엔 무려 백 명이나 되는 자들의 목숨을 끊어야 한다고 생각하니 절로 기분이 우울해질 수밖에 없었다.

그리고 그것은 관우도 마찬가지였다.

"일문, 부탁한 것은 준비됐나?"

"예, 준비됐습니다."

당일문은 관우의 물음에 대답함과 동시에 남은 당가의 무인 넷과 함께 앞으로 나섰다. 그들의 손에는 활과 같이 생긴 것이 들려 있었다.

조치성이 물었다.

"이런 건 언제 준비시킨 거지?"

"이곳에 도착하자마자."

조치성은 당가 무인들의 손에 들린 것을 다시 한 번 살폈다.

크기가 보통 활의 절반밖에 되지 않는 그것은 모양마저 특이했다.

활의 몸통인 간(幹)이 두 갈래가 아니라 네 갈래였다. 그 때문에 시위를 당기는 현도 두 줄이 교차로 매어 있었다.

'당가의 무기 제작술이 뛰어나다는 것은 알지만……'

내심 고개를 갸웃거린 조치성이었다. 활의 효용성에 의문이 들었기 때문이다.

"이걸로 저 많은 사람을 쏴 죽일 생각은 아닐 테고, 무슨 생각으로 이걸 준비시킨 건가?"

"우리의 목표는 송운자와 청성이야. 저들을 모두 죽일 이유도 없고 죽여서도 안 돼."

"그럼……?"

관우는 가만히 눈을 감았다.

"불을 준비해."

관우의 말이 떨어짐과 동시에 당일문이 미리 가져다 놓은 나무와 기름으로 불을 피웠다.

"좌상 구릉 아래 삼 장 간격으로 다섯 발!"

쐐새색……!

불을 머금은 화살이 날았다.

삼십여 장을 날은 화전(火箭)은 관우가 지시한 대로 정확히 삼 장 간격으로 좌측 구릉 밑에 떨어졌다.

화르르!

순식간에 수풀 사이로 불길이 치솟는 것이 보였다.

"우상 구릉 위 오 장 간격으로 다섯 발!"

다시 다섯 개의 화전이 허공을 날아 정확히 구릉 위에 떨어졌다.

한 치의 오차도 없이 화전을 날리는 당가 무인들의 놀라운 솜씨에 모두는 감탄하지 않을 수 없었다.

불길과 연기가 솟는 가운데 조치성은 뭔가를 본 듯 두 눈을 반짝였다.

'그랬군!'

그가 본 것은 이곳 주변의 지세였다.

이곳은 뒤의 한수를 기준으로 양쪽에 각뿔 형태로 구릉이 이어져 있었다. 뿔의 한가운데가 관우 일행이 있는 곳이라면 정점이라 할 수 있는 정면엔 구릉이 교차하는 길목이 놓여 있는 형국이었다.

그 길목에 송운자가 이끄는 무리가 있었고, 좌우 구릉 너머엔 각각 다른 무리가 도사리고 있었다.

관우는 다른 무리가 넘어올 바로 그 구릉에 불을 놓았다. 그렇게 되면 그들은 구릉을 넘지 못하고 다른 곳을 통해 공격을 감행해야 한다.

하지만 다른 곳이라고 해봐야 단 한 곳, 바로 송운자가 있는 길목밖에는 없었다. 아래쪽은 한수가 가로막고 있기 때문이다.

결국 이쪽에서 신경 쓸 곳은 송운자가 있는 길목뿐이었다.

철저하게 송운자만 공략한다.

관우가 노린 것이 바로 이거였다.

'하지만……'

조치성은 관우의 생각에서 한 가지 부족한 점을 찾아냈다.

그것은 불길이 약하다는 점이었다.

저 정도 불길로는 구릉을 넘어올 자들의 발목을 잡기 어려울 듯 보였던 것이다.

"와아!"

함성이 들렸다.

그것을 시작으로 정면에서 송운자를 위시한 일조원들이 압박해 오기 시작했다.

양쪽에선 일단의 무리가 구릉을 넘어 내려오는 모습이 보였다.

'늦었군!'

재빨리 화전을 더 날려야 한다고 말하려 했던 조치성은 내심 혀를 찼다.

그때였다.

"치성, 사제들과 송운자를 맡아. 할 수 있겠지?"

"그게 무슨 말이야? 저들은 어쩌고?"

조치성은 의문 섞인 눈빛으로 양쪽을 가리켰다.

"저들 중 단 한 사람도 이쪽으로 오지 못할 거야."

관우는 여전히 눈을 감은 채로 단언했다.

"대체 무슨 재주로… 음?"

하던 말을 다 잇지 못하고 조치성은 두 눈을 부릅떴다.

구릉에 놓였던 불이 돌연 춤을 추기 시작했다.

화르르르륵!

순식간에 좌우로 번진 화염은 미친 듯이 하늘로 치솟기를 반복했다.

"으윽!"

구릉을 넘으려던 무리가 불길에 가로막혀 우왕좌왕하는 모습이 보였다.

화염은 좌우에 있는 구릉 전체를 뒤덮은 것도 모자라 송운자가 빠져나온 길목마저 차단시켜 버렸다.

"이게 대체……?"

믿기지 않는 사실 앞에 조치성은 입을 떠억 벌릴 수밖에 없었다. 그리고 그것은 다른 사람도 마찬가지였다.

"치성, 지체할 시간이 없어!"

다시 들려온 관우의 다급한 음성에 조치성은 정신을 차리고 고개를 끄덕였다.

"좋아, 맡겨두라고!"

"반드시 사로잡아야 해."

"물론!"

조치성이 몸을 날리자 그 뒤를 양설지와 양사동이 바짝 쫓았다.

"오라버니, 이래도 괜찮은 거야?"

어느새 관우 곁으로 다가선 당하연이 걱정 가득한 음성으로 물었다.

관우가 섭풍술로 바람을 일으켜 불길을 조종하고 있는 것임을 알아챈 그녀였다.

일찍이 바람을 일으킨 관우가 큰 고통을 겪었던 것을 목격한 그녀로선 염려되지 않을 수 없었다.

"아직은 괜찮아. 아직은······. 연 매, 곁에 있어줘."

"알았어. 너무 무리하지 마."

관우는 고개를 끄덕였지만 과연 어느 정도가 무리인 것인지 스스로도 알지 못하는 상태였다.

전 같으면 제약으로 인해 시도조차 할 수 없었던 섭풍술을 세상에 나와 처음으로 펼치고 있는 관우였다.

그것도 가장 약한 수준인, 불길을 조종할 수 있을 만큼의 바람을 일으키면서 말이다.

결과는 어찌 될지 모른다. 부디 몸이 버텨내기만을 바랄 뿐이었다.

*   *   *

"으음."

당정효는 치솟는 분노를 침음으로 삼켰다.

진무영이 보낸 서신에는 그야말로 말도 되지 않는 내용이 적혀 있었다.

이미 당일문이 보낸 무인들에게서 사건의 전말을 모두 전해 들은 그였다.

하지만 진무영은 그에게 어천성을 배신한 관우와 그에게 속한 조원들을 처결하는 데 동참하라는 명을 내린 것이다. 그렇지 않으면 자신의 목숨을 취하겠다는 말과 함께…….

"기회를 삼아 작정하고 우리를 시험하려는 것입니다."

마주 앉은 당인효가 미간을 접으며 음성을 발했다.

"뻔히 보이는 수이긴 하지만 무서운 수이기도 합니다. 이런 수를 쓴다는 것 자체가 본 가를 그리 중요하게 생각지 않는다는 반증이니까요."

"언제든지 본 가를 내칠 수 있는 자이지, 그자는."

당정효는 진무영을 떠올리며 고개를 끄덕였다.

"하지만 당분간은 내치지 않을 겁니다. 그들이 필요한 것을 아직 얻지 못했으니까요. 선처 운운하며 본 가 전체가 아닌 가주님만 지목한 것도 그 때문일 겁니다."

"필요한 것이라면 독을 말하는 것이냐?"

"그렇습니다. 독은 가장 확실하고도 손쉽게 다수를 죽일 수 있는 무기입니다. 저들이 제아무리 뛰어난 능력을 지녔다고 해도 이러한 독의 매력을 무시하진 못하겠지요. 저들이 본 가에 원하는 것은 단 하나, 바로 본 가가 가지고 있는 독에 관한 지식과 기술입니다."

"으음."

손가락으로 이마를 짚으며 잠시 침묵하던 당정효가 말했다.

"이번 일에 그자가 이처럼 나선 까닭이 무엇일까?"

"관우란 아이 때문이겠지요. 청성제일검을 베지 않았습니까? 이미 강호 전체에 소문이 파다합니다. 게다가 송운자를 뒤쫓아 처단할 생각까지 하고 있으니 진무영 그자가 관심을 가질 만도 하지요."

"한눈에 비범한 아이인 줄은 알아봤지만, 그 정도의 실력과 판단을 지녔을 줄은 몰랐군."

"하지만 그 아이에 대해 속단해선 안 될 것입니다. 건곤문이란 곳의 실체조차 파악되지 않는 상황이니 강호에 나온 목적과 연아에게 접근한 의도 또한 의심이 될 수밖에 없습니다. 본가로서도 마땅히 경계를 해야 할 아이입니다."

"그 아이에 대한 일은 인효 네게 맡기마."

"그리하지요. 하면 일단 그의 지시대로 파견할 가솔들을 준비시키겠습니다."

"아니다."

"……!"

당인효는 자신의 말을 한마디로 끊은 당정효를 복잡한 시선으로 바라봤다. 내심 불안했던 것이 현실이 된 것이다.

당정효가 깊은 한숨과 함께 자리에서 일어섰고, 이에 당인효는 침통한 음성으로 당정효를 불렀다.

"형님……."

어차피 선택은 둘 중 하나.

당정효는 진무영의 명을 거부하겠다고 말했다.

그렇다면 남은 건 하나. 당정효가 진무영에게 자신의 목숨을 내놓는 것뿐이다.

잠시 침묵이 흘렀고, 어두워지는 창밖을 바라보던 당정효가 문득 중얼거렸다.

"아버님이라면 어찌하셨을까?"

"······."

당인효는 잠자코 있었다.

"인효."

"말씀하십시오."

"가주로서의 마지막 명이다. 오늘부터 네가 가주 직을 맡거라."

당인효는 눈을 치떴다.

"그것이 무슨 말씀입니까?"

이에 당정효는 이미 마음을 굳힌 듯 담담하게 말을 이었다.

"나는 본 가의 가솔들에게 연아와 다른 가솔들을 처단하라는 명을 내리지 않을 것이다."

"형님!"

"나는 이 길로 연아를 찾아갈 것이다. 당분간은 이 사실을 아무에게도 알리지 말고 때가 되면··· 때가 되면 알리도록 하거라."

"형님! 형님의 심정은 이해가 가나 조금만 냉정해지실 수는 없는 겁니까? 이 아우가 형님 앞에 너무 모질게 구는 것입니까?"

애절한 당인효의 음성에도 당정효는 가볍게 고개를 내저었다.

"인효, 이 우형은 지금 그 어느 때보다도 냉정하다. 그렇지 않았다면 당장 가솔들 전부를 이끌고 연아를 구하러 갔을 것이다. 네게 가주 직을 맡기는 내 뜻을 헤아리거라. 더는 연아 앞에서 못난 아비가 되긴 싫구나."

"그럼 저더러 눈을 뜨고 형님을 죽음으로 내모는 못난 아우가 되라는 말씀입니까! 그런 일을 하고도 어찌 제가 가솔들을 이끌 수 있단 말입니까! 제게 어찌 이리도 모질 수가 있습니까!"

당인효의 음성은 떨리고 있었다.

"인효……."

당정효는 좀처럼 볼 수 없는 당인효의 격한 모습에 말문을 닫았다.

두 눈과 가슴에서 치미는 뜨거움을 삼키며 두 사람은 한동안 그렇게 서로를 바라봤다.

잠시 뒤, 고개를 숙인 당인효가 천천히 자리에서 일어서며 입을 열었다.

"알겠습니다. 가십시오. 그러나 당장은 가실 수 없습니다."

그의 음성은 한층 가라앉아 있었다.

당정효는 그게 무슨 말이냐는 듯 당인효를 응시했다. 당인효는 단호한 표정으로 말했다.

"모든 준비가 끝난 뒤 떠나십시오. 이틀이면 충분합니다."

"인효!"

이번엔 당정효의 입에서 격한 음성이 흘러나왔다. 당인효의 말뜻이 무엇인지 안 까닭이다.

당인효는 지금 함께 가자고 말하고 있었다. 자신뿐만 아니라 당가의 모든 사람을 이끌고 말이다.

당정효는 무어라 더 말하려고 했지만 이를 당인효가 허락하지 않았다.

"생과 사는 선택이 아닙니다. 그 누구도 하늘의 뜻을 알 순 없습니다. 하나 의(義)와 정(正)을 취하느냐 버리느냐는 선택의 문제입니다. 본 가가 소림과 무당을 칠 이유가 무엇입니까? 어천성이 본 가를 비롯한 강호의 모든 방파를 제 손아래 끌어들인 이유가 서로 물고 먹는 소모품으로 전락시키기 위함임이 이미 명백해진 상황에서 더 이상 그들의 힘 아래 굴종할 이유가 과연 어디에 있습니까? 만일 본 가가 이번 일에 그들의 지시대로 따른다면 구파일방 중 하나인 청성이 그동안 지켜온 혼(魂)을 버리고 치졸한 수를 쓴 것과 다를 것이 무엇입니까?"

"인효, 내게 냉정을 말하더니 네가 오히려 감정에 치우친 것이냐?"

"저를 이렇게 만든 것은 형님이십니다. 형님은 결코 뜻을 바꾸지 않을 것이고, 그것은 저 또한 마찬가지입니다. 어쩌면 모든 것이 잘못된 것임을 형님과 저 모두 처음부터 알고 있었는지도 모르겠군요."

"……."

당정효는 더 이상 입을 열지 않았다. 당인효를 향해 내뱉을 말이 더는 생각나지 않았다.

냉정이란 무엇인가?

판단에 앞서는 것이 냉정이라면 냉정보다 앞서는 것은 정의 이리라.

아무런 까닭 없는 싸움에 끌려 나와 딸과 가솔들의 위험마저 무시하라 위협받고 있는 상황에서 냉정이란 사치였다.

'결국에는 이렇게 되고 말 것을……. 참으로 어리석었구나!'

당정효는 소림과 무당을 떠올렸다. 그들이 처음부터 어천성에 대항한 것이 단순히 자존심 때문이 아니었음을 이제야 깨닫는 그였다.

내심 한탄하는 그의 귀에 당인효의 음성이 들려왔다.

"당장 장로회를 소집하겠습니다."

第十七章
진무영(陳茂永)

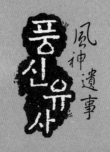

風神遺事

풍령의 제약은 확실히 까마득히 높은 벽이었다.

풍령의 힘을 사용하지 않았지만 관우의 몸은 섭풍술을 달가 워하지 않았다.

오로지 몸 안에 있는 풍기로만 시전한 섭풍술이었다. 그나 마 이 풍기가 있어 섭풍술을 시전할 수가 있게 된 관우다.

하지만 이 풍기는 스스로 얻은 것이 아니었다. 관우의 몸속 에 있는 풍기는 본래 자신의 것이 아닌 남의 것이었다.

"네게 마지막으로 전해줄 것이 있다."

삼 년의 수련 후, 황벽과 함께 지하 광장을 나선 관우가 본 것은 환무길의 초췌한 모습이었다.

그는 당장에라도 숨이 끊길 듯 위태로웠다. 하지만 그런 와중에도 그의 눈빛과 정신만은 또렷했다.

"내가 지닌 풍기를 네게 줄 것이니 너는 내가 지시하는 대로 행해야만 한다. 본래는 온전한 풍기를 전해주려 했으나 상상 외로 강한 저들의 힘에 풍기가 손상되고 말았으니 그것이 통탄스러울 뿐이구나. 하나 이를 이용하면 풍령의 제약 없이 섭풍술을 펼칠 수는 있을 것이다."

자신이 지닌 풍기를 다른 이에게 전하는 방법은 제일대 조사 때부터 전해 내려왔다. 그것은 불의의 사태나 만일의 경우를 대비하여 풍령문의 대가 끊어지는 일을 막기 위한 방편이었다.

하지만 그 방법은 지금까지 단 한 번도 시행된 적이 없었다.

지금껏 풍령문의 대가 끊길 만한 상황이 없기도 했지만, 그보다 더 큰 이유는 그 방법 자체가 순리와는 너무도 벗어난다는 점 때문이었다.

풍기를 전하기 위해서는 전하는 자가 죽어야만 한다.

스스로 죽는 것이 아니라 누군가에게 죽임을 당해야만 한다.

그리고 그 누군가는 바로 전함을 받는 자여만 했다.

살아 있는 상태에서는 아무에게도 풍기를 전해줄 수 없었다.

하지만 풍기를 지닌 자가 죽으면 그가 지니고 있던 풍기의 대부분은 외부로 흩어지고, 일부는 그대로 죽은 육신에 남게 된다. 오랜 세월 풍령문의 모든 조사들의 시신이 그대로 보존될 수 있었던 것이 바로 그 때문이지만, 풍기를 전하기 위해선 바로 죽음과 동시에 외부로 흩어지는 풍기를 흩어지지 못하게 막는 방법이 필요했다.

바로 그 방법이 전함을 받는 자가 전하는 자를 죽이는 것이었다. 그냥 죽이는 것이 아니고 반드시 천령개(天靈蓋)를 손으로 눌러 죽여야만 했다. 그리하여 죽이는 순간 그곳으로 빠져나오는 풍기를 취해야만 하는 것이다.

"나는 이 방법이 이제껏 본 문에 전해 내려온 까닭이 바로 너를 위함임을 알겠다. 너는 네 손으로 내 목숨을 끊는 것이라 생각지 말거라. 내 목숨은 결국 제세의 사명을 위해 바쳐질 것이었으니, 바로 이 사명을 위해 내 스스로 목숨을 끊는 것이다. 너와 내가 행하는 것은 모두 사명을 위한 일이니 모든 것은 하늘이 책임지실 것이다."

극렬히 반대하던 관우를 설득하여 결국 행동을 취하게 만든 환무길은 그렇게 생을 마감했다.

남아 있는 풍기를 관우에게 모두 전한 그의 육신은 그대로 허공중에 산화하여 형체조차 남지 않았다.

"미안하구나……."

마지막으로 남긴 환무길의 한마디가 관우의 마음에 사무쳤
다.

무엇이 미안했던가?

사부로서 해줄 수 있는 것이 너무도 부족하여 미안했던가?

아니면 너무 빨리 홀로·무거운 짐을 지게 한 것이 미안했던
가?

그것도 아니라면 제자의 손으로 사부를 죽인 운명을 쥐어줄
수밖에 없는 것이 미안했던가?

"사부님… 사부님……!"

침상에 누운 관우의 입에서 미약한 음성이 흘러나왔다.

온몸이 땀으로 젖은 관우의 안색은 창백하기만 했다.

정신을 잃은 채 고열과 섬어(譫語)로 지낸 것이 꼬박 하루.

"대체 뭐가 그렇게도 슬픈 거야……."

당하연은 관우의 두 눈에 맺혀 있는 눈물을 닦아주며 한숨
을 내쉬었다.

송운자를 사로잡는 데 성공한 조치성이 돌아올 때까지 관우
는 잘 버텨냈다. 그리고 조치성이 황급히 돌아오자마자 그 자
리에 쓰러져 정신을 잃었다.

전처럼 극렬한 발작이 없는 것은 다행이었지만, 들끓는 고
열이 진정될 기미가 없었고, 도무지 깨어나질 않고 있으니 곁
에서 지켜보는 당하연의 근심은 매우 컸다.

물에 적신 천으로 관우의 얼굴에 돋은 땀을 닦아내기를 수차례.

그녀는 자신도 모르게 관우의 손을 붙든 채 잠이 들어버렸다.

"연 매."

'……?'

당하연은 꿈결에 관우의 음성을 들었다. 나직하면서도 나긋한 틀림없는 관우의 음성이었다.

'오라버니?'

"연 매."

다시 한 번 관우가 그녀를 불렀다.

슬며시 눈을 뜬 당하연은 침상에 일어나 앉은 관우의 모습을 볼 수 있었다.

"오라버니!"

벌떡 몸을 일으킨 그녀는 맞잡은 관우의 손을 확인했다.

꿈은 아닌 것 같았다. 관우의 손에서 느껴지는 온기가 너무도 생생했다.

"언제 깬 거야?"

"조금 전에."

"깨우지 그랬어."

"연 매 자는 모습이 너무도 예뻐서."

"……!"

관우의 미소가 눈에 들어온 순간 당하연은 슬며시 시선을 피하며 맞잡은 손을 뒤로 뺐다.

"자꾸 그런 말투 쓸 거야?"

"뭐가?"

"내가 말했잖아. 그런 말투는 여인을 희롱할 때나 쓰는 거라고."

관우의 미소가 짙어졌다.

"너무 어렵군. 마음 놓고 예쁘다고도 할 수 없으니. 알았어. 연 매가 싫다면 다신 하지 않을게."

당하연은 즉각 반발했다.

"누가 그러래?"

"……?"

"너무 자주 하지 말란 뜻이야. 가끔씩은 뭐……."

말끝을 흐린 그녀는 자신이 말하고도 민망했는지 다시 고개를 떨어뜨렸다.

"훗, 알았어. 그럼 가끔씩만 하도록 하지."

관우는 다시 당하연의 손을 잡았다. 당하연은 관우에게 자신의 손을 맡긴 채 입을 열었다.

"몸은 괜찮은 거야?"

"응."

"정말 아픈 데 없어?"

"푹 자고 났더니 괜찮아졌나 봐. 내가 얼마나 잔 거지?"

당하연은 창 사이로 비치는 햇살을 보곤 대답했다.

"이틀."

"이런! 다른 조원들은?"

"조씨와 양씨 빼곤 모두 이 객잔에 묵고 있어."

관우는 묵묵히 고개를 끄덕였다. 조치성과 양사동이 왜 따로 떨어져 있는지 짐작이 갔기 때문이다.

당하연의 손을 놓은 관우는 이불을 걷었다.

"지금 가려고?"

"그래야지."

"뭐라도 먹고 가. 아무것도 못 먹었잖아."

"그렇게 할게."

그렇게 대답을 하면서도 관우는 왠지 모르게 서두르는 기색을 보였다.

그것을 본 당하연은 살짝 미간을 좁혔다.

"먹고 가라니까."

"그게 아니라……."

"……?"

문 앞에 이른 관우는 슬쩍 뒤를 돌아보며 어색한 웃음을 보였다.

"사실 아까부터 조금 급했거든."

"아! 그랬… 구나."

당황한 당하연은 알았다는 듯 고개를 끄덕여 보였다.

관우가 방을 나선 뒤에도 잠자코 있던 그녀는 결국 풋, 하고 웃음을 흘리고야 말았다.

아침을 간단히 챙긴 관우는 즉각 조치성과 양사동이 있는 곳으로 향했다. 혼자 가려 했으나 극구 따라나선 당하연과 함께 움직였다.

운현의 중심부를 벗어난 두 사람은 한수를 끼고 숲으로 들어섰다. 반 시진쯤 들어가니 사람이 드나들 수 있을 만한 동굴이 보였다.

관우가 동굴 안으로 들어가자 그곳에 앉아 있던 조치성과 양사동이 몸을 일으켰다.

"드디어 오셨군."

조치성이 반가운 음성으로 관우를 맞았다.

"대사형, 몸은 어떠십니까?"

양사동의 걱정스런 음성이 뒤이어 들려왔다.

관우는 양사동의 어깨를 한차례 두드리며 말했다.

"이젠 괜찮다. 두 사람, 고생이 정말 많았어."

"지금 만나볼 텐가?"

조치성이 동굴 안쪽을 가리키며 물었다. 이에 관우는 고개를 끄덕였다.

"상태는 어떤가?"

"별로 좋지 않아. 지금은 만약을 생각하여 혈(穴)을 짚어놓았네."

만약이란 자결을 뜻함을 관우는 알고 있었다. 송운자 정도 되는 인물이라면 사로잡힌 채 치욕을 당하느니 스스로 심맥을 끊어 자결할 가능성이 클 터였다.

조치성을 따라 들어가자 동굴의 막다른 곳이 나왔다. 그리고 그곳에 쓰러져 있는 송운자의 모습이 보였다.

그의 상태는 조치성의 말대로 좋지 않았다. 오른쪽 팔은 베어졌고, 옆구리는 피가 흥건한 천으로 감겨져 있었다.

"급한 대로 처치하긴 했지만 살리려면 의원으로 옮겨야 하네."

말을 끝냄과 동시에 조치성은 송운자의 상체 좌우 두 곳을 손가락으로 짚었다.

그러자 잠시 후 얕은 신음을 내뱉으며 송운자가 정신을 차렸다. 그는 숨을 몇 번 들이켜자마자 격하게 기침을 해댔다.

"쿨럭! 쿨럭! 크……!"

입술 사이로 흘러나온 검붉은 피를 확인한 관우는 그의 몸이 진정되기를 기다린 후 입을 열었다.

"이렇게 만나게 되니 유감입니다."

관우를 알아본 송운자는 고통 중에도 허허로운 미소를 지어보였다.

"후후, 유감이라……."

천천히 몸을 일으킨 그는 간신히 벽에 기대앉아 관우를 올려다봤다.

"날 살려둔 이유가 무엇인가? 내게 미안하단 말이라도 듣고 싶은 겐가?"

그의 질문은 직접적이었다. 다른 이야기는 하기 싫다는 의

미였으며, 관우의 의도를 짐작하고 있다는 뜻이기도 했다.

관우 역시 그와 다른 말을 나눌 생각은 없었다.

"제게 미안하십니까?"

"허허……."

"저지른 일에 후회는 하시는지요?"

"후회하고 있지. 자네를 없앨 계획을 좀 더 치밀하게 세우지 못한 것이 한이라네."

관우는 송운자의 눈을 직시했다.

그의 눈에서 관우는 자신을 향한 아무런 감정도 읽을 수가 없었다. 이미 살았으되 죽은 것과 진배없는 상태였다.

"제가 어떠한 자로 보이십니까?"

송운자는 관우의 질문이 의외였는지 잠시 관우를 쳐다보고는 대답했다.

"모르겠네. 하지만 한 가지는 알 것 같군. 자네는 쉽게 죽을 자는 아니네."

"잘 보셨습니다. 저는 쉽게 죽어선 안 되는 자입니다. 그런데 청성이 그런 저를 죽이려 했습니다. 그 덕분에 저는 부득이한 싸움을 벌여야만 했지요. 전혀 의미없는 피를 묻혀가면서 말입니다."

"내게 자네가 행한 살인의 정당성이라도 인정받고 싶은 것인가?"

관우는 그의 말에 대답하지 않았다.

"저와 함께 가서 제가 배신자가 아님을 공표해 주시겠습니까?"

송운자는 힘없이 웃었다.

"결국 그것인가? 자네는 생각보다 어리석군. 내가 자네 말
에 순순히 따라줄 것이라 생각했나?"

관우는 고개를 저었다.

"따라주길 바랐을 뿐이지요."

"후후… 딴에는 어쭙잖은 자비라도 베풀 요량이었던 게군.
내게 도리를 원했던 것인가?"

"……."

긍정도 부정도 않는 관우를 향해 송운자는 정색하며 말했
다.

"내 비록 정당치 못한 방도를 써서 자네를 죽이려 했으나 본
파를 향하여는 아무런 부끄러움이 없네. 그리고 내겐 그것이
면 족하네. 자네가 나를 사로잡으며 바랐던 것이 무엇이든지
간에 나를 통해 얻을 수 있는 것은 아무것도 없을 걸세."

송운자를 바라보는 관우의 표정은 담담했다. 그러나 심정은
그 어느 때보다 착잡했다.

관우가 송운자를 사로잡은 이유는 송운자의 말대로였다.

그에게 마지막 기회를 주고 싶어서였다.

하지만 이제 관우는 그것이 송운자가 아닌, 스스로에게 준
기회일지도 모른다는 생각이 들었다.

청성이 보여준 행동으로 인해 자신이 얻은 실망감을 떨쳐
버릴 수 있는 기회 말이다. 적어도 자신이 구할 자들이 목적을

위해 수단과 방법을 가리지 않는 어천성과는 다를 것이란 생각을 지키고 싶었으리라.

잠시 후 관우는 무거운 마음으로 발길을 돌렸다. 오늘은 몹시 쓸쓸한 하루가 될 것만 같았다.

모두가 떠난 동굴 안엔 스스로 목숨을 끊은 송운자의 시신만이 남아 있었다.

* * *

덜컹덜컹!

이두마차 한 대가 관도를 가로지르고 있었다.

그다지 눈에 띄지 않는 평범한 마차엔 세 사람이 타고 있었는데, 한 사람은 마부석에 앉아 있었고 두 사람은 마차 안에 앉아 서로 이야기를 주고받고 있었다.

"당가주를 제대로 자극했나 보군."

장청원의 보고를 받던 진무영이 말했다.

당가가 어천성에 반기를 들었다는 소식은 삽시간에 강호 전역으로 퍼졌다.

당가는 출정에 나가서 아직 돌아오지 않은 나머지 가솔들에게 복귀할 것을 명했으며, 직접 다른 가솔들을 파견하여 그들의 행방을 찾게 했다.

"예상치 못하셨습니까?"

장청원의 물음에 진무영은 고개를 끄덕였다.

"예상은 못했어. 기대만 했을 뿐."

"다른 곳이라면 몰라도 당가라면 충분히 우리에게 반기를 들 만하지요."

"독 때문인가?"

"그렇습니다. 저들이 쓰는 독 중 일부는 본 성의 사람들을 해할 수도 있는 것들입니다."

"그들이 쓰는 독에 목숨을 잃을 수도 있다는 거야?"

"독에 당했다고 죽지는 않겠지만, 그로 인해 온전히 힘을 쓰긴 어렵겠지요."

"흐음, 그렇다면 소림이나 무당처럼 처음부터 본 성에 대적했으면 되었을 텐데 굳이 지금에 와서 이러는 이유는 뭘까?"

이미 그 까닭을 알면서도 장청원에게 묻는 진무영이었다.

장청원과 함께한 세월이 십여 년.

그에겐 장청원과 이런 식으로 이야기를 주고받는 것 자체가 즐거움이었다.

장청원 역시 그러하기에 진무영의 의도를 알면서도 진지하게 설명해 주었다.

"당가는 전형적인 무가(武家)라고 보긴 어렵습니다. 상단과 의원, 단철장까지 운영하는 곳이 바로 당가입니다. 그런 곳에서 무림에 관련된 일 하나만을 놓고 모든 것을 결정 내리기는 쉽지 않았을 겁니다. 게다가 당가는 본래 소림과 무당처럼 협의와 도리를 목숨처럼 중히 여기는 곳이 아니니 더욱 그러했을 테지요. 하지만 이번 일은 달랐습니다."

"뭐가 달랐지?"

"제 살을 스스로 잘라내야만 하는 상황이었지요. 당가의 모든 것을 걸 수 있는 문제였습니다."

"그리고 결국 모든 것을 걸고 본 성에 대항하기로 했다, 이거로군. 물론 그러한 결정을 할 수 있었던 이유 중 하나는 바로 독이었을 테고?"

"분명 우리에게 부담을 줄 수 있는 무기지요."

진무영은 한차례 입맛을 다시고는 말했다.

"흐음, 그럼 이제 당가의 독을 얻고자 한 일은 포기해야 하는 건가?"

"당가에서 순순히 내주길 바란다면 그렇습니다."

"순순히가 아니라면… 강제로는 가능하다는 뜻이야?"

"가능합니다만 그도 수월치는 않을 겁니다. 맹독의 제조술을 알고 있는 자라 해봐야 당가 내에서도 당가주를 비롯하여 두세 명에 불과하니까요. 방법은 그들 중 하나를 사로잡는 것뿐입니다."

"사로잡는다? 음……."

턱을 매만지며 고민하는 듯하던 진무영이 다시 입을 열었다

"소광원(小光院)의 원사들만으로 가능할까?"

"그들만으론 안심할 수 없습니다. 중광원(中光院)의 원사 둘을 같이 보내시는 게 좋겠습니다."

"좋아, 즉시 기별을 넣어."

"예, 소주."

"그나저나 얼마나 남은 거지?"

좁은 쪽문으로 보이는 바깥 풍경을 바라보며 진무영이 물었다.

"반 시진이면 남양(南陽)에 당도할 겁니다."

"확실히 말은 너무 늦어."

진무영의 고운 미간에 얕은 주름이 잡혔다.

"내려서 갈까?"

장청원은 옅은 미소를 머금으며 대답했다.

"빨리 도착하여도 기다리셔야 할 겁니다. 저들의 이동 속도와 맞춰 가고 있으니 조금만 참으시지요, 소주."

"뭐, 장 숙의 의견이 그렇다면야…… 어쨌든 어떤 자인지 빨리 만나보고 싶어. 우리가 짐작하는 자가 맞는지도 궁금하고 말이야."

말을 하는 와중에도 진무영의 두 눈은 호기심과 기대감으로 반짝이고 있었다.

*　　　*　　　*

운현을 벗어나 하남성으로 들어선 관우는 도중에 일행과 헤어졌다. 어천성에 반기를 든 당가주가 출행을 떠났던 당가 무인들에게 복귀 명령을 내렸다는 소식을 접한 까닭이었다.

크게 놀란 그들은 그 길로 왔던 길을 돌아갔고, 당하연 역시 많은 망설임 끝에 그들을 따라 돌아갔다.

그녀가 돌아가기로 결심한 것은 복귀 명령 때문이 아니라 당가주가 어천성에 반기를 들었다는 사실 때문이었다. 그것은 곧 당가가 존폐의 기로에 서 있다는 말과 같았기 때문이다.

이러한 상황을 모를 리 없는 관우는 조치성과 양설지, 양사동을 그녀와 함께 가게 하였다.

직접 가고 싶었지만 그녀에 대한 미안함과 염려를 애써 접어야만 했던 관우다. 당장 해야 할 일이 있었기 때문이다.

홀로 남은 관우는 남양이 위치한 백하강(白河江) 중류변을 끼고 북쪽으로 이동했다.

이곳에서 목적지인 숭산까진 신법을 발휘한다고 해도 사흘 거리.

할 일을 끝내고 속히 당가로 돌아가고자 하는 관우에게 있어서 사흘은 긴 시간이었다.

'사부님께서 전해주신 풍기의 삼 할밖에 사용치 않았음에도 꼬박 이틀 동안 정신을 잃고 말았다. 그나마 다행인 것은 전에 겪었던 고통과 경련이 없다는 것뿐……'

이동을 하면서도 관우의 머릿속엔 섭풍술에 대한 생각으로 가득했다.

지금까지 무공을 지닌 자들과 싸움을 치르면서 섭풍술에 대한 절실함은 더욱 커졌다.

구대문파 중 한 곳의 제일고수를 상대로 이겼고 그 외 모든 싸움에서도 승리를 거뒀지만, 무공만으론 역시 한계가 있었다.

그 모든 승리는 순수한 무공 실력만으로 이루어진 것이 아니었다. 많든 적든 바람의 도움을 받아서 일궈낸 것이었다. 만일 조금이라도 바람의 도움을 받지 못했다면 지금 숨을 쉬고 있지도 못했으리라.

'어떻게든 섭풍술에 따른 부작용을 최소화시켜야만 한다.'

지금 당장엔 그것이 최선이었다.

풍령이 아닌, 풍기를 이용한 섭풍술이라도 제대로 펼칠 수 있어야 때를 엿볼 수 있을 것이기 때문이다. 풍령의 힘을 온전히 사용할 수 있을 때까지 스스로를 지켜야만 하는 것이다.

'사부님께 풍기를 받기 전에는 제약으로 인해 섭풍술을 펼칠 수조차 없었다. 그런데 지금은 펼치는 것에는 문제가 없다. 다만 펼친 후 정신을 잃는 것이 문제일 뿐. 그렇다면 일단 제약에선 자유롭다는 것이고, 어떻게든 정신을 잃지만 않으면 된다는 것인데…….'

고심하던 관우의 머릿속에 문득 한 가지 생각이 떠올랐다.

'무공을 수련하여 몸을 단련하듯 섭풍술로도 몸을 단련할 수 있지 않을까?'

무엇이든지 자주 반복적으로 작용하는 것에는 몸이 적응하기 마련이다. 또한 무엇이든지 일단 몸에 적응이 되면 그것을 취하고 행하는 것에 있어 고통이나 어려움은 줄어들게 되어 있었다.

무공도 마찬가지였다.

반복적인 수련이 계속될수록 처음엔 힘들고 어려웠던 동작

도 나중엔 몸에 무리가 없어지고 쉬워지게 된다. 처음보다 강
도를 조금씩 높여도 몸은 그에 맞춰 적응을 한다.

관우는 바로 이러한 원리를 이미 무계심결을 수련한 경험을
통해 잘 알고 있었다. 그렇기에 섭풍술 또한 이런 식으로 몸에
적응시키면 되지 않을까라는 생각을 하게 된 것이다.

'당장 시도해 봐야겠다!'

일단 해보는 수밖에 없었다. 관우에겐 여유가 없었다. 잘 될
지 안 될지는 일단 시도해 보고 생각해도 늦지 않았다.

관우는 환무길이 자신 앞에서 처음으로 섭풍술을 펼쳤던 때
를 떠올렸다.

바람을 부르고, 그 바람에 함께 몸을 실어 허공을 질주했던
때를 말이다.

'우선 일 할부터……'

쉬쉬쉭……!

달리고 있는 관우의 주위로 바람이 몰려들었다. 이내 그것
은 관우의 몸을 감싸며 공중으로 들어 올렸다.

허공에 떠오른 관우는 더없이 가벼워진 몸을 느끼며 신법을
그쳤다.

주변 경물이 더욱 빠르게 스쳐 지나갔다. 신법을 펼칠 때와
는 비교할 수 없는 빠르기였다.

일각여를 그렇게 날던 관우는 어느 순간 바람을 거둬들였
다.

섭풍술의 강도뿐만 아니라 펼치는 시간까지 조정할 생각에

서였다.

"으음……."

극심한 피로감이 순식간에 밀려왔다.

관우는 더 이상 걷지 못하고 곁에 서 있던 나무줄기에 몸을 의지했다.

서 있기조차 버거워 그대로 주저앉은 관우는 흐려지는 정신을 놓지 않으려 애썼다.

'버텨야 한다. 버텨야……!'

입술을 깨물어보았지만 감기는 눈과 늘어지는 몸은 도저히 어쩔 수가 없었다.

결국 버티지 못한 관우는 그 자리에 쓰러진 채 정신을 잃었다.

관우가 다시 정신을 차린 것은 노을이 짙게 물들 무렵이었다.

깨어날 때마다 느끼는 것이지만 항상 머리가 맑고 몸이 가뿐했다. 풍령의 효험이었다.

풍령의 제약으로 인해 정신을 잃고, 다시 풍령의 효험으로 인해 빠른 회복을 하는 지금의 상황에 내심 실소한 관우는 몸을 일으켰다.

"이슬에 몸이 젖지 않은 것을 보니 하루를 넘긴 것은 아닌 듯하다. 그렇다면 세 시진 정도 정신을 잃었다는 것인데……."

일 할의 풍기를 일각 동안 사용하여 얻어낸 결과였다.

꼬박 이틀 동안 정신을 잃었던 지난번과 비교하면 세 시진은 나름 큰 성과라고 할 수 있었다.

또한 이로써 한 가지는 분명해졌다.

섭풍술을 펼치는 강도와 지속 시간에 따라 몸이 느끼는 부담이 달라진다는 사실이었다. 이는 곧 섭풍술을 수련함으로써 얼마든지 몸을 단련할 수 있다는 뜻도 되었다.

자신의 생각이 맞아떨어진 것에 흡족해한 관우는 매일 두 차례씩 섭풍술로 몸을 단련하기로 결심하고 자리에서 일어섰다.

섭풍술을 펼침으로 지체된 시간은 무공인 신법으로 만회할 수밖에 없었다. 무계심결을 운용한 관우는 대정기를 최대한 끌어올려 신법을 전개했다.

그런데 무슨 까닭인지 몸을 날린 지 얼마 안 있어 관우는 우뚝 멈춰 섰다.

교목(喬木)이 우거진 관도의 우편으로 고개를 돌린 관우.

거기엔 언제부터 있었는지 모를 마차 한 대가 서 있었다.

그 앞으로는 매끈한 유삼과 평정건을 두른 한 청년이 고고한 자태로 서 있었다.

한눈에 그가 진무영임을 알아본 관우는 내심 바짝 긴장하며 그를 응시했다.

"너무도 곤히 자는 듯하여 깨울 수가 없었어."

진무영의 입에서 낭랑한 음성이 흘러나왔다. 다시 보아도 참으로 매혹적인 미소가 그의 얼굴에 떠올라 있었다.

"이곳엔 어쩐 일이십니까?"

관우가 자신을 향해 말을 높이자 진무영의 두 눈에 언뜻 이채가 어렸다. 말을 높인다는 것은 곧 관우가 자신을 여전히 제삼군장으로 여기고 있다는 뜻이기도 했다.

진무영은 관우를 향해 한 걸음씩 다가오며 입을 열었다.

"제일대 제이조장 관우… 너에 관한 소식이 계속해서 내 귀에 들려오더군. 모든 게 흥미로웠지만, 가장 관심을 끈 것은 본성을 배신했다는 소식이었지. 한데 배신자치고는 매우 예의가 바르군."

"나는 어천성을 배신한 일이 없습니다."

관우는 조금의 감정도 실리지 않은 담담한 음성으로 말했다.

이에 진무영은 살짝 손을 흔들며 고개를 끄덕였다.

"그것은 나 역시 원하는 바야. 하지만 네 말을 믿으려면 믿을 만한 증거가 있어야 하지 않을까?"

"증거는 얼마든지 댈 수 있습니다. 하나 그중 과연 제삼군장님께서 믿을 만한 증거가 있을지는 모르겠군요."

"그 말은 증거가 없다는 뜻으로 들리는데?"

관우는 대꾸하지 않았다. 진무영의 의도가 무엇인지 알 수 없었기 때문이다.

관우가 가만히 있자 진무영은 살짝 입을 벌리며 웃었다.

"후후, 그렇게 긴장할 필요는 없어. 너를 죽이고자 했다면 이렇게 내가 직접 널 찾아오지도 않았을 테니까. 내가 온 것은 네게 두 가지 용건이 있어서야. 네 대답이 마음에 들면 본 성을 배신하지 않았다는 네 말을 믿어주도록 하지. 어때?"

"내게 선택의 여지는 없는 듯하군요."

"그것참, 마음에 드는 대답이군."

"용건이 무엇입니까?"

"천문이란 곳과 어떤 관계지?"

'……?'

진무영의 입에서 천문이란 말이 나오자마자 관우는 내심 흠칫했다. 하지만 이를 내색하지 않고 역시 담담한 표정으로 대답했다.

"제삼군장께서 천문의 존재를 알고 있다니, 놀랍습니다."

"모른다고 하진 않는군?"

"아시다시피 내 사문은 건곤문입니다. 천문에서 갈라져 나왔으되, 지금은 그들과 전혀 교류가 없는 상태입니다."

"갈라져 나왔다……?"

진무영의 두 눈이 가늘어졌다.

"천문의 존재를 알고 있으니 그들이 하는 일도 알고 있을 겁니다. 본 문은 그들이 하는 일에 염증을 느낀 이들이 따로 떨어져 나와 세운 문파라고 보면 됩니다."

"호오! 꽤 흥미로운 이야기군. 그렇다면 건곤문은 강호가 지금과 같이 위경에 처했을 때에도 나서지 않는다는 말이로군?"

"누군가 나서 억지로 되돌릴 필요가 없지요. 그대로 두면 언젠가는 다시 바른길을 찾게 되는 것이 하늘의 이치 아니겠습니까?"

"바른길이라……. 후후, 본 성이 망하는 것을 두고 한 말로 들리는군."

관우는 부인하지 않았다.

"그 어떤 것도 영원할 수는 없습니다."

"훗, 솔직해서 좋아. 흐음, 뭐, 네 사문은 그렇다고 치고, 그럼 천문은 어떨까? 그들이라면 본 성의 행사를 가만히 두고 보지는 않을 것 같은데?"

"천문은 움직이지 않을 겁니다."

"왜지?"

"그들이 나설 상대가 아니니까요. 어천성을 상대할 곳은 본래 따로 있지 않습니까?"

관우의 말에 진무영은 두 눈을 반짝였다.

"많은 걸 알고 있군?"

"삼군장께서 천문에 대해 알고 있는 것만큼은 알고 있지요."

"후후, 좋아. 본 성에 대해 알고 있다니 두 번째 용건도 어렵지 않게 해결되겠군."

관우는 묵묵히 진무영의 다음 말을 기다렸다.

"네가 마음에 들어. 처음엔 실력뿐이었지만 만나보니 더욱 탐이 나는군."

"……?"

"어때, 내 수하가 되는 것이?"

뜻밖의 제안이었지만 관우는 그다지 당황하지 않은 듯 입가에 옅은 미소를 그렸다.

"어천성에 나 같은 존재의 힘이 굳이 필요치는 않을 듯합니다만?"

"필요하고 안 하고는 네가 판단할 일이 아니야."

둘의 시선이 허공에서 마주쳤다.

관우는 진무영의 미간에서 맴도는 희끗한 광채를 확인하며 입을 열었다.

"제안입니까, 강요입니까?"

"그건 네가 판단할 일이지."

"둘 중 무엇이든 대답이 마음에 들어야만 하겠군요?"

"너와는 대화가 되는군."

"대답은 꼭 지금 해야 합니까?"

"지금 하지 못할 이유라도 있나?"

"두 가지가 있습니다. 우선 사문에 허락을 구해야 하는 것이 첫 번째고, 달리 먼저 해야 할 일이 있다는 게 두 번째입니다."

"마음에 안 들어."

진무영은 짐짓 인상을 찌푸려 보였다.

"한 번 더 기회를 주지. 내 수하가 되는 것이 어때?"

관우는 웃었다.

"다시 대답하지요. 세 가지 조건이 있습니다. 먼저 해야 할 일을 끝낸 후 찾아가겠다는 것이 그 첫째, 둘째는 당가를 건드리지 않는다는 것, 셋째는 내가 언제든 떠날 수 있다는 조건입니다."

"하하하!"

낭랑한 웃음소리가 숲에 울려 퍼졌다.

한동안 소리 내어 웃던 진무영은 관우를 직시하며 입을 열었다.

"뭘 믿고 그렇게 당당하지? 내가 그걸 들어줄 거라 생각해?"

"그 정도의 가치도 인정받지 못한 채 누군가의 수하로 들어가는 것은 배신자로 오인받는 것보다 더욱 달갑지 않은 일이지요."

"훗, 좋아. 마음에 들어. 하지만 세 번째 조건은 확실히 해둬야겠군. 언제든 원하면 날 떠날 수는 있지만, 그건 순전히 네 능력에 달렸다는 것을 말이야."

"그러지요."

둘은 또 한 번 서로 눈빛을 교환했다. 말로 하지 못할 여러 가지 의미가 짧은 시간 둘 사이를 오갔다.

"그럼 곧 찾아가겠습니다."

"어디로 가지? 숭산 쪽이라면 마차에 앉아 말벗이나 하면서 가는 게 어때?"

"마차를 별로 좋아하질 않습니다."

"해야 할 일이 뭔지 물어도 되나?"

"말할 수 없습니다."

"빡빡한 구석이 있군."

가벼운 미소와 함께 목례를 취한 관우는 신형을 돌렸다.

"어때, 장 숙? 저만 하면 기대 이상 아닌가?"

관우가 사라진 곳을 바라보던 진무영이 말했다. 그의 곁엔 어느새 장청원이 다가와 있었다.

"다루기가 쉽지 않을 듯하군요."

"그렇겠지?"

"게다가 건곤문이 천문에서 갈라져 나온 곳이라니 의외입니다."

"나도 그렇게 생각해."

"저 아이의 말을 모두 믿으십니까?"

"장 숙은 어때?"

"좀 더 주시하는 것이 좋을 듯합니다."

진무영은 고개를 끄덕였다.

"당가로 보내기로 했던 중광원 원사 둘을 붙이면 되겠어."

"그리하지요."

허공으로 시선을 옮긴 진무영의 입에서 탄성이 흘러나왔다.

"노을이 멋지군."

第十八章
무애 성승(無涯聖僧)

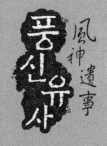

風神遺事

진무영과 헤어진 관우는 남양을 벗어나 계속 북으로 이동했
다.
　도중에는 관도도 끊기고 인적이 전혀 없는 곳도 많았지만
관우는 개의치 않았다. 시간을 단축시킬 수 있었고, 무엇보다
보는 이가 없어 섭풍술을 몸에 적응시키는 훈련을 하는 데 있
어 유익했기 때문이다.
　다시 하루를 지내는 동안 관우는 두 차례 섭풍술을 펼쳤다.
　처음엔 일 할의 풍기를 이용하여 이각 동안 섭풍술을 지속
시켰다. 지속 시간만을 늘려본 것이다.
　그 결과 세 시진 동안 정신을 잃었다. 좋은 결과였다.
　전보다 두 배나 더 오래 섭풍술을 펼쳤음에도 정신을 잃은

시간은 같았다. 몸이 빠르게 적응하고 있다는 증거였다.

그래서 그 다음번엔 강도를 두 배로 올려 섭풍술을 펼쳐 보았다. 어느 정도 자신이 생겨서였다.

하지만 한나절이 지난 뒤에야 깨어나는 씁쓸함을 맛봐야만 했다.

그리고 다시 시작된 이동.

관우는 그 후로 훈련을 하지 않았다. 그저 이동과 휴식을 반복할 뿐이었다. 누군가 자신을 감시하고 있음을 알아챈 까닭이다.

관우는 그들이 진무영이 붙인 자들임을 알 수 있었다.

그들은 매우 은밀하고 표홀했다. 청성이 보냈던 살수들과는 차원이 달랐다. 그러면서도 그들은 매우 가까이에서 관우를 따르고 있었다.

낮에는 모습이 보이지 않았고 밤에는 소리가 들리지 않았다.

지척에 있음에도 무공으로는 그들의 기척을 전혀 감지할 수 없었다.

하지만 바람을 통해 관우는 낮에는 진동으로, 밤에는 희끗한 빛무리로 그들을 인지할 수 있었다.

자신이 그들의 존재를 알고 있음을 관우는 드러내지 않았다. 드러낸다면 그땐 정말로 의심을 받을 터였다. 천문이 아닌, 풍령문의 사람으로 말이다.

훈련을 하지 못하는 것이 안타깝긴 했지만 이젠 크게 서두를 필요는 없었다.

배신자의 낙인이 풀렸으니 더 이상 쫓길 일도 없었고, 당가를 해하지 않겠다는 약조를 받아냈으니 당하연에 대한 염려도 당분간은 하지 않아도 되었다.

진무영이 자신과 나눈 말 그대로 이행할지가 문제였지만, 그는 누군가의 뒤통수를 칠 자가 아니었다.

사실 진무영을 만난 것은 관우에겐 매우 뜻밖의 일이었다.

언젠간 대면할 줄 알았지만, 그렇게 직접 자신을 찾아올 줄은 몰랐다.

게다가 그가 한 의외의 제안.

짧은 순간이었지만, 그에 대한 대답을 하기 전 관우는 내심 심각하게 고민하지 않을 수 없었다.

진무영의 수하로 들어가는 일은 상상조차 하지 않은 일이었기 때문이다.

그것은 본래 계획과는 다른 것이었다.

물론 어천성 내부로 들어가려 했던 것은 사실이지만, 그것은 어디까지나 어천성이라는 틀 안에서의 문제였다.

진무영이 자신에게 요구한 것은 어천성이 아닌, 진무영 일인의 수하였다. 둘은 같은 말이면서도 전혀 다른 의미였다.

관우가 진무영에게 말했던 바와 같이 무공이 뛰어난 실력자들은 이미 어천성에 넘쳐 났다. 진무영 입장에선 굳이 직접 관우를 찾아와 회유할 필요가 없는 것이다.

그럼에도 그는 관우를 찾아왔고, 어천성이 아닌 자신의 수

하가 되어줄 것을 요구했다.

바로 그 부분에서 관우는 예전에 환무길과 나눴던 대화를
떠올릴 수 있었다.

광령문과 수령문, 지령문 세 문파가 힘을 합쳐 일을 도모할
수도 있지 않느냐는 자신의 질문에 대한 환무길의 대답은 이
러했다.

"물론 가능한 일이다. 하나 저들은 절대 그러한 일을 행하지 못
할 것이다. 그럴 거라면 처음부터 저들은 각각 자신들만의 세력을
만들지 않고 하나의 세력을 만들었을 게다. 하지만 저들은 결코
하나가 될 수 없다. 저들은 시작부터가 조화와는 역행되었기 때문
이다. 비록 잠시 힘을 합치는 듯 보이더라도, 그것은 본 문에 대항
하기 위한 눈가림일 뿐이지."

어천성은 세 문파 연합의 산물이었다.

하지만 환무길의 말대로라면 그것은 허울뿐이다.

어천성이라는 거죽만 둘렀을 뿐, 완전한 연합이 아니라는
뜻이다.

그들은 이해에 따라 언제든지 갈릴 수 있으며, 또 그와 같이
되리란 것을 처음부터 인지하고 있었을 터이다.

풍령문이라는 상대 때문에 하나가 되었으니, 그 상대가 없
어지면 연합은 자연히 깨어지게 되어 있었다.

이제 환무길이 없는 상태에서 풍령문은 곧 관우 자신.

그리고 그들은 환무길만을 알 뿐, 아직 자신의 존재를 모른다.

관우가 그들 앞에 정체를 밝히며 나타나지 않는 이상 그들이 풍령문을 상대할 일은 없어지게 되는 것이다.

그렇게 되면 그들은 다음 싸움을 준비할 수밖에 없다. 서로를 향한 싸움을 말이다.

진무영이 자신을 수하로 두려한 것은 바로 그 싸움을 위한 대비 차원이라는 것을 관우는 알 수 있었다.

그렇기에 그의 제안을 수락했다.

진무영이 관우를 천문과 관련된 자로 의심하고 있던 것은 관우로선 행운이었다.

그 덕분에 마음 놓고 조건을 내걸 수 있었다. 천문은 진무영에겐 꽤 매력적인 대상일 것이기 때문이었다.

아무튼 당장엔 진무영을 만남으로써 잃은 것보다 얻은 것이 많았다. 앞으로 어찌 될지는 알 수 없지만 말이다.

원하는 대로 될지, 아니면 지금까지처럼 원치 않는 쪽으로 일이 흘러가게 될지…….

보이지 않는 이들과 동행 아닌 동행을 하고 있는 관우의 눈에 멀리 벌판 위에 우뚝 솟은 산줄기가 보였다.

그리 높진 않았으나 대칭처럼 양쪽으로 길게 늘어선 능선이 보는 이를 압도하는 듯한 그것은 바로 숭산이었다.

목적지를 눈앞에 둔 관우는 속도를 더욱 높였다.

하지만 관우가 향하는 곳은 제삼군의 집결지인 중악평도 아니고, 소림의 터전인 소실산 쪽도 아니었다.

관우의 신형은 숭산의 동쪽 끝자락을 향해 점점 멀어지고 있었다.

하늘을 향해 곧게 뻗은 뾰족한 봉우리들.

마치 날카로운 정으로 조각을 해놓은 듯한 바위기둥들이 층층이 쌓여 하나의 봉우리를 이루었다.

숭산 동쪽을 이루는 군봉(群峰) 태실산.

태실산은 소림이 위치한 소실산에 비하면 찾는 사람이 적었다.

그러한 태실산에서도 동편 끝자락은 거의 사람의 발길이 닿지 않는 곳이었다.

그곳을 지금 관우가 오르고 있었다.

길도 없고 한 치 앞도 보이지 않는다. 게다가 바람마저 쉬지 않고 불어대고 있었다.

자욱한 안개가 사방을 뒤덮고 있는 골짜기 사이를 지나던 관우가 천천히 걸음을 멈추었다.

위이이잉!

세찬 곡풍(谷風)에 관우의 옷자락이 크게 요동쳤다.

좌우를 살피던 관우는 이윽고 우측에 솟은 봉우리를 오르기 시작했다.

사삭! 사사삭……!

가벼운 몸놀림으로 암봉(巖峰) 사이를 차오르는 관우의 모습은 흡사 구름 사이에서 노니는 신선 같았다.

그렇게 암봉을 절반쯤 올랐을 때다.

관우의 모습이 돌연 시야에서 사라져 버렸다.

짙은 안개에 파묻힌 것인지, 아니면 정말로 사라져 버린 것인지 알 수가 없었다.

그런 뒤 얼마 후,

관우가 사라진 바로 그곳에 두 인영이 모습을 드러냈다.

똑같은 백의를 걸친 그들의 형체는 뚜렷하지가 않아 마치 물속에 있는 무언가를 보는 듯했다.

그들은 암봉에 매달린 채 사방을 두리번거리더니 곧 당황한 표정으로 암봉 주변을 빠르게 돌기 시작했다.

한참을 그렇게 돌던 두 인영은 다시 처음에 있던 자리로 돌아와 서로 몇 마디 이야기를 주고받았다. 그리곤 황급히 암봉 아래로 사라져 버렸다.

그들이 사라지고 얼마 되지 않은 어느 때.

그곳에 한 인영이 다시 나타났다. 놀랍게도 그 인영은 조금 전 사라진 관우였다.

관우는 잠시 아래를 살피더니 천천히 암봉을 내려오기 시작했다.

그런데 어쩐 일인지 땅에 내려선 관우의 신형이 크게 휘청거렸다.

"으음!"

그대로 바닥에 주저앉은 관우의 얼굴엔 지친 기색이 역력했다.

'그들이 조금이라도 더 늦게 떠났다면 낭패를 볼 뻔했다!'

말할 수 없는 노곤함 가운데서도 관우는 가슴을 쓸어내렸다.

기실 방금 관우가 잠시 사라졌다가 다시 나타난 것은 섭풍술을 펼쳐서였다.

관우는 환무길이 자신의 눈앞에서 순간적으로 사라졌다가 다시 나타났던 것을 기억하며 그대로 실행에 옮겼다. 처음부터 그럴 작정으로 강풍과 안개가 있는 이곳으로 온 것이다.

강풍과 안개로 자신을 감시하는 자들의 이목을 따돌릴 순 없겠지만 현혹시킬 순 있을 거라 여겼다.

본래 불고 있는 바람으로 인해 섭풍술로 불러낸 바람인지 알아챌 수 없을 것이고, 짙은 안개로 인해 자신이 급작스레 사라져도 달아난 것이라 쉽게 단정하진 못할 것이다.

자신을 감시하는 자들에게 자신이 그들의 존재를 의식하고 있음을 알려선 안 되었지만, 그렇다고 목적지까지 그들을 데려갈 순 없었다. 어떡하든 따돌려야만 했다.

그래서 생각해 낸 방법이 이것이었다.

하지만 이것은 위험성을 적지 않게 안고 있던 방법이었다.

우선 바람을 통한 순간적인 공간 이동은 처음 시도해 보는 것이었고, 과연 몸이 얼마나 버틸 수 있느냐 하는 것도 문제였다. 만일 실패하거나 허술하게 되면 자칫 정체가 탄로나 버릴 수도 있었던 것이다.

염려가 앞섰던 관우는 삼 할의 풍기를 사용했다. 아직까지 몸에 적응시키지 못한 강도지만, 실패하지 않기 위해선 어쩔 수 없는 선택이었다.

그렇게 바람을 불렀고, 순간적으로 바람이 되어버린 관우는 암봉 정상으로 불어 올라갔다.

다행히 결과는 성공적이었고, 그들의 이목을 속일 수 있었다.

하지만 관우는 즉각 섭풍술을 거두지 못했다. 정상에 있다고 해도 섭풍술을 거두는 순간 그들의 이목에 발각될 염려가 있기 때문이었다.

바람이 되어버린 채로 반 각이 흘렀고, 마침내 그들이 떠났을 때 관우는 이미 녹초가 되어 있었다.

조금만 그들이 늦게 떠났다면 그대로 정신을 잃었을 터이다. 그나마 반 각이라는 짧은 시간이었기에 몸이 견뎌준 것이었다.

관우는 놓이려는 정신을 굳게 붙들며 무계심결을 운용해 보려 애썼다. 혹시 회복에 도움이 되지 않을까 하는 생각에서였다.

지금까지는 섭풍술을 펼친 후 정신을 잃어버려 생각도 못했던 일이지만, 이번엔 의식이 깨어 있어 시도해 볼 수 있는 좋은 기회였던 것이다.

대정기를 일으킨 관우는 전신 곳곳으로 그것을 퍼뜨렸다.

집중하기가 쉽지 않아 평소보다 움직임이 더뎠지만, 대정기

가 지나는 부위마다 무거운 것을 들었다가 놓은 듯한 기분이
느껴졌다.

그렇게 대정기가 전신 구석구석까지 퍼지는 것이 수차례 반
복되자 몸이 회복되고 기운이 돌기 시작했다.

관우는 새로운 보물이라도 발견한 양 마음이 들떴다. 무계
심결이 빠른 회복에 직접적으로 도움이 된다는 사실에 기쁘지
않을 수 없었다.

이젠 섭풍술을 펼친 후 어떻게든 정신을 잃지만 않는다면
지금보다 훨씬 빠르게 몸의 회복을 이룰 수 있을 것이다.

몸이 어느 정도 회복되자 관우는 신형을 일으켰다. 그리고
골짜기를 지나 다시 동쪽으로 이동하기 시작했다.

암봉들은 계속해서 이어졌고, 골짜기는 더욱 깊어졌다. 그
럼에도 관우는 멈추지 않고 걸었다.

태실산 자락의 거의 끝에 다다랐을 무렵이다.

눈앞에 허름한 정자 하나가 보였다.

오랫동안 사람의 손길 없이 방치된 듯 지붕은 뜯겨지고 기
둥과 바닥 여기저기엔 풍상에 상한 흔적이 가득했다.

안개 사이로 언뜻언뜻 보이는 정자의 모습은 괴기스럽기까
지 했다.

"거기 뉘시오?"

갑자기 정자 안에서 사람의 음성이 들려왔다.

놀랄 만도 한데 관우는 태연하게 입을 열었다.

"접니다, 관 대인."

"관우? 정말 자네가 맞는가?"

"맞습니다. 관우입니다."

그때였다.

정자 안에서 한 인영이 관우가 있는 곳으로 황급히 뛰쳐나오는 모습이 보였다.

인영의 얼굴은 전날 관우의 부탁을 받고 성도를 먼저 떠났던 관불귀의 것이었다.

관우 앞에 이른 관불귀는 다짜고짜 관우의 손을 붙잡으며 반가움을 표했다.

"왜 이제야 온 겐가! 사흘 전부터 매일같이 이곳에 들렀다네."

"죄송합니다. 오는 길에 몇 가지 일이 있어 늦었습니다."

"죄송하긴, 아닐세! 이렇게 무사히 왔으면 된 게지!"

관우는 관불귀의 손에서 전달되는 따뜻한 온기에 오랜만에 푸근함을 느낄 수 있었다.

"여기 서 있지 말고 일단 정자 안으로 들어가세나!"

관불귀는 여전히 흥분된 음성으로 관우를 재촉했다.

그의 손에 이끌려 정자 안으로 들어선 관우는 그 안의 광경을 보고 깜짝 놀랐다.

정자 안에는 허름한 거적 한 장이 깔려 있었는데, 그 위에는 쌀밥과 여러 가지 음식들이 놓여 있었다. 대부분 산에서 나는 나물들이었고, 개중에는 갓 잡은 듯한 토끼 구이도 보였다.

"이게 다 무엇입니까?"

관우가 묻자 관불귀가 히죽 웃으며 대답했다.

"기다리기가 지루하여 근처에서 얻은 걸로 만들어본 것일세. 변변치는 않지만 먼 길 오느라 제대로 먹지도 못했을 터인데 어서 앉아 들게나."

"변변치 않다니요. 무슨 말씀을……."

관우는 관불귀의 정성에 어쩔 줄을 몰라 하며 고개를 숙였다.

사흘을 기다렸다고 했다.

그렇다면 오늘뿐만이 아니고 어제도 그제도 이처럼 음식을 차려놓고 자신을 기다렸다는 뜻이다.

자신을 향한 관불귀의 마음에 새삼 감격한 관우는 자리에 앉아마자 젓가락을 들고 열심히 음식을 먹기 시작했다. 관불귀의 정성에 보답하는 길은 맛있게 먹는 것뿐임을 잘 알고 있기 때문이었다.

관우의 먹는 모습을 흐뭇하게 바라보고 있던 관불귀는 노릇하게 구워진 토끼의 다리 하나를 떼어 관우에게 내밀었다.

"이것도 좀 들어보게. 아직 어린놈이지만 그래도 살이 제법 올라서 맛은 있을 걸세."

관우는 덥석 받아 든 다리를 한입 뜯고는 관불귀를 향해 미소를 지어 보였다.

"아주 잘 익었군요. 관 대인 말씀대로 살도 쫄깃쫄깃합니다. 그렇게 계시지 말고 관 대인도 어서 같이 드시지요."

"아, 그래야지! 내 자네 먹는 것을 보고 있다 보니 내가 음식을 먹고 있는 줄로 착각했나 보네. 허허……."

정자에 마주 앉아 음식을 먹고 있는 두 사람의 모습은 매우 정답게만 보였다.

누군가 본다면 두 부자가 산행을 나와 점심을 들고 있는 것으로 여겼을 터이다.

음식을 다 먹은 뒤 이런저런 이야기를 나누던 관우가 관불귀를 향해 물었다.

"말씀드린 곳은 찾아보셨는지요?"

이에 관불귀는 무릎을 치며 말했다.

"아, 내 그 얘길 깜빡하고 있었군! 물론 찾아보았네. 보름이 넘도록 태실산에 있는 봉우리를 하나하나 오르며 확인했지만 아직까진 사람이 살 만한 곳은 발견하지 못했네."

"그랬군요."

"하지만 실망하진 말게. 아직 훑어보지 않은 봉우리가 몇 개 남았으니 그중에 있을 수도 있지 않겠는가?"

관불귀의 말에 관우는 고개를 끄덕였다.

"알겠습니다. 고생 많으셨습니다, 관 대인. 아직 확인하지 않은 봉우리들은 제가 찾아가 보겠으니 관 대인께서는 등봉으로 내려가셔서 기다리고 계시지요."

"그게 무슨 말인가? 한 번 도와준다고 했으면 끝까지 돕는 것이 인지상정이거늘! 나를 이대로 가라 하면 섭섭하기가 이를 데 없을 걸세."

관불귀는 펄쩍 뛰며 등봉으로 내려가는 것을 거부했다.

이에 관우는 어쩔 수 없이 관불귀와 함께 나머지 봉우리를 둘러보기로 결정했다.

관불귀를 배려하기 위해 꺼낸 말이었지만, 관불귀가 원치 않으니 더는 말할 필요가 없었다.

두 사람은 해가 지기 전에 남은 봉우리 중 하나를 둘러보기로 하고 정자를 나섰다.

태실산은 소실산과 마찬가지로 모두 서른여섯 개의 봉우리로 이루어져 있었다. 각각의 봉우리는 다시 작은 암봉들을 그 안에 품고 있었다.

서른여섯 개의 봉우리 중에서 관불귀가 이미 살펴본 봉우리의 수는 총 서른 개.

무공도 익히지 않은 자가 보름여 동안 오른 것치고는 많은 수였다.

그만큼 평생 약초를 캐기 위해 심산유곡을 전전했던 관불귀의 산타기 실력은 매우 뛰어났다. 관우가 그에게 이런 부탁을 했던 것도 이 같은 사실을 잘 알고 있었기 때문이다.

지금도 관불귀는 관우 앞에서 자신의 능숙함을 맘껏 뽐내고 있었다. 비록 그를 생각한 관우가 속도를 조금 늦추고는 있었지만, 관불귀는 암봉을 오르는 내내 뒤처지지 않았다.

또한 경험을 바탕으로 적절한 위치와 방향을 관우에게 알려준 덕분에 단 한 곳도 빠뜨리지 않고 봉우리 전체를 꼼꼼하게 살필 수도 있었다.

"이곳에도 없는 듯하네."

"그런 것 같습니다."

남은 여섯 개의 봉우리 중 한 곳을 모두 둘러본 두 사람은 올랐던 암봉을 내려오기 시작했다.

서서히 어두워지는 하늘을 확인하며 관불귀가 넌지시 물었다.

"한데 자네가 찾으려는 그곳에 사는 사람이 누구인지 물어 봐도 되겠는가?"

관우는 잠시 망설이고는 대답했다.

"제 가문과 관련된 분이 그곳에 계십니다."

"으음, 그랬군."

가문과 관련됐다는 말에 관불귀도 더 이상 묻지 않았다.

관우가 자신의 가문에 관련된 일에 대해서는 밝히기 꺼린다는 것을 알기 때문이다.

그런 그의 모습에 관우는 언제나처럼 미안함을 느껴야 했다. 관불귀는 여전히 관우가 옛 기억이 돌아와 삼 년 전 자신의 곁을 떠난 것으로 알고 있었다.

관우가 관불귀에게 군이 자신의 정체를 밝히지 않는 이유는 관불귀를 위해서였다.

자신의 실체와 자신이 해야 할 일들은 무공도 모르는 관불귀로선 감당하기 어려운 것들이었다.

하지만 관불귀가 만약 자신에 관한 일을 알게 되면 어떻게든 자신을 도우려 할 것이 뻔했다. 그러면 자연히 그가 위험에 노출될 것이고, 관우는 바로 그것이 싫었던 것이다.

그래서 이번 일을 부탁할 때도 꼭 찾아야 할 사람이 있다고만 말했을 뿐이다.

기실 지금 관우가 찾으려는 사람은 살아 있는지조차 확실치 않은 자였다.

그러나 반드시 희망을 가지고 찾아봐야만 하는 자였다.

환무길은 죽기 전에 관우에게 그가 오래전 만났던 한 인물에 관한 이야기를 들려주었다.

당시 환무길은 숭산의 하늘을 가로지르고 있는 중이었는데, 그때 갑자기 자신의 앞에 한 사람이 나타나 길을 막았다.

나타난 자는 파리한 머리를 한 노승이었는데, 굽은 등에 쭈글쭈글한 피부, 허리까지 내려오는 긴 백염까지, 그 나이를 추측키가 어려운 자였다.

허공을 마치 평지처럼 딛고 선 노승을 보며 놀라움을 감추지 못한 환무길은 노승의 반개한 두 눈에서 끝없는 현기(玄機)를 느끼며 잠시 그와 마주 서서 몇 마디를 주고받았다.

알고 보니 노승은 무애(無涯)라는 소림의 승려였다. 그는 이미 오래전 소림에서 나와 태실산에 홀로 기거하고 있었는데, 오수를 즐기던 중에 환무길의 기척을 깨닫고 길을 막아선 것이었다.

무애는 환무길의 전신에 서린 풍기를 보며 놀라움을 감추지 못했고, 환무길 또한 범인으로서 뛰어난 영력을 소유한 무애를 향해 감탄을 금치 못했다.

그때 무애와 나눴던 대화 중에서 환무길의 머릿속에 가장 또렷하게 남아 있는 것은 바로 무공에 대한 것이었다.

당시 무애는 환무길 앞에서 마치 어린아이처럼 평생의 심득을 연이어 펼쳐 보이며 환무길의 평가를 기다렸다. 하지만 환무길의 관심을 끈 것은 그의 무공 수준이 아니라 그가 무공을 펼치는 방법이었다.

무애는 총 네 가지의 무공을 펼쳤는데, 하나같이 극의에 다다른 것들뿐이었다.

그런데 환무길은 그 가운데서 매우 특이한 점을 한 가지 발견했으니, 그것은 바로 네 가지의 무공이 순서대로 펼쳐진 것이 아니라 동시에 구현됐다는 점이었다.

무공을 직접 익히지는 않았지만 이미 무공의 특성과 한계를 알고 있던 환무길로서는 처음 대하는 무애의 운용 방식에 궁금증이 일었다.

환무길이 이에 대해 묻자 무애는 역시 어린아이같이 좋아하며 다음과 같이 대답해 주었다.

"초의분심공(超意分心功)이라 하오. 빈승이 이름을 붙였소이다. 말 그대로 '뜻을 넘어 마음을 나눈다'는 뜻이지요. 허허."

환무길은 무애가 하는 말을 이해할 수 있었다.

동시에 두 가지 무공을 수련하거나 펼치는 방법은 이미 극소수나마 존재하고 있었다. 가깝게는 무당의 태극양의심공(太極兩儀心功)이 바로 그러한 무공 중 하나였다.

하지만 그것들은 두 가지뿐이었다. 무애는 동시에 네 가지의 무공을 펼쳐 보인 것이다. 그리고 그것들은 하나같이 그 기초가 달랐다.

다시 묻는 환무길을 향해 무애는 신이 난 듯 설명해 주었다.

"무당의 양의심공과 비교하면 섭섭하외다. 그건 말 그대로 뜻을 둘로 나누는 잡술에 불과하오. 내 방금 말씀 드리지 않았소이까? '뜻을 넘어 마음을 나눈다'고 말이오. 양의심공이 검과 권장지각같이 술(術)을 동시에 구현시키는 방법을 담고 있다면, 내 것은 뜻을 나누는 것이 아니외다. 마음을 나누는 것이오. 뜻과 마음은 같은 것 같지만 다르오. 뜻은 내가 좌우할 수 있지만 마음은 내 뜻대로 움직이지 않소이다. 하지만 빈승은 마음을 나누는 방도를 찾았소이다. 둘도 아니고, 넷도 아니고, 얼마든지 내 뜻대로 나눌 수가 있다는 말이오. 세상 누구도 해내지 못한 것을 내가 해낸 것이외다! 허허허!"

한참을 그렇게 웃던 무애는 이제는 죽어도 여한이 없다고 말하며 넙죽 절을 하곤 환무길의 앞을 떠나갔다. 이것이 지금으로부터 사십 년 전 일이었다.

환무길은 이야기를 마치며 관우에게 무애를 한 번 찾아가 볼 것을 권했다.

이미 이 세상 사람이 아닐 가능성이 컸지만 만약 그가 살아 있어 그의 초의분심공을 배울 수만 있다면 풍령의 제약을 푸는 것에 큰 도움이 될 수도 있을 거라 했다.

그래서 먼저 관불귀에게 부탁을 했고, 지금 이렇게 직접 태실산을 찾게 된 것이다.

하지만 무애를 찾는 것은 그야말로 모래에서 바늘 찾기였다. 그가 기거했던 곳이 태실산이라는 것 빼고는 아무런 단서도 없이 무작정 찾는 것과 다름이 없었다.

그렇다고 소림에 찾아가 물을 수도 없었고, 묻는다고 무애의 행방을 소림에서 알려줄 리도 만무했다. 또한 어찌어찌 그를 만난다고 해도 그가 초의분심공을 자신에게 가르쳐 줄 것인지도 확신할 수 없었다.

그럼에도 관우는 그를 찾아 나섰다.

다른 걱정은 전혀 할 필요가 없었다. 우선 찾는 것이 먼저였다. 다른 것들은 일단 찾고 나서 생각해도 늦지 않았다.

관우로선 풍령의 제약을 벗을 수만 있다면 일말의 가능성이라도 굳게 붙들어야만 했다. 그것이 자신의 사명이자 운명이기 때문이었다.

다시 정자로 향하는 관우의 마음은 관불귀에 대한 미안함과 자신의 운명에 대한 생각으로 가득했다.

第十九章
초의분심공(超意分心功)

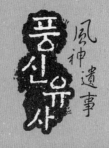

風神遺事

풍신유사

정자에서 밤을 보낸 관우는 아침 일찍 다른 봉우리를 찾아 나섰다.

남은 봉우리는 다섯 개.

관우와 관불귀는 각각의 봉우리를 따로 둘러보기로 했다. 빨리 찾기 위해서는 그러는 것이 좋겠다는 관불귀의 제안이었 다.

관우로선 관불귀의 제안을 마다할 이유가 없었다. 안 그래 도 관불귀와 함께 있으면 섭풍술을 펼쳐 몸을 단련할 수가 없 어 고민이 되었던 것이다.

오전 중에 봉우리 하나를 샅샅이 살폈지만 역시 사람이 사 는 흔적은 찾을 수 없었다.

암봉을 내려오는 도중에 관우는 절벽 중간에 뚫린 작은 굴혈을 찾아 들어갔다. 봉우리를 오르면서 이미 살펴보았던 곳이다.

살펴보면서 섭풍술을 수련하기에 좋은 장소란 생각이 들어 다시 찾은 것이다.

굴혈은 머리를 숙이고 들어갈 만한 높이와 두세 사람이 누울 만한 깊이와 넓이를 가지고 있었다.

굴혈 중앙에 앉은 관우는 즉각 섭풍술을 펼쳤다.

우우우웅……!

정신을 집중하여 끌어모은 바람이 굴혈 바깥에서 요동치기 시작했다.

관우는 바람을 이용하여 자욱하게 시야를 가린 안개를 흩어놓았다. 그러자 그 사이로 감춰 있던 태실산의 장엄한 산세가 모습을 드러냈다.

눈을 감은 관우는 바람이 전달하는 태실산의 모든 것들을 하나하나 느끼며 확인했다.

모든 짐승들의 움직임과 소리, 미세한 땅의 울림과 하늘의 변화까지 마치 눈으로 보듯 선명하게 느껴졌다. 섭풍술을 펼치지 않고 느끼는 것과는 차원이 달랐다.

그중에는 관불귀의 체취와 움직임도 있었고, 태실산을 찾은 몇몇 이름 모를 사람들의 기척도 있었다.

혹시나 해서 진무영이 붙인 자들의 행적도 살펴보았지만 그들의 것으로 여겨지는 기척은 전혀 느껴지지 않았다.

그리고 마지막으로 관우가 진실로 찾고자 한 것.

무애의 것으로 여겨지는 기척 또한 전혀 없었다.

'정말 이미 이 세상 분이 아니란 말인가?'

관우는 안타까웠다.

몸도 단련할 겸 무애의 기척을 찾아도 볼 겸하여 펼친 섭풍술이었다.

직접 발과 눈으로 찾아다니는 것보다 오히려 낫지 않을까 하는 생각 때문이었다.

하지만 잡히는 것은 아무것도 없었다. 무애가 이미 죽었을 거란 생각만 더욱 깊어지고 말았다.

착잡한 심정으로 섭풍술을 거둔 관우는 곧 바로 무계심결을 운용했다.

섭풍술을 짧게 펼쳐서인지 노곤함도 덜했고 회복도 빨랐다.

관우는 느낄 수 있었다. 섭풍술에 자신의 몸이 눈에 띄게 적응해 가고 있는 것을 말이다.

그것이 안타까움 속에서 얻을 수 있는 위안이라면 위안이었다.

그런데 그때 관우의 뇌리에 문득 스치는 생각이 한 가지 있었다.

'섭풍술을 펼친 후 즉시 무계심결을 운용하면 이처럼 빠른 회복을 보일 수 있다. 그럼 만약 이 두 가지를 동시에 펼칠 수 있다면……?'

관우는 그것이 불가능하다는 것을 잘 알았다.

무계심결은 심법이었다. 마음으로 운용해야만 한다.

물론 일상에서도 저절로 내공의 증진이 되는 것이 무계심결의 특성이긴 하지만, 그건 어디까지나 내공 증진에 국한된 특성일 뿐이었다. 운용은 반드시 마음으로 해야 하는 것이다.

그런 면에선 섭풍술도 마찬가지였다. 마음으로 펼쳐야만 하는 것이다.

따라서 두 가지를 동시에 펼칠 수는 없었다. 마음이 둘이 되기 전에는…….

'바로 그거구나! 사부님께서도 어렴풋이나마 이러한 것을 아시고 내가 초의분심공을 얻기를 바라신 것일지도 모른다!'

비로소 초의분심공을 얻어 익혀야만 하는 확실한 이유를 깨닫게 된 관우였다.

그러자 더욱 큰 실망감이 밀려왔다. 이제 어디서 마음을 나누는 법을 찾아 얻는단 말인가!

무계심결로 몸을 회복시킨 관우는 무거운 마음으로 눈을 떴다.

그리고 그 순간 관우는 마치 못 볼 것을 본 듯이 두 눈을 부릅떴다.

'누구……!'

크게 놀란 관우는 목구멍까지 올라온 말을 밖으로 내뱉지도 못했다.

굴혈 입구.

거기엔 지금 누군가 쭈그려 앉아 관우를 빤히 쳐다보고 있었다.

바로 코앞이다. 하지만 관우는 전혀 알아채지 못했다. 방금 전까지 섭풍술로 주변을 샅샅이 탐지했음에도 말이다.

관우는 입구에 있는 자를 주의 깊게 살폈다.

작고 왜소한 체구. 피부엔 깊은 주름과 함께 검버섯이 가득했다.

머리칼은 온데간데없고 푸석한 수염도 이제 몇 가닥 남아 있지 않았다.

'혹시……?!'

관우는 잔뜩 기대 어린 눈빛으로 노인의 옷을 확인했다. 이미 낡고 빛이 바랬지만 분명 승복이었다.

놀라움과 기대감을 감추지 못한 채 관우가 입을 열려는 찰나 노승의 웃음소리가 굴혈 안에 울려 퍼졌다.

"클클, 내 죽기 전에 천외천(天外天)을 다시 보게 될 줄은 몰랐도다."

노승의 음성은 작고도 또렷했다. 노승은 여전히 쭈그려 앉은 채로 관우를 향해 하나밖에 남지 않은 이를 드러내 보였다.

"뉘신지요?"

어느 정도 마음을 진정시킨 관우는 노승을 향해 조심스럽게 물었다.

그러자 노승은 뼈만 앙상한 손가락을 들어 자신을 가리켰다.

"나 말이냐? 보다시피 산송장이지 않느냐? 클클……."

노승은 뭐가 그리도 좋은지 내내 싱글벙글거렸다.

그러더니 관우를 향해 대뜸 물었다.

"그런 너는 어떤 아이이기에 하늘의 조화를 부리는 것이더냐?"

관우는 노승의 모든 행색과 말투가 환무길에게서 들은 무애의 것과 일치함을 깨닫고 일어나 예를 갖추었다.

"소생은 관우라 합니다. 혹 노승께선 무애라는 법호를 쓰고 계신 분이 아니신지요?"

노승은 대답 대신 미소를 머금었다.

"소림의 어린아이들도 나를 잊은 지 오래거늘, 아직까지 나를 알아보는 자가 있을 줄은 몰랐도다."

"소생 관우, 성승께 다시 인사를 올립니다."

노승이 무애임을 시인하자 관우는 재차 깍듯한 예를 갖췄다.

그런 관우의 얼굴을 흥미로운 눈빛으로 뜯어보던 무애가 물었다.

"아이야, 너는 사십 년 전 내가 만났던 자와 어떤 관계냐?"

"제 사부님이십니다."

"그렇구나. 한데 어찌하여 이곳까지 찾아와 이제 막 죽음을 맛보려는 나를 깨우는 것이냐?"

무애가 인상을 쓰자 안 그래도 쭈글쭈글한 그의 얼굴에 더욱 크고 많은 주름이 잡혔다.

"제가 이곳에 온 것은 성승을 뵙기 위함입니다."

"나를?"

"제 사부님께서는 오래전 우연히 성승을 만난 이야기를 들려주시며 꼭 한 번 찾아가 보라고 말씀하셨습니다."

그 말에 무애는 크게 웃으며 기뻐했다.

"크헐헐헐, 네 사부께서 여태껏 이 보잘것없는 우물(愚物)을 기억하고 계셨다니, 큰 광영이로다! 한데, 벌써 짐승들 밥이 됐을지 모를 늙은이를 어찌 찾으라 하였을꼬?"

관우는 한차례 호흡을 고르고는 입을 열었다.

"사부님께서 말씀하시길, 그날 성승께서 네 가지 무공을 동시에 펼치는 놀라운 수법을 보여주셨다 하셨습니다."

무애는 그 말을 듣고는 더욱 흥분된 어조로 말했다.

"그래! 놀라운 수법! 클클! 그랬지! 내 초의분심공을 펼쳐 네 가지 심득을 네 사부 앞에서 펼쳐 보였느니라."

관우는 보면 볼수록 어린아이와 같은 무애의 모습에 속으로 실소하지 않을 수 없었다.

'나를 대하시는 태도가 나쁘지 않으니 가르침을 받는 것이 수월할 수도 있겠구나.'

내심 기대를 가진 관우는 다시 입을 열었다.

"소생은 성승께 바로 그 초의분심공을 배우고자 찾아왔습니다."

"초의분심공을 말이냐? 크헐헐! 오냐, 그러자꾸나."

"……?"

너무도 간단한 대답에 오히려 관우가 할 말을 잃은 채 무애의 얼굴을 가만히 응시했다.

"그럼… 제게 초의분심공을 가르쳐 주시는 겁니까?"

다시 조심스럽게 묻는 관우.

무애의 대답은 역시 마찬가지였다.

"그러자고 하지 않았느냐. 따라오너라."

"……?"

쭈그려 앉아 있던 무애가 무릎을 펴고 일어섰다.

눈 깜짝할 사이에 무애의 신형이 굴혈 밖으로 사라지는 것을 본 관우는 황급히 그의 뒤를 쫓았다

무애는 이미 허공을 부유하여 안개 속으로 사라지고 있었다.

관우는 신법으로 그를 쫓는 것은 불가능함을 깨닫고 섭풍술을 펼쳤다.

바람에 몸을 실어 무애의 뒤에 이른 관우는 새삼 놀라움을 감추지 못했다. 능공허도(凌空虛渡)의 경지가 눈앞에서 이뤄지고 있었던 것이다.

무애의 두 발은 마치 땅을 밟듯이 계속해서 움직였다.

한 걸음을 내디딜 때마다 무애의 신형은 십여 장을 주파했다.

이 할의 풍기를 이용하여 섭풍술을 펼치고 있는 관우로서도 간신히 쫓을 수 있을 정도의 빠르기였다.

'무공의 궁극이란 바로 이것이로구나!'

당대에 무공으로써 무애를 뛰어넘을 고수는 없을 거라고 관

우는 생각했다. 자신에게 무계심결을 전수했던 황벽도 이 정
도는 아니었다.

천문의 다른 인물들의 실력이 어떠한지 모두 알진 못했지
만, 그들의 실력이 제아무리 뛰어나도 무애가 이룬 수준과 크
게 다르진 않으리라.

무애에겐 무공이 더 이상 무공이 아닌 듯했다. 숨을 쉬듯 자
연스런 일상처럼 보였다.

반 각이 채 안 되어 도착한 무애의 거처는 놀랍게도 이미 살
펴본 봉우리 중 하나에 있었다.

동굴이 있었고, 그 동굴은 골짜기로 이어졌다.

그런데 이 골짜기로 이어지는 길이 매우 기이했다.

동굴로 들어가면 얼마 안 가 막다른 곳이 나왔다.

그리고 그 위쪽으로는 밖이 내다보이는 구멍이 뚫려 있었
다. 그곳에 서서 보면 더 이상 이어진 길은 찾을 수가 없었다.
그래서 관우 역시 거기까지만 살펴보고 이곳을 떠난 바 있었
다.

하지만 길은 거기서 끝이 아니었다.

위쪽으로 오 장 정도만 올라가면 다시 앞쪽으로 긴 굴혈이
뚫려 있었던 것이다. 바로 그 길을 따라 들어와야만 골짜기가
나왔다.

그러나 관우의 놀라움은 거기서 그치지 않았다.

골짜기로 들어서자 더욱 놀라운 광경이 눈에 들어왔다.

하늘을 찌를 듯 솟은 암봉들이 마치 울타리처럼 골짜기를 둘러싸고 있었다. 그리고 그 아래엔 한눈에 보기에도 널찍한 평지가 펼쳐져 있었다.

태실산 전체를 감싼 자욱한 안개는 전혀 보이지 않았고, 중천에 뜬 태양이 골짜기 전체를 환하게 비추고 있었다.

그 빛 아래 드러난 평지엔 온갖 화초와 수목들이 곳곳에 어우러져 있어 지극히 평화로운 분위기를 만들어내고 있었다.

관우는 혹시나 하고 주의 깊게 살펴보았지만 기관진식의 흔적은 발견되지 않았다. 그것은 곧 이곳이 자연적으로 형성된 공간이란 뜻이었다.

'이런 곳이 있었다니!'

평지 한쪽에 위치한 허름한 초막 앞에 내려선 무애는 방 안으로 따라 들어오려는 관우를 향해 손가락으로 한곳을 가리켰다.

"저기 있는 나무가 보이느냐?"

섭풍술을 펼친 직후인지라 심한 노곤함을 느끼던 관우는 그가 가리키는 곳으로 시선을 돌렸다.

거기엔 아름드리 계수나무 한 그루가 곧은 자태를 뽐내며 서 있었다.

"계수나무를 말씀하시는 것인지요?"

무애는 고개를 끄덕였다.

"너는 저곳에 가서 서 있도록 하여라."

"……?"

앞뒤 없는 말에 관우는 의아했으나 곧 시키는 대로 계수나무 아래로 걸음을 옮겼다.

그 말을 끝으로 무애는 방 안으로 들어가 버렸고, 관우는 하는 수 없이 멀뚱히 서 있을 수밖이 없었다.

그렇게 일각이 지나고 한 시진, 두 시진이 지났다.

관우는 매우 당혹스러웠다. 기다리는 건 별로 문제가 되지 않았다.

관우를 당혹케 한 것은 바로 방 안에 들어간 무애의 행동이었다.

슬쩍 방 안의 기척을 살펴본 바에 의하면, 무애는 방에 들어간 이후로 지금껏 잠을 자고 있었던 것이다.

어떤 의도로 이러는 것인지 도무지 알 수 없으니 답답할 노릇이었다.

그렇다고 움직일 수도 없고, 무애를 깨우는 것은 더더욱 할 수 없는 일이었다. 관우로선 그저 가만히 서 있는 수밖에는 도리가 없었다.

다시 한 시진이 지나고 땅거미가 내려앉았다.

드디어 방문이 열리며 무애가 모습을 드러냈다.

순식간에 관우가 서 있는 곳으로 신형을 이동시킨 무애는 뒷짐을 진 채로 입을 열었다.

"이곳에 서서 무엇을 하고 있었는고?"

관우는 황당했다. 이곳에 서 있으라고 한 사람은 무애가 아니던가?

"성승께서 서 있으라고 하시기에 지금껏 서 있었습니다."

관우는 있는 그대로 대답했다.

그런데 관우의 대답을 들은 무애의 표정이 살짝 일그러졌다.

"그걸 누가 모르느냐? 나는 이곳에 서서 무엇을 했느냐고 물었다."

"그건……."

"그냥 멍하게 서 있었다는 말이더냐?"

"……."

관우는 잠시 생각하고는 입을 열었다.

"일단 몸을 추슬렀습니다. 그리고 여러 가지 생각을 했습니다. 방 안에 들어간 성승께서 무얼 하시는지도 살짝 엿보았지요."

무애는 선선히 고개를 끄덕였다.

"그렇구나."

"……."

잠시 침묵하던 무애가 다시 불쑥 물었다.

"한데 몸은 왜 추슬렀느냐?"

"제게 한 가지 문제가 있기 때문입니다."

"문제?"

궁금해하는 그에게 관우는 일의 자초지종을 설명해 주었다.

풍령문에 관한 일부터 자신에 관한 일까지 이야기를 하자니 적지 않은 시간이 필요했다.

제법 놀라운 이야기였는지 듣는 내내 무애의 입에선 크고 작은 탄성이 흘러나왔다.

결국 자신에게 왜 초의분심공이 필요한지까지 설명을 마친 관우는 무애의 반응을 살폈다.

"크헐헐헐!"

무애는 뭐가 그렇게 즐거운지 큰 소리로 웃었다.

"참으로 재밌는 이야기로다! 세상을 뒤엎으려는 자들과 세상을 구하는 자라? 클클!"

그 모습을 보며 관우는 내심 고개를 갸웃거렸다.

대체 무엇이 재미있다는 것일까?

자신이 이제껏 이야기한 내용 중엔 딱히 재미를 느낄 만한 것이 없었다. 오히려 심각함을 느꼈으면 느꼈지…….

관우가 약간의 의문을 품고 있는 그때, 여전한 웃음을 머금은 채 무애가 허공을 올려다보며 독백처럼 말했다.

"과연 하늘은 엉뚱하도다!"

"……?"

뜬금없는 말에 관우는 무애를 가만히 쳐다봤다.

그 시선을 느꼈는지 무애는 관우를 향해 다시 한 번 하나뿐인 이를 드러내보였다.

"아이야, 내가 땅에 발을 붙이고 백오십 수를 살면서 하늘에 대해 깨달은 것이 한 가지 있느니라. 그것은 바로 하늘의 뜻은 참으로 알다가도 모르겠다는 것이다. 네 이야기를 듣고 있자니 이 우물의 깨달음이 과연 헛되지 않았음을 알겠구나. 검을 주고 그 검을 막을 방패 또한 줬다? 그것도 온전치 못한 방패를? 헐헐! 어떠냐, 하늘의 조화가 참으로 재미있지 않느냐?"

"……."

관우는 달리 답할 말이 없이 묵묵히 무애의 말을 듣고 있었다.

"내 왜 하늘이 이 늙은이를 이제껏 부르지 않는 것인지 원망을 해왔건만 그것이 너 때문이었다니. 흘흘……."

그 말을 끝으로 무애는 신형을 돌렸다.

"……?"

금세 멀어지는 그의 뒷모습에 또다시 당황하는 관우.

하지만 이미 무애는 방 안으로 사라진 뒤였다.

"으음……."

관우의 입에서 절로 한숨이 새어 나왔다.

아무 말도 없이 방 안으로 들어가 버리면 자신은 어쩌라는 것인지…….

난감해진 관우는 무애에게 물어볼까도 했지만 그만두었다. 무애의 기분을 상하게 할 행동은 삼가는 게 상책이었다.

무애의 입에서 다른 말이 있을 때까지 움직이지 않기로 한 관우는 결국 그 자리에 서서 밤을 지새웠다.

이슬이 내리고 암봉 사이로 동이 터오려 할 때쯤이었다.

다시 방문이 열리더니 무애가 밖으로 나왔다.

그는 문간에 걸터앉은 채 관우를 보며 돌연 혀를 찼다.

"쯧쯧쯧, 밤새 거기에 있었느냐? 어리석은지고!"

"다른 말씀이 없으시기에 그리하였습니다. 밤새 안녕히 주무셨는지요?"

관우가 정중히 읍하자 무애는 껄껄 웃더니 말했다.

"배가 고프구나."

"제가 밥을 지어 올릴까요?"

무애는 관우의 말을 들은 척 만 척하며 몸을 일으켰다.

"오늘은 무엇으로 이 고달픈 육신을 채울꼬?"

혼잣말을 하며 그대로 어디론가 사라져 버린 무애.

그가 시야에서 벗어나자 관우는 잠시 섭풍술을 펼쳐 그의 행방을 쫓았다. 하지만 어제처럼 그의 기척은 조금도 느낄 수가 없었다.

'이 정도의 섭풍술로는 성승의 종적을 잡아내기에 부족한 것인가?'

무애가 자신을 대놓고 무시하고 있는 일도 고민이지만, 섭풍술을 펼쳤음에도 그의 기척이 잡히질 않는 것 또한 신경이 쓰였다.

꼬르륵.

관우는 자신의 귓전을 파고든 원초적 울림에 피식 웃었다.

생각해 보니 어제 오후부터 아무것도 먹지 못한 것이다.

그때 초막으로 돌아오는 무애의 모습이 관우의 눈에 보였다.

그의 앙상한 품 안에는 주먹만 한 크기의 과실 다섯 개가 담겨 있었다.

무애는 방 안으로 들어가지 않고 관우가 서 있는 계수나무 아래로 내려섰다.

나무줄기에 기대앉은 그는 과실 하나를 옷에 쓱쓱 문지르더니 입으로 가져갔다.

사삭! 사삭!

하나뿐인 이로 열심히 과육을 갈아먹는 그의 모습을 보고 있자니 애처로움보단 실소가 새어 나오는 관우였다.

사삭! 사삭!

무애는 쉬지 않고 입을 위아래로 움직였다.

중간중간 쩝쩝대는 소리가 관우의 귀에 점차 또렷하게 들리기 시작했다.

꼬르륵!

관우는 자신도 모르게 윗배를 부여잡으며 무애의 눈치를 살폈다.

그때 들려온 무애의 음성.

"쩝쩝! 그래, 밤새 이곳에 서서 무얼 했는고?"

"이곳은 별이 참으로 손에 잡힐 듯 보이더군요. 별을 보며 이런저런 생각을 했습니다."

"쩝쩝, 까만 하늘에 박힌 하얀 별은 보는 이로 하여금 많은 생각을 하게 만들지. 어떤 생각을 했는지 듣고 싶구나. 쩝쩝!"

"꿀꺽!"

관우는 입에 고인 침을 한차례 삼키고는 대답했다.

"처음에는 성승께서 저를 이곳에 세워두신 까닭이 무엇인지에 대하여 생각했습니다. 그리곤 별을 보며 제 처지에 대한 생각을 하게 됐지요. 중간에 졸음이 와 누워서 잠을 잘까도 생각했습니다. 그리고 마지막엔 성승께서 언제 나오실까 하는 생각을 했습니다."

그새 과실 하나를 먹어치운 무애는 벌써 다른 하나를 입에 물고 있었다.

"흐음, 생각이 그리도 깊고 많았으니 마음을 들여다볼 새가 없었겠구나. 쩝쩝."

무애는 그 뒤로 입을 닫고 먹는 데만 열중했다.

그러다 보니 자연 관우의 관심도 그쪽에만 쏠렸다.

꼬륵! 꼬르륵!

배가 아우성을 치고 있었다.

입에 고인 침을 삼킨 것도 벌써 여러 번.

향긋한 과육의 향이 관우를 더욱 허기지게 만들었다.

관우는 애써 무애에게서 시선을 돌리며 조심스럽게 물었다.

"한데, 초의분심공은 언제쯤 배울 수 있겠습니까?"

"으음, 이젠 조금만 먹어도 배가 부르구나. 죽을 때가 된 게지. 쩝쩝."

또 무시였다.

무애는 자신의 질문에 대한 대답에만 반응을 보일 뿐, 관우가 하는 다른 말은 전혀 들은 척을 하지 않았다.

답답한 마음이었지만 관우는 더 이상 말하지 않고 입을 닫았다.

그렇게 얼마간의 시간이 흘렀고, 무애의 입에서 나는 쩝쩝 소리가 그쳤다.

"배를 채웠더니 잠이 솔솔 오는도다."

가져온 과실 다섯 개를 다 먹어치운 무애는 그대로 몸을 일으켜 유유히 초막으로 향했다.

그런 무애를 멍하니 쳐다보는 관우.

이번에도 역시 무애는 아무 말 없이 방 안으로 들어가 버렸다.

결국 이대로 나무 아래 계속 서 있으라는 뜻이었다.

이쯤 되자 관우도 약간 막막한 기분이 들었다. 언제까지 무작정 이렇게 있어야 하는 것인지 짐작할 수조차 없었기 때문이다.

지하 광장에 갇혀 있을 때는 삼 년이란 정해진 기한이 있었다. 게다가 그땐 밥이라도 제때 챙겨서 나오지 않았던가?

여긴 먹을 것도 없었다. 아니, 먹을 것은 있었다. 단지 먹을 수가 없을 뿐.

꼬르르륵!

뱃속에서 또 한 번 주인을 향해 시위를 해댔다.

쨱쨱쨱쨱!

새가 울었다.

그 소리에 스륵 눈을 뜬 관우는 벌써 날이 밝은 것을 보며 깜짝 놀랐다.

'깜빡 졸고 말았구나!'

관우는 서서히 한계를 느끼기 시작했다.

벌써 닷새째 잠 한숨 못 자고 물 한 모금 마시지 못했다.

무계심결 덕분에 꿋꿋이 버틸 순 있었지만, 조금씩 발바닥
에 감각이 사라지는 것이 느껴졌다.

힘들고 지친 것도 문제긴 했지만, 가장 견디기 어려운 것은
역시 허기였다.

무애는 잔인했다.

그는 매일 아침, 점심, 저녁 하루 세 번씩 자신의 곁으로 와
서는 배를 채웠다.

아침엔 과실, 점심엔 밥과 나물, 저녁엔 갓 잡은 산짐승들을
가져와 먹어치웠다. 육식을 금하는 불가의 계율은 전혀 아랑
곳하지 않는 모습.

그리고는 항상 똑같은 질문을 자신에게 던졌다.

"무슨 생각을 했는고?"

그러면 관우는 이제껏 그래왔듯 솔직하게 자신이 했던 생각
들을 되짚으며 대답했다.

그렇게 계속해서 하루가 가고 이틀이 갔다.

관우 자신은 인지하지 못하고 있었지만, 무애의 질문에 대
한 관우의 대답은 날이 갈수록 점점 짧아지고 있었다. 생각의
개수가 줄어들고 있었던 것이다.

'물 한 모금만이라도……'

타는 갈증을 느끼며 관우는 혀를 굴려보았다.

바싹 말라 버린 입 안의 감촉이 너무도 껄끄러웠다.

뱃속은 쓰라림을 넘어 뻐근한 느낌마저 들었다.

'뱃가죽이 등가죽에 붙었다' 는 말이 실감나는 상황이었다.

자신도 모르게 배를 만지작거리고 있는 관우의 눈에 서서히 다가오고 있는 무애의 모습이 보였다.

오늘도 그의 두 손엔 먹음직스런 과실이 한 움큼씩 쥐어져 있었다.

"꿀꺽!"

더 이상 침도 고이지 않음에도 관우는 습관적으로 침을 삼키고 있었다.

"그래, 간밤에는 무슨 생각을 했는고?"

쩝쩝대는 소리와 함께 어김없이 무애의 질문이 던져졌다.

"힘이 든다는 생각을 했습니다. 졸립다는 생각도 했습니다. 목이 너무나 탑니다."

"쩝쩝! 참으로 많은 생각을 했도다."

무애는 싱글싱글 웃었다.

그에 반해 관우의 두 눈은 무애의 손에 들린 과실에 고정되어 움직일 줄을 몰랐다.

해가 지고 저녁이 되었다.

타닥타닥!

벌거벗은 꿩 한 마리가 모닥불 위에서 노릇하게 익어가고 있었다.

"뜨거운 볕 아래 서서 무슨 생각을 했는고?"

"견디기 어렵다는 생각을 했습니다. 눕고 싶었습니다."

"생각이란 놈이 참으로 쇠심줄과 같구나. 질기도다, 질겨! 끌끌끌!"

다시 하루가 지나고 다음날 아침.

"쩝쩝! 간밤에 무슨 생각을 했느냐?"

"잤습니다."

짧은 대답에 무애는 관우의 얼굴을 힐끔거리더니 흐뭇한 미소를 머금었다.

"어찌 잔 것이냐? 누가 네게 자라고 시키더냐?"

"아무도 시키지 않았습니다."

"아무도 시키지 않았다? 그럼 네가 지금껏 이 나무 아래 서서 자지도 먹지도 않은 것은 누가 시켜서 그런 것이더냐?"

"성승께서 그리하라 말씀하지 않으셨는지요?"

무애는 고개를 저었다.

"아이야, 나는 네게 그리하라고 시키지 않았느니라."

"……?"

관우는 무애의 말을 납득할 수 없었다.

무애가 시키지 않았다면 자신이 이곳에 서서 팔 일이 넘도록 먹지도 자지도 않을 이유가 대체 어디에 있단 말인가?

그런 관우의 속내를 알았는지 무애가 말을 이었다.

"내가 네게 먹지도, 자지도 말라 한 일이 있느냐?"

"그것은……."

관우는 쉽게 대답하지 못했다.

분명 무애는 그런 말을 직접 자신에게 한 적이 없다.

그러나 꼭 말로써만 시킬 수 있는 것은 아니지 않는가?

무언의 행동으로도 얼마든지 남에게 어떤 행위를 강요할 수 있는 것이다.

무애가 지금껏 자신 앞에서 보인 행동은 이곳에 꼼짝없이 서서 자지도 먹지도 말라고 한 것과 다름이 없었다.

하지만 관우는 이러한 자신의 생각을 무애에게 말하지 못했다.

그렇게 말했다가 무애에게 무슨 말을 들을지 염려됐기 때문이다.

그런 관우를 보며 무애는 돌연 혀를 차기 시작했다.

"쯧쯧쯧! 다른 놈이 시킨 것을 내가 시켰다고 우겨대다니, 참으로 못된 심보로다!"

"……?"

어리둥절한 관우의 표정을 보며 무애가 물었다.

"너는 왜 계속 이 나무 아래 서 있어야 한다고 생각했느냐?"

"성승께서 이곳에 서 있으라고 하신 뒤 다른 말씀이 없으셨기 때문입니다."

"그래도 언제든 움직일 순 있지 않느냐?"

"그리했다가 자칫 성승의 심기라도 상하게 할까 염려스러웠습니다."

"내 기분이 상해 네게 초의분심공을 안 가르쳐 주겠다고 할까 두려워 그리한 것이냐?"

"그렇습니다."

"그렇다면 결국 네가 이곳에 내내 서 있었던 까닭은 내가 시킨 것이 아니로구나."

"……?"

"방금 네 입으로 말하지 않았느냐? 염려스러워 그리한 것이라고."

"하오나……."

"네게 염려를 준 것이 누구더냐?"

"……."

뭐라 말하려던 관우는 무애가 던진 질문에 말문을 닫았다.

얼핏 떠오르는 대답은 무애였다. 무애가 그런 염려를 준 것이었다.

하지만 관우는 그렇게 대답하지 않았다.

무애가 역정을 낼까 봐서가 아니라 그렇게 대답하기가 스스로 꺼려졌기 때문이다.

그게 답이 아닐 수도 있다는 생각이 문득 들었던 것이다.

관우가 입을 닫자 무애도 더 이상 입을 열지 않았다.

여느 때와 마찬가지로 가져온 과실을 몽땅 혼자 먹어치운 무애는 곧 유유히 사라졌다.

삐익! 삐리릭!

그늘에 누운 관우는 나뭇가지에 앉은 작은 새 한 마리를 멍하니 올려다보고 있었다.

"네게 염려를 준 것이 누구더냐?"

귓가에 계속해서 맴도는 음성.

마치 화두와 같은 질문을 던져 놓은 무애는 그 뒤로 이틀이 지나도록 자신을 찾지 않았다.

그동안 관우는 냇가를 찾아 물을 마셨고, 골짜기 주변을 돌아다니며 먹을 것으로 허기진 배를 채웠다.

무애가 직접 자신이 시키지 않았다고 말한 마당에 더 이상자지도 먹지도 않을 이유가 없었던 것이다.

하지만 그러는 동안에도 관우의 머릿속은 복잡했다.

한 가지는 확실히 알 수 있었다.

이곳에 온 뒤로 무애는 자신에게 무언가를 깨닫게 해주려하고 있다는 것을.

그리고 그것은 자신이 원하는 초의분심공과 관련이 있다는 것도 말이다.

'내게 염려를 준 것……?'

염려는 왜 생겼을까?

사실 그 이유를 따진다는 것도 우습다면 우스운 일이다.

굳이 근본을 파고들자면 풍령의 제약이 있는 자신의 몸일 것이다.

그런 제약이 없었다면 초의분심공이 필요치도 않을 것이고, 그랬으면 이처럼 무애를 찾아와 구걸(?)하듯 할 필요도, 또 그 처럼 염려할 필요도 없었을 테니 말이다.

물론 그렇게 따진다면 처음부터 풍령문의 제자가 된 것 자체가 잘못이라는 결론이 될 수도 있었다.

그러나 그런 식으로 따지는 것은 무애가 의도한 것이 아닌 듯했다.

관우는 천천히 하나씩 되짚어보기로 했다.

자신이 처음 계수나무 아래서 하루를 보냈을 때, 무애는 그의 질문에 답한 자신에게 이런 말을 했다.

생각이 많아서 마음을 들여다볼 새가 없겠다고.

'결국 마음인가? 하지만 생각이 곧 마음이 아닌가? 둘이 무엇이 다른지 모르겠구나.'

여전히 답답함을 안은 채로 관우는 생각을 이어갔다.

무애는 그 말을 한 이후로 매번 동일한 말만을 되풀이했다.

무슨 생각을 했느냐고 물은 뒤, 자신의 대답을 듣고는 고개를 끄덕이며 생각이 많다는 말과 함께 가버리곤 했던 것이다.

그런데 그런 무애가 다른 때와 달리 연이어 질문을 던진 때가 있으니, 그것이 바로 무애를 마지막으로 본 이틀 전이었다.

그때 관우는 무슨 생각을 했냐는 무애의 질문에 그냥 솔직히 '잤다'고 대답했다. 정말로 자느라 생각을 못했기 때문이다.

그리고 그런 관우를 향해 보였던 무애의 흐뭇한 미소.

그때는 몰랐지만 지금 가만히 떠올려 보니 그 미소는 전과는 뭔가 다른 듯했다.

　　무애는 그 미소와 함께 자신에게 물었다.

　　누가 자라고 시켰냐고.

　　그에 대한 자신의 대답은 '아무도 시키지 않았다' 였다.

　　당연한 대답이었다. 시키긴 누가 시키겠는가? 이곳엔 무애와 자신 둘뿐인 것을.

　　'누가 또 있다는 말인가? 으음, 어렵구나.'

　　관우는 내심 고개를 저었다.

　　"다른 놈이 시킨 것을 내가 시켰다고 우겨대다니, 참으로 못된 심보로다!"

　　'다른 놈이라니? 대체 누구를……?'

　　"방금 네 입으로 말하지 않았느냐? 염려스러워 그리한 것이라고."

　　'염려? 염려스럽다… 염려는 왜 생겼을까? 어디서 생긴 것인가?'

　　"네게 염려를 준 것이 누구더냐?"

'염려를 하라고 시킨 사람은 없다. 성승께서 말씀하신 대로 내 스스로 그리한 것뿐. 그렇다면… 염려를 할 수밖에 없게 만든 상황인가?'

관우는 고개를 저었다.

상황 탓을 하자면 결국 자신이 풍령문에 들어온 것부터 따지고 드는 것과 다를 바가 없었다.

'보다 직접적인 것이 필요하다. 직접적인 것……'

"네게 염려를 준 것이 누구더냐?"

'결국 내 스스로 염려를 한 것으로밖에는……. 내 스스로. 내 마음이 그러했기에… 가만, 마음? 내 마음이?'

순간 관우는 머릿속에서 빛이 번적이는 것을 느꼈다.

그러면서 무애가 처음에 해주었던 한마디가 다시 떠올랐다.

"생각이 그리도 깊고 많았으니 마음을 들여다볼 새가 없었겠구나."

'그랬구나! 마음이다, 마음! 내가 염려를 한 것은 마음이 시켰기 때문이고, 잠을 잔 것도 마음이 시켰기 때문이다. 결국 내가 계수나무 아래서 먹지도 자지도 않은 것은 그 누구도 아닌 내 마음이 그리하라고 시켰기 때문인 것이다!'

관우는 비로소 무애가 던져 놓고 간 질문의 답을 찾을 수 있었다.

막상 답을 찾고 보니 너무나 쉽고 간단하여 맥이 빠질 정도
였다.

또한 이미 무애가 답을 알려주었다고도 할 수 있는 그런 답
이었다.

아울러 관우는 자신이 처음 품었던 의문인 생각과 마음의
차이가 무엇인지도 깨달을 수 있었다.

생각은 마음에서 비롯되는 것이었다.

즉, 마음은 뿌리이자 줄기이고, 생각은 가지이자 잎이다.

마음이 없으면 생각도 없다.

마음은 하나지만 생각은 많다.

그러나 거의 모든 사람이 생각만을 볼 뿐, 마음은 보지 못한
다.

마음을 보고 있다 여기고 있어도 사실 그건 대부분 생각일
뿐이었다.

생각이 많으면 마음이 보이지 않는다. 마치 무성한 가지와
잎에 가려 그 안에 있는 나무줄기가 잘 보이지 않는 것처럼 말
이다.

무애가 관우더러 생각이 많으니 마음을 들여다볼 새가 없었
을 것이라고 말한 까닭이 바로 이를 가리킴이다.

마음을 보려면 생각을 없애야 한다. 가지와 잎을 쳐내듯 제
거해야 한다.

하지만 생각은 가지와 잎처럼 손쉽게 쳐낼 수 있는 것이 아

니었다.

이미 있는 생각을 없앨 수 있는 방법은 없다.

생각을 없애려면 처음부터 생각을 하지 말아야만 한다.

그리고 생각을 하지 않으려면 모든 것을 끊어야 한다. 먹는 것, 자는 것은 물론이고 보는 것, 듣는 것, 냄새 맡는 것도 끊어야 한다.

먹는 것과 자는 것은 어느 정도 의지로 된다. 그러나 나머지는 의지로 되지 않는다.

의지로 되지 않는 것들은 자신을 극한으로 몰고 가서 저절로 끊어지게 만들어야 한다.

당장 졸려서 죽을 지경인데 무슨 생각이 나겠는가?

당장 목마르고 배고파 죽을 지경인데 무슨 상념에 빠지겠으며, 무슨 소리가 들릴 것이며, 어떤 것이 눈에 들어오겠는가?

자고 싶을 뿐이고, 마시고 먹고 싶을 뿐인 것이다.

그렇게 스스로가 극한에 다다랐을 때, 한계에 이르렀을 때 비로소 생각이 없어지고 마음을 볼 수 있게 된다.

무애가 자신을 그런 상황에 놓이게 방치한 이유가 바로 그것이었음을 관우는 이제야 깨달을 수 있었다.

관우는 벅찬 기쁨에 겨워 단숨에 무애가 자고 있는 초막으로 달려갔다.

이틀 동안 두문불출인 무애의 방문은 굳게 닫혀 있었다.

당장에라도 방문을 열고 들어가 자신의 깨달음을 말하고 싶은 충동을 가까스로 억누르며 관우는 조용히 방 안의 동태를 살폈다.

방안은 그 어느 때보다도 조용했다.

깊은 잠을 자고 있는 것이 분명해 보였다.

'이틀 내내 드시지도 않고 주무시기만 하다니.'

관우는 약간 의문이 들었지만 무애가 기침할 때까지 조금 더 기다려 보기로 했다.

그렇게 다시 시작된 기다림.

전과 달리 기다리는 것이 지루하기 그지없었다.

하지만 밤이 되도록 무애는 깨지 않았다.

아침이 되고 또다시 저녁이 되었지만 방 안에선 아무런 변화가 없었다.

더 이상 기다릴 수 없었던 관우는 다시 초막 앞으로 가서 조심스럽게 입을 열었다.

"소생 관우입니다. 성승께선 기침하셨는지요?"

"……."

"소생이 드릴 말씀이 있습니다. 안에 들어가도 되겠습니까?"

"……."

거듭 기척을 냈음에도 전혀 반응이 없음을 이상히 여긴 관우는 문고리를 잡고 천천히 방문을 열었다.

문을 열자 낡고 허름한 방 안이 보였고, 그 중앙에 가부좌를 틀고 앉은 무애의 모습이 보였다.

'참선 중이셨던가?'

자신의 실수를 깨닫고 다시 문을 닫으려던 순간, 관우는 문득 불길한 느낌에 다시 한 번 무애를 쳐다봤다.

'호흡이 느껴지지 않는다!'

관우는 황급히 방 안에 들어와 무애의 코앞에 손가락을 대었다. 역시 기식이 전혀 없었다.

"이럴 수가!"

관우는 참담한 심정으로 무애의 얼굴을 응시했다.

어린아이와 같은 미소가 거기에 담겨 있었다.

당장에라도 눈을 뜨고 자신을 향해 싱글벙글 웃을 것만 같았다.

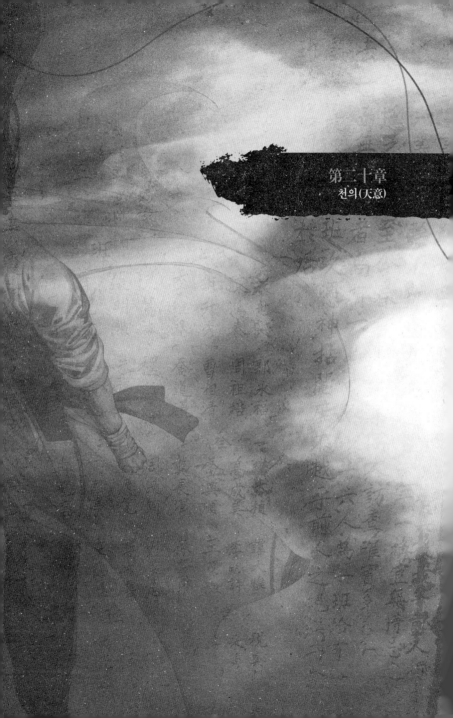

第二十章
천의(天意)

風神遺事

풍신유사

아이야, 하늘이 재촉하는 통에 다시 네 얼굴을 보지 못할 듯싶구나. 네가 마음을 보았다면 이 글이 유용할 것이고, 보지 못했다면 아무 쓸모가 없으리라.

마음을 나누지 못하는 까닭은 마음을 보지 못해서다. 마음이란 말만 있을 뿐 마음이 무엇인지, 어디에 있는지조차 알지 못하는 것이 곧 사람이다.

이렇듯 있지도 않은 것을 어찌 나눌 수 있단 말이냐?

먼저 마음의 실체를 보아야만 마음을 나눌 수 있느니라.

마음을 꺼내 보일 수 없다 하여 누가 마음이 없다 하더냐? 그는 마음이 무엇인지 알지 못한 자이니라. 마음을 본 자만이 초의분심공을 익힐 수 있으리라.

여기 그 구결을 남겨놓으니 너는 마음을 보았을 때를 기억하여라. 그때를 기억하여 구결대로 운용하면 마음을 나눌 수 있을 것이다.

하나 초의분심공의 진수는 비단 마음을 나누는 것에만 한정되는 것이 아니니 네 깨우침에 따라 쓸모가 무궁하리라.

마지막으로, 내 몸뚱이는 그대로 두도록 하여라.

초막과 함께 썩어가든지 짐승들의 밥이 되든지 하게 내버려 두려무나.

또 마지막이다.

하늘은 본래 엉뚱하니 앞으로 무슨 일을 당하든지 하늘을 원망치 말거라.

사람이 어찌 하늘의 뜻을 다 알 수 있을꼬? 그저 순응하며 사는 것이 도리이거늘, 어찌 사람의 기준으로 하늘을 판단한단 말인가! 훌훌훌……

무애가 남긴 서신은 그렇게 끝을 맺고 있었다.

관우는 초의분심공의 구결을 모두 외운 뒤 품속에 갈무리했다.

무애를 향해 죽은 자에 대한 예를 올린 관우는 곧 방을 빠져나왔다.

하늘은 어두웠고, 흐렸다.

귀하디귀한 초의분심공을 원한 바대로 얻었음에도 왠지 마냥 기쁘지만은 않았다.

상황은 달랐지만 이번에도 역시 누군가를 보내며 무언가를 얻었다.

환무길에게선 풍기를, 무애에게선 초의분심공을.

둘 다 어쩔 수 없이 일어난 일들이었다고 스스로 위로를 해 보지만 그렇다고 기분이 달라지지는 않았다.

'하늘은 엉뚱하다……?

다시 한 번 허공을 올려다보는 관우.

알 것도 같고 모를 것도 같은 무애의 말이 그의 웃는 얼굴과 겹쳐 선명하게 떠오르고 있었다.

하늘이 더욱 흐려졌다.

뭔가 예감이 좋지 않았다.

＊　　　＊　　　＊

조치성은 한 손으론 턱을 괴고 한 손으론 탁자를 가볍게 두드리며 입을 열었다.

"대체 어디로 사라졌다는 거지?"

그의 음성에선 짙은 의문과 염려가 묻어 나왔다.

"통의각에서 보내온 전서에 따르면 숭산 부근에서 종적을 감추었다는데, 그 뒤로는 어디에 있는지 전혀 확인할 수 없다고 합니다."

대꾸하는 양사동의 표정도 심각하긴 마찬가지였다.

유일하게 태연한 모습인 양설지가 통의각에서 보내온 전서를 자세히 살피더니 입을 열었다.

"전서가 작성된 것이 사흘 전이고 전서가 작성되기 열흘 전에 종적이 사라졌으니, 벌써 보름째 행방이 묘연한 상태입니다."

보름이라면 짧지 않은 기간이었다.

관우가 그들에게 목적지를 말해주고 갔다면 모르되, 아무것도 모르는 상태에서 보름 동안이나 행방을 알지 못하고 있으니 걱정이 되지 않을 수 없었다.

통의각에서조차 모를 정도이니 거의 감쪽같이 사라진 것이라고 봐도 무방했다.

"저희가 직접 숭산으로 가서 대사형을 찾아봐야 하는 것 아닙니까? 어천성에서 당가를 칠 움직임을 전혀 보이지 않고 있는 이상 굳이 이곳에 남아 있을 까닭은 없지 않습니까?"

양사동의 말에 조치성은 고개를 저었다.

"아니야. 아직은 일러. 그들이 왜 당가를 두고 보고만 있는지 그 이유를 확실히 알기 전에는 이곳에 머무는 게 좋아."

"그럼 이대로 대사형 문제를 지켜보자는 말씀입니까?"

조치성은 대답 대신 양설지에게 시선을 돌렸다.

"사매 생각은 어때?"

묻는 그의 음성에서 그녀를 향한 조심스러움이 느껴졌다.

그런 그의 태도에 비하여 양설지는 여전한 표정과 말투로 대답했다.

"대사형께선 쉽게 해를 당하실 분이 아닙니다. 행방이 묘연할 뿐, 확실한 것은 아무것도 없습니다. 저희와 헤어질 때 늦어도 한 달 안엔 당가로 돌아온다 하셨으니 일단 그때까진 이곳에서 기다려 보는 것이 좋다고 생각합니다."

언제 어디서고 냉철한 그녀의 태도가 한편으론 부담스러우면서도 고개를 끄덕일 수밖에 없는 조치성이었다.

"나도 사매의 말대로 하는 것이 옳다고 본다. 사제, 대사형을 믿지?"

두 사람이 그렇게 이야기하니 양사동은 결국 자신의 주장을 굽힐 수밖에 없었다. 지난 싸움에서 관우가 보여준 능력은 놀라움, 그 자체였기 때문이다.

양사동이 수긍하는 듯하자 조치성은 다시 입을 열었다.

"당분간 대사형의 일은 당 소저에겐 알리지 않는 것이 좋겠다. 괜한 염려를 줄 필요는 없겠지."

"그렇게 하겠습니다."

그들이 현재 기거하는 곳은 당가.

얼마 전만 해도 진무영 등이 사용했던 가장 규모가 큰 객실이었다.

당가에선 당가의 무인들과 생사를 함께했던 그들에게 기꺼이 이곳을 내어줬다.

자신들을 돕기 위해 당하연과 함께 돌아온 마음에 대한 답례로 그들은 당가로부터 극진한 대접을 받고 있었다.

당가의 가솔들 사이에선 이미 관우와 그들은 영웅이었다.

지난 출행에서 같은 조에 속해 있던 당가의 무인들이 자신들이 본 관우 등의 활약상을 모두에게 알린 덕분이었다.

"중악평에 모인 무리는 아직도 움직이지 않고 있나?"

조치성은 양사동을 향해 질문을 던지며 화제를 돌렸다.

"다른 소식이 없는 걸로 봐선 그런 듯싶습니다."

"흐음, 소림을 공격하기로 한 날짜가 벌써 열흘이나 지났음에도 그대로 있다니, 통의각의 추측이 사실일지도 모르겠군."

"저들 사이에 내분이 있을 가능성 말입니까?"

양사동의 말에 양설지는 잘라 말했다.

"가능성이 아니야. 저들이 분란을 겪고 있음이 확인되었다."

뜻밖의 말을 들은 조치성과 양사동의 표정이 급변했다.

"사매, 그게 소리지? 통의각에서 다른 소식이라도 전해온 거야?"

"어제저녁에 제 거처로 전해왔습니다."

"그래? 그런데 왜 곧바로 말하지 않은 거야?"

"말씀드리려 했지만 도망가고 안 계시더군요."

"……!"

조치성은 흠칫하며 황급히 양설지의 시선을 피했다.

"그, 그랬군. 잠시 소피를 보러 갔을 때 찾아왔었나 보군."

왠지 모르게 말끝이 안으로 말아 들어간다.

"풋!"

양사동이 터지는 웃음을 참지 못하고 입을 가렸다.

이에 더욱 당황한 조치성은 즉각 그를 향해 눈치를 줬다.

하지만 양설지의 입에서 나온 '도망'이란 말이 머릿속을 맴도는 통에 양사동은 쉽게 표정 관리를 할 수 없었다.

그 와중에도 묵묵히 조치성을 응시하고 있는 양설지.

그 시선이 부담스러운 조치성은 어떻게든 이 민망한 분위기를 벗어나고자 애썼다.

"뭐… 아무튼 꽤나 중요한 소식이니 이제라도 빨리 듣는 것이 좋겠어! 그래, 정확히 무슨 소식이지, 사매?"

용기를 내서 양설지와 시선을 마주한 조치성.

하지만 곧 그의 눈은 가만히 있질 못하고 이리저리 움직이기에 바빴다.

양설지는 그런 그를 한동안 쳐다보더니 입을 열었다.

"중악평으로 향하던 제일군과 제이군이 하남으로 들어오지 않고 각각 합비와 악양 인근에서 멈춰 선 것이 확인되었습니다. 소림에 대한 공격이 늦춰진 까닭은 아마도 거기에 있었던 듯합니다."

"이동을 멈췄다고? 일을 대대적으로 벌여놓고 늑장을 부린다? 확실히 뭔가 변수가 생기긴 생겼나 보군. 각 군을 이끄는 자들은 모두 다른 문파라고 했었지?"

"강북은 수령문, 강남은 지령문, 사천은 광령문이 각각 나눠 관장하는 형국이었습니다."

"그래, 분열이 확실해. 언젠간 벌어질 일이었는데 생각보단 저들의 인내가 부족하군."

어느새 일의 심각성에 빠진 조치성의 표정은 사뭇 진지해져 조금 전의 쩔쩔매던 모습은 온데간데없었다.

"본 문에서 내놓은 대책은 뭐지?"

"아직까진 특별한 지시는 없었습니다. 저들이 내부적인 분열을 겪고 있다고 잠정적으로 결론은 내렸지만, 일단은 지켜보는 쪽으로 가닥을 잡은 듯합니다. 보다 노골적으로 서로에게 이빨을 드러낼 때를 기다려도 늦지 않을 거라 판단하신 듯합니다. 그리고 무엇보다 제대로 된 대책은 대사형의 행방이 확실해져야만 세울 수 있을 테니까요."

조치성은 고개를 끄덕였다.

어천성과의 싸움은 어디까지나 풍령문, 곧 관우의 몫이었다. 자신들과 천문은 이를 돕는 조력자에 불과했다.

따라서 모든 일의 계획과 진행은 관우를 배제하고 이뤄질 수 없었다.

'상황은 급변하고 있는데 대체 어디로 사라진 것인지.'

그렇게 조치성이 관우를 떠올리며 염려를 품고 있는 사이 보고를 마친 양설지가 돌연 양사동을 향해 말했다.

"더 이상 할 이야기가 없으면 양 사제는 잠시 나가줬으면 좋겠어."

"……?"

조치성과 양사동 모두 그녀를 쳐다봤다.

하지만 양사동이 약간의 의문을 품은 눈이라면 조치성의 두 눈은 놀람과 불안을 동시에 품은 눈이었다.

"아! 나름 회의가 끝난 것 같으니 좀 나가볼까? 다들 출출하지 않아? 내가 어제 음식 잘하는 곳을 한군데 알아냈거든."

뭔가를 직감한 조치성은 재빨리 말했다.

그러면서 양사동을 향해 구조의 눈짓을 날리는 것도 잊지 않았다.

하지만 돌아온 것은 매몰찬 거절이었다.

"저는 아침을 배불리 먹어서인지 아직 별로 생각이 없습니다. 두 분이 다녀오시지요."

히죽거리며 말하는 양사동을 보면서 조치성은 가만히 눈을 감아야만 했다.

'후우, 올 것이 왔구나!'

자포자기한 상태로 앉아 있는 조치성을 놓아둔 채 방을 빠져나가던 양사동이 전음을 날려왔다.

[사형, 이참에 누님이랑 잘 푸시길 바라요.]

'끄응!'

양사동이 오늘처럼 얄미울 때가 있었을까?

한숨을 내쉰 조치성은 슬쩍 눈을 들었다가 양설지와 시선이 마주치자 어색한 미소를 떠올렸다.

"하하… 사제도 참, 같이 먹으러 가면 좋을 텐데 말이야."

"……."

"우리끼리라도 먹으러 갈까?"

"……."

"……."

양설지의 침묵에 좌불안석이 된 조치성은 애꿎은 뒷머리만 긁적일 수밖에 없었다.

"왜 저를 자꾸 피하시는 겁니까?"

대뜸 들려온 양설지의 음성에 조치성은 흠칫하면서도 시치미를 뗐다.

"피하… 다니? 내가 사매를? 그럴 리가."

"지금도 저와 눈도 못 맞추시지 않습니까?"

"그건……."

"혹시 지난번에 있었던 일 때문에 이러시는 겁니까?"

조치성은 드디어 '지난번 일'이라는 말이 그녀의 입에서 나오자 진짜 올 것이 왔구나 싶었다.

"지난번 일이라면 그게……."

"같이 목욕을 했던 일 말입니다."

"……!"

양설지의 말은 항상 정곡을 찌른다. 돌려 말하는 법이 없었다. 바로 지금처럼 말이다.

그래서 나름 능청스러운 조치성으로서도 양설지만은 상대하기가 까다로웠다.

그녀의 직설적이고도 건조한 말투는 여느 사내들은 저리 가라 할 정도였고, 냉정함 또한 타의 추종을 불허하여 감정의 기복이 전혀 없다시피 했다.

그녀를 제대로 상대하려면 여자로 여겨서는 안 된다.

보통 여자들 앞에서 보이는 말투와 행동은 그녀 앞에선 아무 소용이 없기 때문이다.

하지만 그것을 잘 알고 있으면서도 생각처럼 되지 않는 조치성이었다.

그녀를 여자로 볼 수밖에 없는 일이 얼마 전 일어났기 때문이다.

본래 조치성과 양설지는 천문 내에서 별다른 거리낌 없이 지내던 사이였으나, 그 일이 있고 나서부터 조치성은 그녀 보기를 몹시 어려워했다.

일인즉, 양설지의 말대로 둘이 함께 목욕을 한 것 때문이었다.

물론 조치성으로서는 그런 말을 듣기엔 억울한 점이 있었다. 처음부터 일부러 그녀와 함께 목욕을 하려 한 것이 아니었기 때문이다.

지금으로부터 육 개월 전.

당시 한 달 동안 천문주에게 붙들려 갇혀 있다시피 수련을 하고 나온 조치성은 그 즉시로 목욕을 하러 계곡을 찾았다.

그곳은 평소에 천문의 남자 형제들이 애용하는 웅덩이가 있는 곳이었다.

계곡에 이른 조치성은 그대로 평소처럼 옷을 훌딱 벗고 웅덩이로 뛰어들었다. 여자 형제들이 애용하는 곳은 보다 깊숙한 곳에 위치해 있어 옷을 모두 벗고 목욕을 해도 거리낄 것은 전혀 없었다.

그렇게 오랜만에 느껴보는 물맛에 들떠 어린아이처럼 이리저리 신나게 물장구를 치고 있을 무렵이었다.

갑자기 '푸학!' 하는 소리와 함께 물속에서 뭔가가 튀어나왔다.

흠칫한 조치성은 그것이 사람이고, 여자이며, 양설지인 것을 확인하곤 더욱 크게 놀랐다.

양설지는 그와 눈이 마주치자 대뜸 미안하다고 했다.

그녀의 말인즉, 여자들이 쓰는 웅덩이에 물이 적어 이곳을 찾았는데 마침 아무도 없어서 목욕을 하게 되었다고 했다.

그런데 그 와중에 조치성이 옷을 홀딱 벗고 뛰어들었고, 난처해진 양설지는 물속으로 잠수하여 조치성이 목욕을 끝내고 돌아가길 기다렸다.

하지만 의외로 조치성의 물놀이가 길어졌고, 더 이상 숨을 참기 어려운 그녀는 결국 물 밖으로 모습을 드러낼 수밖에 없었던 것이다.

그런 설명을 하는 내내 양설지는 차분했다.

조치성 앞에서 알몸을 보이면서도 조금도 부끄러워하는 기색이 없었다.

그녀는 거듭 미안하단 말을 하고선 그대로 태연히 옷을 입고 웅덩이를 떠났다.

하지만 조치성은 그처럼 태연할 수가 없었다.

그녀의 알몸을 보아서가 아니었다. 그녀의 몸매가 의외로 육감적이어서도 아니었다.

단지 그녀 앞에서 가장 추한 꼴을 보였다는 사실 자체가 괴로울 뿐이었다.

자신은 신나게 물장구를 쳤고, 양설지는 물속에서 그것을 다 지켜보았다.

그녀가 무엇을 보았겠는가?

분명 쉴 새 없이 덜렁거리는 무언가를 보았을 것이다.

그리고 그것은 자신을 볼 때마다 그녀의 머릿속에 자동적으로 떠오르게 될 터이다.

이제 그녀 앞에서 무슨 말과 행동을 하든 자신은 그녀에게 '덜렁이' 일 수밖에 없게 된 것이다.

그러나 더 큰 문제가 며칠 뒤에 일어났다. 천문 내에서 소문이 돌기 시작한 것이다. 그와 양설지가 함께 목욕을 했다는 소문이 말이다.

대체 어떻게 그런 소문이 돌게 된 것인지 알 수 없었지만, 아무튼 그 때문에 조치성은 더욱 양설지를 피할 수밖에 없었다.

창피할뿐더러 남들의 불편한 시선까지 받아야 했기 때문이다.

그렇게 그에겐 지우고 싶은 사건인데, 이렇듯 아무렇지도 않게 그날의 일에 대해 말을 꺼내는 것을 보면 양설지에겐 그렇지가 않은 모양이었다.

조치성은 선뜻 그녀에게 뭐라 대꾸하지 못하고 머뭇거렸다.

그 모습을 보고 자신의 추측이 맞다 여긴 양설지가 다시 입을 열었다.

"혹시 그날 일로 제가 부끄러움이나 불편함을 느낄까 봐 일부러 저를 피하는 것이라면 그러지 않으셔도 됩니다. 제가 그런 일로 마음을 쓰는 여인이 아니라는 것쯤은 조 사형도 잘 알고 계실 거라 생각합니다만?"

"그… 렇지. 사매는 보통 여인들과는 좀 다르니까."

자연스럽지 못한 미소가 조치성의 얼굴에 떠올랐다.

조치성은 그렇게 대답한 자신의 입을 꿰매고 싶은 심정이었다.

그녀를 배려해서 일부러 그녀를 피한 것이 아니라면, 결국 이유는 자신에게 있다는 것을 시인하는 꼴이었던 것이다.

혹시나 했지만 역시나 양설지는 즉각 그것을 따지고 들어왔다.

"그것을 알고 계셨다면 저를 피하신 다른 까닭이라도 있는 겁니까?"

"음, 그건……."

어떻게든 둘러댈 말이 필요했다. 자신이 그녀에게 '덜렁이'로 각인된 것이 창피하여 피했다고 어찌 말할 수 있겠는가?

"그건 사매도 알다시피 본 문 내에서 사매와 내가 함께 목욕을 했다는 소문이 돌았잖아. 그래서 행여나 다른 형제들이 우리 사이를 오해할까 봐 조심스러워서 그랬던 거야. 오해가 생기면 사매가 불편해질 테니까……."

그렇게 대답한 조치성은 양설지의 눈치를 살폈다.

다행히 그녀는 그의 대답에 별다른 의심을 품지 않는 듯했다.

어느 정도 안심한 조치성은 기회는 이때다 싶어 서둘러 대화를 끝내고 자리를 뜰 궁리를 했다.

그러나 곧 들려온 양설지의 음성은 그런 그의 의지와 생각을 완전히 꺾어버렸다.

"그런 까닭이라면 역시 저를 피하실 필요 없습니다. 저는 전혀 개의치 않으니까요."

"……?"

조치성은 일순간 멍해져 버렸다.

마치 둔기로 머리를 한 대 얻어맞은 것만 같은 착각이 들었다.

간신히 정신을 추스른 조치성이 입을 열었다.

"사매의 성정을 잘 알지만 이건 조금 다른 문제가 될 수 있어. 우린 어린아이가 아니라 이미 혼기가 찬 사람들이야. 우리가 함께 목욕을 했다는 게 기정사실이 되고, 여러 형제님들의 귀에 들어가기라도 하면 우린… 어찌 되는지 알지?"

"알고 있습니다."

"정말 알고도 괜찮다는 말을 하는 거야? 우리 둘 다 징계를 당함은 물론이고, 당장 혼인이라도 시키려 드실걸."

양설지는 대꾸하지 않고 잠시 조치성을 가만히 응시했다.

그리고는 그 건조한 음성으로 물었다.

"저와 혼인하기 싫으신 겁니까?"

조치성은 또 한 번 당황했다.

그녀에게 이런 질문을 받을 줄은 꿈에도 생각지 못한 것이다.

양설지가 아무리 특이하다고 해도 그래도 여자였다. 대놓고 싫다고는 말할 수 없었다. 하지만 그렇다고 좋다고 할 수도 없으니……

'이렇게 난감하긴 난생처음이군.'

그래도 뭐라 대답은 해야 했기에 조치성은 최대한 침착한 어조로 입을 열었다.

"설지 형제, 내가 말하고 싶었던 것은 그런 것이 아니라, 본 문의 어른들이 나서서 우리 둘을 혼인시키려 드실 수도 있으니 서로 조심하자는, 뭐, 그런 뜻이었는데……"

호칭까지 본래대로 바꿔가며 타이르듯 말해보았지만 양설지의 태도는 조금도 변하지 않았다.

"저는 상관없습니다."

"뭐가… 상관없다는 거지?"

"조 형제님과 혼인을 하게 되더라도 상관없다는 말입니다."

"뭐라고?!"

조치성은 '억!' 하는 소리가 튀어나올 뻔한 것을 간신히 참았다.

"그 말… 진심이야?"

"예, 본 문의 규율상 장로가 되려면 어차피 혼인은 해야 하니 누구와 해도 상관없습니다."

조치성은 기가 막혔다. 어찌도 이리 간단할 수 있단 말인가?

"그게 이유란 말이야? 그저 장로가 되기 위해서 나와 혼인을 해도 괜찮다고?"

"그렇습니다. 남자에겐 관심이 없는 터라 아무라도 상관없지만, 조 형제님이라면 다른 남자 형제들보다는 저를 조금 더 이해해 주실 수 있는 분이라는 생각도 듭니다."

"허……!"

결국 탄성을 내뱉고 만 조치성이었다.

뭐라 더 이상 할 말이 생각나질 않았다.

멍하니 있는 그에게 다시금 양설지의 음성이 들려왔다.

"하지만 혼인은 혼자 하는 것이 아니니 조 형제님의 의사도 중요하다고 봅니다. 하여 다시 질문을 드리겠습니다. 저와 혼인하기 싫으십니까?"

"허……!"

조치성은 그저 입을 벌려 탄성을 내뱉을 뿐이었다.

이튿날 아침.

조치성과 양설지는 당가의 식솔들이 차려놓은 아침상을 먼저 들고 있었다.

전과 달리 두 사람의 분위기는 어딘가 모르게 달라져 있었다.

두 사람 사이에선 침묵과 동시에 묘한 기류가 흘렀다.

양설지야 본래 그렇다 치더라도 조치성마저 표정이 딱딱해 보였다.

둘 사이에 대화가 없는 것은 똑같았지만 다른 것은 조치성의 태도였다.

그에게선 전과 달리 양설지를 꺼리는 기색을 전혀 찾아볼 수 없었다. 행동이 조심스럽거나 눈치를 본다거나 하는 모습이 사라진 것이다.

둘은 말없이 그저 젓가락을 놀리고 있을 뿐이었다.

그러던 중 양설지가 잠시 손을 멈칫거리며 조치성을 바라봤다.

"어제 제가 드린 질문에 대한 대답은 아직입니까?"

"그래, 아직이야."

조치성의 대답은 퉁명스럽기까지 했다.

하지만 양설지는 대수롭지 않게 여기며 다시 젓가락을 놀렸다.

이를 본 조치성은 내심 못마땅해했다.

'철면피! 아니야. 철심? 독심? 아무튼 도무지 대책이 없단 말씀이야. 으음…….'

조치성은 자신이 싫으냐는 양설지의 질문에 대답하지 않았다.

생각을 해본 뒤 대답을 해주겠다는 말만 하고는 그대로 자리를 떴던 그였다.

처음에는 몰랐는데 그녀가 한 말을 곰곰이 생각할수록 기분이 나빴다.

결국 그녀의 말을 종합해 보면, 남자에게 전혀 관심이 없음에도 장로가 되려면 혼인은 해야겠고, 어쩌다가 우연히 엮인 자신을 그 상대로 하겠다는 뜻이다.

그야말로 굴러들어 온 돌 한 번 만져나 보자는 식이었다.

자신이 왜 그런 취급을 받아야 하는가?

그래도 천문 내에서는 천문주의 유일한 직전제자로서 나름 전도유망한 자신이 말이다.

당장 버럭 소리를 지르며 그녀를 내쳐도 시원치 않을 판이었다.

그러나 조치성은 그러지를 못했다.

싫다고 한마디만 하면 되는데 그 말이 나오질 않았다.

왜 그럴까?

바로 그런 자신 때문에 더욱 기분이 나쁜 조치성이었다.

단지 양설지가 받을 충격 때문에 싫다고 말하지 못하는 거라고, 자신의 마음이 약해서라고 스스로 정당화시켜 보지만 왠지 마음 한구석이 찜찜했다.

'왜 이렇게 섭섭한 걸까? 대체 뭐가? 왜……?'

조치성은 양설지를 힐끔거렸다.

그 시선을 느꼈는지 양설지도 조치성을 봤다.

"무슨 할 말이 있으십니까?"

"아니야."

역시 퉁명스럽게 대답한 조치성은 음식으로 시선을 돌려 젓가락을 놀렸다.

그런 그의 행동이 의아했는지 양설지는 고개를 한차례 갸웃거렸다.

그리고 또다시 찾아온 정적.

밥그릇 소리와 젓가락 소리, 쩝쩝대는 소리가 뒤섞여 있는 정적이었다.

바로 그때였다.

아직 자리에 끼지 않았던 양사동이 두 사람을 부르며 헐레 벌떡 방으로 뛰어들어 왔다.

"사형! 사저!"

그를 확인한 조치성은 못마땅한 표정을 지으며 한마디를 내 뱉었다.

"늦었네, 사제. 아침 식사는 묘시에 꼭 같이하기로 하지 않 았나?"

"죄송합니다. 오는 길에 문제가 생겨서……."

"문제라니?"

"당 소저가 대사형의 일을 알아버렸습니다."

조치성과 양설지는 동시에 젓가락질을 멈췄다.

"뭐라고? 그건 당분간 비밀로 하자고 했잖아?"

"그러려고 했으나 당 소저는 이미 대사형의 행방이 불확실 한 것을 어느 정도 알아채고 있었습니다. 아마 당가에서도 대 사형의 종적을 찾고 있었던 듯합니다."

"당가라면 자체 정보력뿐만 아니라 금력을 동원하여 외부 의 정보력까지 끌어들일 수 있으니 대사형의 행방이 묘연해진 것을 알아냈을 수도 있을 겁니다."

양설지가 양사동의 추측에 고개를 끄덕이며 동의를 표했다.

"으음, 그녀가 알았다면 가만있진 않을 텐데……. 지금 어찌

하고 있지?"

"당장 숭산으로 가기 위해 떠날 채비를 하고 있다 들었습니다."

"그녀답군."

조치성은 젓가락을 내려놓고 벌떡 일어섰다.

가게 놔두어선 안 된다.

관우는 그녀의 안위를 위해 자신들을 이곳에 보냈다. 당가를 지키는 것이 곧 그녀를 지키는 것이기 때문이다.

그녀가 당가를 벗어난다면 자신들도 그녀를 따라갈 수밖에 없다.

하지만 아직은 당가를 떠나선 안 되었다. 주변 상황이 확실해지지 않았기 때문이다.

"서둘러!"

조치성이 앞장서서 방을 빠져나가자 양설지와 양사동도 즉시 뒤를 따랐다.

당하연은 자신의 침상 위에 앉아 고개를 숙였다.

그녀의 옆에는 간단히 꾸린 짐이 놓여 있었다.

당가가 수집한 관우에 대한 정보를 닦달하여 알아낸 그녀는 양사동을 찾아가 유도심문 끝에 관우의 종적이 숭산에서 사라졌음을 알았다.

이를 확인하자마자 방으로 달려와 급히 떠날 채비를 끝낸 그녀.

하지만 쉽게 발길을 떼지는 못했다. 마음에 걸리는 것이 있기 때문이었다.

당가는 지금 암암리에 어천성과 싸울 준비를 하고 있었다.

그녀의 아버지인 당정효와 새롭게 가주가 된 당인효를 중심으로 모든 계획이 진행되고 있었다.

처음에는 어천성이 들이닥칠 것에 대한 대비였지만, 지금은 장기적인 전면전에 초점을 맞춘 준비였다.

이미 소림, 무당과의 공조를 위해 사람을 보내 연락을 취한 상태이며, 무기와 인력 충당에도 박차를 가했다.

하지만 당가에서 가장 힘을 쏟는 것은 다름 아닌 독이었다.

독은 모든 강호의 방파들 가운데서 당가를 차별화시키는 무기였다.

당가는 자신들이 보유한 모든 독 중에서 어천성을 상대할 수 있을 만한 종류의 독들을 정비하는 데 온 힘을 기울였다.

신이 아닌 이상 독으로부터 완전히 자유로운 인간은 존재치 않는다는 것을 그들은 잘 알고 있었기 때문이다.

이러한 상황이었기에 당하연은 갈등하지 않을 수 없었다.

자신이 지금 관우를 찾아 떠난다는 것은 이 모든 일을 외면하는 것이기 때문이었다.

지금껏 당가의 일에 관심도 없었고 관여치도 않았지만, 아버지와 가문이 위기에 놓인 것을 방관할 순 없었다. 그렇기에 관우를 떠나 당가로 돌아온 것이었다.

'내가 지금 무슨 짓을 하는 거지?'

돌연 고개를 휘저은 당하연은 그대로 벌떡 일어섰다.

잠시나마 관우가 어떤 존재인지를 잊은 자신이 한심할 따름이었다.

소림과 무당, 그리고 이제 자신의 가문인 당가까지.

그들은 어천성에 대항하고자 하지만 한 가지 모르는 사실이 있었다. 진정 어천성을 상대할 자는 따로 있다는 것을.

그자가 바로 관우이며, 관우가 없이는 온전히 그들을 상대할 수 없다.

바로 그 사실을 잠시 망각한 당하연이었다.

아니다.

그녀가 정말로 부끄러운 것은 그 때문이 아니었다.

다른 사람에게 관우가 어떤 존재이냐는 중요하지 않았다.

그녀에게 중요한 것은 바로 자신에게 관우가 어떤 존재냐는 것이었다.

그것을 잊은 자신이 부끄러웠다. 관우에게 한없이 미안했다.

갈등이라는 사치를 부린 자신에 대한 질책이 그녀의 마음을 뛰게 만들었다.

일단 상념에서 벗어나자 관우에 대한 염려와 그리움이 마구 치솟았다.

터질 듯한 가슴을 주체치 못하며 당하연은 달리기 시작했다.

놀란 식솔들이 뒤를 쫓았지만 그녀의 눈엔 아무것도 보이지 않았다.

그렇게 막 정문을 빠져나가려는 찰나,

돌연 고성과 함께 누군가 그녀의 앞을 막아섰다.

"당 소저, 멈추시오!"

조치성이었다.

일단 당하연의 앞을 막아선 그는 혹여나 그녀가 다른 수를 쓸까 잔뜩 경계했다.

"무슨 짓이야?"

당하연은 도끼눈을 뜨며 그를 노려봤다.

"지금 사형을 찾으러 가는 건 여러모로 좋지가 않소."

조치성은 최대한 침착한 어조로 말했다.

"조금 더 시일을 두고 지켜본 연후에 찾으러 가도 늦지 않을 거요."

그러나 당하연은 미간을 잔뜩 접으며 대꾸했다.

"지켜보자니? 오라버니의 행방이 묘연하다는데 그런 말이 나와? 당장 나랑 같이 찾으러 가자고 해도 모자랄 판에! 다 필요없어! 나 혼자라도 갈 테니까 당장 저리 비켜!"

당하연은 조치성을 밀치며 정문을 나서려고 했다. 하지만 조치성은 요지부동이었다.

"진정하시오. 사형은 한 달 안에 당가로 돌아오겠다 했고, 아직 한 달이 되려면 닷새가 남았소. 적어도 그때까지 기다리는 것이 우리가 할 일이오. 사형을 믿는다면 말이오."

조치성은 타이르듯이 말했다.

당하연은 감정에 치우친 상태였다. 그녀의 성정이 본래 그랬으며, 또한 제아무리 강하고 당차다 해도 여인이었다. 그것도 연정에 빠진 여인 말이다.

관우를 믿는다는 말에 당하연의 눈빛이 살짝 흔들렸다.

하지만 그뿐.

그녀는 돌연 조치성을 향해 기세를 일으켰다.

"웃기는 소리! 기다려서 될 일은 따로 있는 거야! 모르겠어? 난 지금 아무 말도 들리지 않아! 그러니 어서 비켜!"

"그럴 수 없소."

"그래? 그럼 눕히고 갈 수밖에!"

당하연은 조치성을 향해 그대로 일장을 휘갈겼다.

누구도 예측하지 못한 일격이었다.

그러나 아무런 타격음도 들리지 않았다. 오히려 그녀는 나직한 신음과 함께 손을 뻗은 채로 맥없이 허물어졌다.

순식간에 당하연의 마혈을 제압한 조치성은 쓰러지는 그녀의 몸을 두 팔로 받아 들었다.

"휴우, 결국 이 수밖엔 없군. 좌우간 독해. 누구처럼."

중얼거리며 곁에 선 양설지를 슬쩍 쳐다보는 조치성이었다.

하지만 양설지는 그가 하는 말에 전혀 신경을 쓰지 않고 쓰러진 당하연에게 시선을 줄 뿐이었다.

'알아들을 리가 없겠지!'

조치성은 속으로 계속해서 툴툴거렸다.

그러다 문득 스스로 흠칫했다.

'으음, 내가 진짜 왜 이러지? 갑자기 치기를 부리는 꼴이라
니…….'

자신이 한심하단 생각에 절로 한숨이 새어 나왔다.

"사매, 당 소저를 데려가서 눕히도록 해."

"예."

"깨어난 뒤에도 또 이런 일을 벌이지 않도록 잘 지켜야 할
거야."

"알겠습니다."

조치성에게서 당하연을 건네받은 양설지는 그대로 당하연
의 거처로 향했다.

그 모습을 보며 당가의 몇몇 식솔이 의아한 시선을 보냈지
만 딱히 뭐라 말을 하는 사람은 없었다.

그녀들이 사라지는 것을 보며 양사동이 걱정스럽게 말했다.

"괜찮겠습니까? 당 소저의 성정으로 볼 때 깨어나면 그 즉
시 대사형을 찾으러 간다고 할 텐데요."

"막아야지."

"솔직히 당 소저의 심정이 이해가 갑니다. 이렇게 아무 할
일 없이 가만히 있자니 답답하기 그지없군요."

"으음……."

조치성은 그 말에 달리 대꾸하지 않았다.

그라고 왜 답답함이 없겠는가?

당장에라도 싸움이 벌어질 듯하여 당가로 왔건만, 싸움은
벌어지지 않고 오히려 멀리 떨어진 관우의 안위나 걱정하는

상황이 되었으니 말이다.

'대체 어디서 무얼 하는 겐가? 빨리 오라고, 빨리!'

애꿎은 하늘을 향해 얼굴을 찌푸리는 조치성이었다.

*   *   *

무애의 거처를 떠나 암봉에서 내려온 지 사흘.

관우는 여전히 태실산에 머물고 있었다.

암봉에서 내려와 다시 관불귀와 만났던 정자를 찾아간 관우
는 예상치 못한 것을 보게 되었다.

정자 안.

거기엔 관불귀가 누워 있었다.

눈은 새까맣게 타 있었고, 온몸은 두 눈에서 흘러내린 피로
얼룩진 채 숨이 끊어져 있었다.

암봉을 내려오며 들었던 불길한 예감이 적중한 것이다.

커다란 충격에 휩싸인 관우는 한동안 관불귀의 시신 곁에서
멍하니 앉아만 있었다.

그리곤 얼마간 큰 소리로 울었고, 그 옆에 놓여 있던 서신
한 장을 발견한 뒤엔 또 얼마간 소리없이 울었다.

내 이목을 굳이 따돌리려 한 것은 실수였어. 실수에 대한 대가다.
앞으로 열흘을 주지. 본래 제한을 두려 하진 않았지만 열흘 안에 내 앞
에 모습을 보여라.

진무영의 짓이었다.

관불귀는 관우가 무애와 함께 있는 동안 내내 정자를 찾았을 터이다.

그리고 그런 관불귀를 진무영이 보낸 자들이 발견했을 것이고, 관우와의 관계를 알게 된 뒤 그를 죽였을 것이다.

일종의 본보기이자 경고였다.

관불귀는 관우에 대한 본보기의 희생양이 되었다.

바로 그 사실이 관우를 견딜 수 없게 했다.

스윽.

자신이 만든 관불귀의 무덤을 바라보고 있던 관우는 천천히 몸을 일으켰다.

사흘 동안 근방의 마을로 내려가 직접 관을 짜고 관불귀의 시신을 묻을 곳을 찾아다녔다.

예를 올리고, 제를 올렸다.

그렇게 관우는 자식이 아비에게 해야 할 최소한의 예로써 관불귀를 보냈다.

할 수 있는 것은 고작 그것뿐이었다.

구명의 은인이자 마음을 튼 벗이자 가족이었던 관불귀에게 해준 것도, 해줄 수 있는 것도 더 이상은 없었다.

'나 때문에 돌아가셨다!'

관우는 자책했다.

그렇게라도 하지 않으면 가슴이 터져 버릴 것만 같았다.

기억을 잃었고, 짧은 만남과 인연으로 함께했던 사람들이 세상을 떠났다. 자신을 위해서, 혹은 자신으로 인해서…….

사명의 짐도 무거운데 하늘은 자신에게 마음의 짐까지 지어 주고 있었다.

"하늘을 원망치 말거라."

무애는 이미 무언가를 알고 자신에게 그런 말을 한 것일까?

아직 하늘이 원망스럽진 않았다. 그저 두려울 따름이다.

앞으로 자신을 어디로 몰아세울지 겁이 났다.

'본 문의 모든 조사님도 나와 같은 길을 가셨을까? 아니면 풍령을 지닌 나만 그러한 것인가?'

모두 같지는 않았을 것이다.

주기는 이백 년.

각 주기가 돌아올 때마다 세 문파를 직접 제압했던 전인들이라면 혹시 자신과 비슷한 심정을 가졌을 수도 있을지 모른다.

'기억만이라도 온전히 돌아온다면…….'

내가 누구인지도 모르는 상태에서 얻은 새로운 나.

새로 만들어가는 기억들이 유쾌하지 않을수록 옛 기억에 대한 아쉬움이 커지는 것을 느낀다.

그러나 큰 낙심 속에서도 얻은 것은 있었다.

그것은 바로 어천성은 반드시 없어져야만 한다는 확신이

었다.

　필요를 위해 누군가의 목숨을 헌신짝처럼 여기는 자들은 사라져야 마땅했다.

　군림만을 위하는 자들과 지배만을 위하는 자들은 세상에 고통을 주기 마련이다.

　누군가는 지배하고 때론 누군가가 군림할 수 있는 곳이 세상이지만, 그것은 상호 조화 속에서 이루어져야만 한다.

　지배하는 자는 지배당하는 자를 인정하고, 지배당하는 자가 지배하는 자를 인정하여야만 비로소 진정한 '지배'와 '군림'이라 할 수 있는 것이다.

　억압과 굴복으로 이루어진 관계는 인정될 수 없다. 그것이 마음으로 인정되는 세상은 고통, 그 자체일 것이다. 사마외도가 배척받아야만 하고 정의가 울려 퍼져야만 하는 까닭이 바로 거기에 있었다.

　억압과 굴복은 하늘의 뜻이 아니며 역천이었다.

　때문에 풍령문이 존재하는 것이다.

　역천의 무리를 막고 세상을 지키기 위하여.

　그것이 하늘의 뜻이었다.

　관우는 비로소 그것을 선명하게 인식하게 되었다.

　생각과 감정을 정리한 관우는 봉분을 앞에 두고 절을 하기 시작했다. 떠나기 전 관불귀를 향해 마지막으로 갖추는 예우였다.

　"관 대인, 부디 저를 용서하십시오."

나직하게 말한 관우는 신형을 돌렸다.

내딛는 발걸음이 무거웠다.

마음과 눈빛도 무거웠다.

그러나 그 무거움 속에서 짓눌린 듯한 무언가가 당장에라도 폭발할 듯 뜨겁게 들끓고 있었다.

『풍신유사』 제3권에 계속…

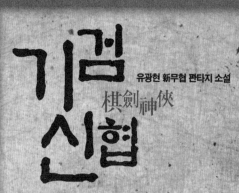

백팔살인공을 한 몸에 지닌 그를
훗날 천하는 그렇게 불렀다.

대무신 大武神

임영기 新무협 판타지 소설

무간백구호(無間百九號). 태무악(太武岳).
신풍혈수(神風血手). 대살성(大殺星).

고독한 소년이 세 살 때의 기억을 좇아
천하를 상대로 싸우면서 열아홉 살 때까지 얻은 이름들.

그리고 백팔살인공(百八殺人功).

大武神

백팔살인공을 한 몸에 지닌 그를 훗날 천하는 그렇게 불렀다.

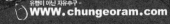

Book Publishing CHUNGEORAM

청운하 新무협 판타지 소설

백팔번뇌
百八煩惱

세상은 날 버렸다.
나 또한 세상을 버렸다.

神이 선택한 그들이 흘린 쓰레기를…
난 그저 주워 먹었을 뿐이다.
그러므로 난 여전히 배가 고프다.

**일류(一流)가 되기 위해서라면…
난 기꺼이 신마저 집어삼킬 것이다.**

유행이 아닌 자유추구 -
WWW.chungeoram.com

Book Publishing CHUNGEORAM

CHARM MASTER
참마스터

눈매 퓨전 판타지 소설

부적(Charm)이란

**만드는 자의 정성, 만드는 자의 능력, 받는 자의 믿음,
이 세 가지가 충족되어야 최고의 힘을 발휘한다.**

이계에서 넘어온 영환도사의 후손 진월랑!
아르젠 제국의 일등 개국 공신 가문이었던 이계인 가문, 진가가 하루아침에 몰락했다.
그것도 가장 믿었던 사람으로 인해.

홀로 살아남은 어린 월랑은 하루하루 생존 게임이 벌어지는
살인자들의 섬으로 보내지는데…….

**독과 부적의 힘을 손에 넣은 진월랑!
그가 피바람을 몰고 육지로 돌아온다.**

유행이 아닌 자유추구 -
WWW.chungeoram.com
Book Publishing CHUNGEORAM

이경영 소설

섀델 크로이츠

SCHADEL
KREUZ

[2부] *Philosopher*
필라소퍼

정도를 추구하고 세상을 바로잡는
하얀 왕의 힘이 필요한 역전체 군단.
신의 존재에 가까운 '절대자'와
또 다른 천요의 등장.
그들의 목적은 헨지를 통한
공간왜곡의 문!

주어진 운명에 대항하는 자들과 이를 막으려는 자들.
그리고 밝혀지는 전설의 진실 앞에 또 다른
전설의 존재가 탄생하는데…….

섀델 크로이츠, 그들의 임무가 시작되었다.

유행이 아닌 자유추구 —
WWW.chungeoram.com
Book Publishing CHUNGEORAM